回首专利初创岁月

国家知识产权局部分离退休干部访谈文集

国家知识产权局直属机关团委 编

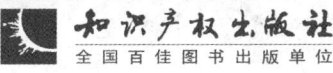
全国百佳图书出版单位

图书在版编目（CIP）数据

回首专利初创岁月：国家知识产权局部分离退休干部访谈文集/国家知识产权局直属机关团委编. —北京：知识产权出版社，2016.4
ISBN 978-7-5130-3724-2

Ⅰ.①回… Ⅱ.①国… Ⅲ.①访问记—中国—当代 ②知识产权—中国—文集 Ⅳ.①I25 ②D923.404-53

中国版本图书馆CIP数据核字（2015）第199020号

内容提要

本书主要收集了38篇对国家知识产权局部分离退休干部的访谈文章。内容广泛涉及国家知识产权局建局初期的业务、建设、学习和生活等方面，从多个角度再现了我国专利制度的建立和国家知识产权局的建局创业等历史，对青年同志了解局情局史、提升自身能力具有重要的意义。

责任编辑：王剑宇　胡文彬	责任校对：谷　洋
内文设计：胡文彬	责任出版：刘译文

回首专利初创岁月
——国家知识产权局部分离退休干部访谈文集
国家知识产权局直属机关团委　编

出版发行：知识产权出版社有限责任公司	网　　址：http://www.ipph.cn
社　　址：北京市海淀区西外太平庄55号	邮　　编：100081
责编电话：010-82000860 转 8031	责编邮箱：huwenbin@cnipr.com
发行电话：010-82000860 转 8101/8102	发行传真：010-82000893/82005070/82000270
印　　刷：北京科信印刷有限公司	经　　销：各大网上书店、新华书店及相关专业书店
开　　本：720mm×960mm　1/16	印　　张：27
版　　次：2016年4月第1版	印　　次：2016年4月第1次印刷
字　　数：324千字	定　　价：78.00元

ISBN 978-7-5130-3724-2

出版权专有　侵权必究
如有印装质量问题，本社负责调换。

序

  由国家知识产权局直属机关团委组织编写的《回首专利初创岁月——国家知识产权局部分离退休干部访谈文集》，以38位离退休干部口述历史为依据，透过青年同志的特有视角，生动再现了我国知识产权事业，特别是专利事业从无到有、自小而大的发展历程和老一辈知识产权工作者志坚行苦的奋斗历程，是一本讲述中国知识产权好故事、弘扬知识产权正能量、传播知识产权好声音的力作，是献给国家知识产权局成立三十五周年的一份珍贵礼物。

  回首专利初创岁月，专利制度的筹建历经三次曲折，艰难诞生；《专利法》的孕育历时五年，数易其稿；中国专利局的办公地点几次变迁，费尽周折；专利人才队伍建设从零开始，探索前进。这是一部知识产权先驱务实求真、建功立业的奋斗史，更是一部坚守信念、矢志奉献的精神史。这本访谈文集除了真实反映我国知识产权事业创立之初的艰辛卓绝之外，更表达了青年同志对老一辈知识产权工作者坚守信念、百折不挠精神的崇高敬意。

  三十五年来，在党中央、国务院的正确领导下，我国知识产权事业走过了极不平凡的发展历程，取得了世人瞩目的成就。一系列知识产权法律法规相继颁布实施，知识产权法律体系不断完善；知识产权数量持续快速增长，知识产权质量不断提升、结构不断优化；知识产权保护力度进一步加强，知识产权管理运用水平稳步提高；全社会尊重知识、保护创新的意识与日俱增；知识产权支撑创新驱动发展的作用越发明显。这些成绩的取得，源于知识产权人坚若磐石的理想信念，源于其对事业矢志不渝的执著追求，源于其实事求是、协同合作的优良品格。

回顾历史是为了启迪未来。当前，我们正处于深化知识产权领域改革、加快知识产权强国建设的关键时期。时代赋予了年轻的知识产权人新的光荣使命。青年一代应继承和发扬老一辈知识产权工作者的优良传统和人格魅力，以理想信念为杖，不惧风雨、薪火相传；以实际行动为轮，攻坚克难、勇承重载，在推动知识产权事业发展的伟大进程中实现人生的价值。

国家知识产权局党组成员、副局长、
直属机关党委书记
甘绍宁
2015 年 12 月

目 录

机缘巧合　专利报国
　　——专访原专利局领导班子成员关文魁 …………………（1）
放眼世界　勤于思考　投身知识产权事业
　　——专访原协调管理司司长胡佐超 ………………………（9）
抓住时代机遇　实现人生价值
　　——专访国际合作司原司长乔德喜 ………………………（17）
用行动保障专利局的建设和发展
　　——专访专利局办公室原主任王亚轩 ……………………（27）
专注人才队伍建设　助力专利事业发展
　　——专访离退休干部部原部长王谨 ………………………（35）
新型一路　与时俱进
　　——专访实用新型审查部原部长郝庆芬 …………………（43）
诚恳做人　踏实做事
　　——专访专利文献部原部长李建蓉 ………………………（59）
历经岁月变迁　不变的是对工作的挚爱
　　——专访专利复审委员会原副主任、
　　　　专利法起草小组成员赵元果 …………………………（73）

记忆中的出版社岁月
　　——专访原专利文献出版社社长雷激……………………（95）
回顾建局历史　永葆创业热诚与敬业之心
　　——专访中国专利信息中心原主任林锦澜……………（101）
忆峥嵘岁月　展壮志豪情
　　——专访专利信息中心原主任杨采良…………………（107）
在职尽心　明白从政　退休尽心　至老不息
　　——专访原专利局行政管理部部长刘祖林………………（127）
勤勤恳恳做事　踏踏实实做人
　　——专访中国知识产权报社原社长郭玉绮………………（137）
回首创业风雨路
　　——专访专利检索咨询中心原主任宋小逸………………（149）
白手起家　专利事业困境中崛起
　　——专访原国家知识产权局秘书长陈仲华………………（167）
我的专利生涯
　　——专访国家知识产权局条法司原司长尹新天……………（175）
记忆中的那些人、那些事
　　——专访人事教育部原部长郭凤久…………………………（197）
服务知识产权事业　创新进取　青春无悔
　　——专访中国专利技术开发公司原总经理胡一鸣…………（205）
三十年梦想与实践　献给中国知识产权事业
　　——专访机关党委原常务副书记张云才……………………（211）
历史的回望　专利情深
　　——专访离退休干部部原部长廉莹……………………………（229）

专利局发展变迁的乐观见证者
　　——专访人事教育部原部长由春德 …………………………………（245）
让青春在每一个岗位上都闪烁光芒
　　——专访人事教育部原部长赵春山 …………………………………（251）
专利大观　敬业乐业
　　——专访机械发明审查部原部长吴观乐 ……………………………（267）
坚持做好一件事
　　——专访外观设计审查部原部长刘桂荣 ……………………………（283）
后勤非大局但牵动大局　后勤非中心但服务中心
　　——专访机关服务中心原主任潘志强 ………………………………（289）
服从安排　迎难而上　为事业发展尽自己的力量
　　——专访知识产权出版社原总编辑雷泽朋 …………………………（303）
传承优良作风　放眼未来发展
　　——专访原专利审查协作中心主任张长兴 …………………………（309）
做好专利技术推广任重道远
　　——专访中国专利技术开发公司原总经理王鸿谋 …………………（323）
春风化雨　知识产权人事人才建设路
　　——专访人事司原司长肖鲁青 ………………………………………（331）
秋圃姿容美　黄花晚节香
　　——专访原监察办公室副主任赵淑娴 ………………………………（337）
接好最后接力棒　加速专利业务大楼建设
　　——专访人事教育部原部长李青泰 …………………………………（345）
初审部是一支非常能干的队伍
　　——专访初审及流程管理部原副部长张晓玲 ………………………（357）

学会学习　学会做人　做一名优秀的知识产权工作者
　　——专访原中国专利局物理审查部部长张祥龄 ………… (373)
扎根专利　升华人生
　　——专访化学发明审查部原部长卢素华 ……………… (383)
我的审查生涯
　　——专访化学发明审查部原正部级审查研究员王珍仙 …… (391)
选择专利工作无悔　倾其半生心血无怨
　　——专访专利复审委员会原副主任李政 ………………… (401)
几度披挂上阵　承载专利发展
　　——专访中国专利技术开发公司原总经理熊志诚 ………… (409)
身在外　心在内　专注干部进修
　　——专访原中国专利局烟台专利干部进修学院
　　　常务副院长王丰岚 ……………………………… (419)
后　记 ……………………………………………… (423)

注：本书的采访文章，主要按照入局时间排序。对于同年入局的情况，则主要按照原所在部门单位、原职务、年龄等排序；对于曾担任过多个部门单位领导职务的同志，副标题中仅选列其主要职务。

机缘巧合　专利报国

——专访原专利局领导班子成员关文魁

● **个人简历** ●

关文魁，1928年12月出生，汉族，辽宁人，中共党员。1945年8月参加工作，1980年4月进入中国专利局工作。历任局领导班子成员、局文献中心副主任（副局长级）、局离退休干部部顾问。1990年11月离休。

被访人：关文魁

采访人：黄筱筱　李　晓（《知识产权青年》编辑部）

采访时间：2014年1月9日

采访地点：关老家中

编者语：关文魁，原中国专利局第一届领导班子成员。关老属于在炮火中成长，从旧社会走向新中国的一代人。他17岁投身革命，62岁离休，在近半个世纪的人生历程中，他从东北到北京，从战争到和平，从金融风云到科技报国，从血气方刚到白发苍苍。1980年，他来到创建伊始的中国专利局，成为中国专利事业和中国专利局发展建设的亲历者和见证者。在两个多小时的采访时间里，关老侃侃而谈，谈笑风生，让我们见识了一位耄耋老人对祖国和生命的热爱。

机缘巧合与专利结缘

采访人：关老您好！很高兴也很荣幸能采访您！2013年年初，局里开始进行局史、局情的收集工作。其中很重要的一项工作就是采访一些离退休领导和老干部。作为老一辈革命同志，您能谈谈当时的情况吗？

关文魁：我是1945年参加革命的，当时我去冀热辽军区军政学校参加学习，东北还没解放，处于拉锯战阶段。

采访人：您当时是怎么一个机缘去军校参加学习呢？

关文魁：当时军校在报纸刊登招生简章，我看到招生信息后，就报名参加考试，主要是写作文，合格后就被录取了。

采访人：那您早年主要是负责什么工作的呢？

关文魁：我早年主要是负责财务工作的，那时学校负责分配工作，毕业后我们一批50多人分配到东北银行造币厂工作。1950年，我在中国人民大学学习财政银行专业，学习结束后回到造币厂，先后在技术科和财务科工作。之后沈阳市发展公私合营，需要专业人员。我在人大学习过，做过计划，做过财务，就这样被调到了沈阳市第二工业局。工作一段时间后，又到了化工局。

说起来也挺有意思的，我原来负责财务工作，到化工局后组织安排我学习了炼油专业。因为当时国家石油发展需要专业人员，我在1958年到1962年被选派到北京石油学院学习炼油专业。

采访人：当时您正好30岁，跟我们现在的年龄一样，转行了。

关文魁：是的，我之前是在银行界，在现在就是金融。后来转到科技口，在北京学习了4年。1962年回到沈阳市化工研究所。1964年4月，由于国家需要培养大批的外事干部，中共中央组织部从国务院各部委及北京、上海、辽宁等地抽调一批外事干部，我被国家科委选用。1965年至1967年经组织安排，我去上海科技大学外语进修部学习日语，学习结束后回到了国家科委从事外事工作。

后来当时科委的负责人崔星少将找我谈话，因工作需要调我到外文书店工作，经组织任命，成为领导班子成员，任进口处的负责人，主要负责外文图书的进口工作。1972年，我到科技情报所任副所长，工作了6年。1978年到科委成果局工作了2年。

采访人：您能谈谈当时参与着手建立我国专利制度的事情吗？

关文魁：我刚到科委成果局没多久，应该是1978年10月，我随中国政府代表团去瑞士日内瓦出席联合国《国际技术转让行动守则》会议。代表团成员来自国家建委、国家科委、外贸部和驻日内瓦代表处。在会议期间，时任世界知识产权组织（WIPO）总干事的鲍格胥博士派他的办公室主任约我与他会谈。

我向我国驻日内瓦代表处汇报，大使同意这次会谈。跟WIPO会谈的时候，我们整个代表团基本上都参加了，我国驻日内瓦代表处也派了一位经济贸易方面的参赞参会。由于当时我国已经考虑要建立专利制度，所以我们当时就提了一些关于建立专利制度和参加其管辖的各种组织等方面的问题。鲍格胥当时作了一些回复，后来以备忘录的形式将书面答复寄给我们。这些文件现在都在局档案室里。

采访人：通过您跟鲍格胥在工作中的接触，您觉得他是怎样一个人？

关文魁：鲍格胥是美国人，时任WIPO总干事。他对我们的期望很大。因为中国是联合国常任理事国，在国际上有一定的影响力，所以他积极推动我们加入 WIPO。当时我是科委成果局副局长，于是他来找我会谈。出国前，我们没料到有这个会谈，也就没有准备会谈的详细方案。于是我就向我国驻日内瓦代表处的安致远大使作了汇报。

我们去的时候，鲍格胥先带着我们参观 WIPO 总部大楼。会谈结束后他还专门去中国餐馆请我们吃饭。出于礼貌，我们在大使馆里安排了回请。

采访人： 参与那次会议您的心情怎样？本来是去参加一个会议，后来鲍格胥来和我们谈，问咱们要不要建立专利制度。您当时是怎么想的呢？

关文魁： 出国前，我们已经有所准备。会谈时，我主要是围绕建立专利局的具体问题进行提问的。

后来武衡同志当时是科委副主任，主要负责专利事务。国家科委成果局早先就是发明局，承担专利事务工作也是顺理成章的事。

根据日内瓦会议的备忘录，1979 年 5 月 18 日至 19 日，应鲍格胥博士的邀请，武衡同志带队国家科委专利工作代表团访问了 WIPO。代表团与鲍格胥等 5 人举行会谈，就之前的会谈记录稿和备忘录的相关事项进行了详细商谈。

双方在会谈后签订协议，主要包括五点内容：第一，同意派 10 名中国实习生到国际局学习 2 至 3 个月。第二，中国政府派观察员到 WIPO 考察学习国际局的实际工作。第三，安排中国专利局大楼的设计小组到西德、荷兰、美国考察。主要考虑到专利文献的性质决定了建筑要求和其他办公楼不一样。当时由田巨生局长率队，与北京设计研究院的设计人员一同参加考察。第四，鲍格胥接受武衡同志的邀请，率团访华。第五，WIPO派两个由3至5人组成的专家小组到中国就许可证贸易和专利文献分类进行为期3周的培训。以上活动所涉及的费用均由WIPO负责。

全身心工作、投身专利局建设

采访人： 关老，我们这一辈年青人对当时建局的事情知道比较少，您能回忆下建局初期的情况吗？

关文魁： 是的，1978年9月，我们着手调查研究工作，先后在日本、西德、法国、南斯拉夫等国家进行考察，同时请各国专利局局长来中国访问。国内重点调查了外贸部、冶金部、一机部、贸促会等部门对专利掌握的情况。经过这些调查研究，1979年10月，国家科委向国务院递交了《关于我国建立专利制度的请示报告》。

中国建立专利制度是有特殊的历史背景的。当时我国正在和美国签订涵盖贸易、原子能等方面的协议，美国提出了保护工业产权的问题。此外还有多个国家要购买我们的技术以及寻求技术合作，涉及技术出口的问题，如果我国没有专利制度，肯定不行。所以我国专利制度就是在这种形势下建立起来的。

1980年1月14日，国务院批准了我们的报告。当时是邓小平同志亲自批示，同时也批准成立中国专利局。这一天也就是中国专利局成立之日。专利局机构属于国务院直属局，由国家科委代管，定编1500人，当年要求录编150人。筹建工作由国家科委负责，武衡同志分工主持，成果局为其办事机构。从专利局成立之初到1980年5月，专利局与成果局合署办公，直到1980年6月专利局正式对外独立办公。

国家科委党组决定武衡同志兼任专利局局长，第一届领导班子成员还有：蔡立珩、安玉涛、我、宋永林和钱传炳。我负责外事工作。

采访人： 当时外国局长来我国访问最主要的目的是什么？

关文魁： 我们提出邀请，来了解我们的实际情况。鲍格胥也来过，他主要目的是想让中国《专利法》与国际接轨。一开始我们有顾虑，照搬他们的思路怕出问题。后来邓小平同志说，咱们不懂的可以向外国人学习。有了邓小平同志的指示，武衡同志就和鲍格胥公开、专门地谈《专利法》。宋永林同志作为《专利法》起草组的负责人，也和鲍格胥谈过。

入局后不久，我因身体原因，在1980年年底就退出了局领导班子。1982年到了文献部当副主任，当时文献部和自动化部是合并的。我在文献部工作到1988年，之后在离退休干部部当顾问，一直到1990年正式离休。

采访人： 能给我们介绍一下您离休后的生活吗？

关文魁： 离休之后，局领导一直很关心我，田力普局长前段时间还专门来看望了我。我也经常回局里，主要是去老干部部见见老朋友。其余时间，我就是散散步，看看书，整理材料。我整理了很多关于石油技术和国际政治的简报。家庭方面，我的两个孩子生活很幸福。

采访人： 特别感谢您，年轻人对过去的事情真正了解的并不多，十分感谢您接受我们的采访。您是中国建立专利制度和专利局这一段历史的参与者和见证者，以后有机会我们还想请您聊一聊。谢谢关老！

(与采访人合影,左起依次为:关文魁、黄筱筱)

(与采访人合影,左起依次为:关文魁、李晓)

放眼世界　勤于思考　投身知识产权事业

——专访原协调管理司司长胡佐超

● **个人简历** ●

胡佐超，1968年参加工作，1969~1970年在部队锻炼，结束后先后在石家庄市八中、扎伊尔医疗队、国家地震局任职，1979年调入中国专利局，先后在法律部、专利局办公室、专利管理部、中国专利保护协会工作，1995~2003年任国家知识产权局协调管理司司长。

被访人： 胡佐超

采访人： 李是珅　董　涛（《知识产权青年》编辑部）

采访时间： 2013 年 12 月 24 日

采访地点： 胡司长家中

编者语： 胡司长虽已退休多年，但一直关注着国家和国家知识产权局的发展，从未停止学习。采访过程中胡司长循循善诱，旁征博引，像一位长者在跟自己的孩子讲故事，话语中能感受到他对青年人的殷切希望。两个小时的时间过得飞快，在胡司长的引领下，我们推开了一扇又一扇从未开启的大门，聆听智慧，意犹未尽。

采访人：胡司长，您是我们局的元老了，但是您之前还做过军人和老师？

胡佐超：我1979年来到专利局，当时全局才30多人。邓小平同志批示要建立专利制度，委托国家科委筹备。

上大学的时候我就是"国际型人才培养对象"

我原来在外事部门，来专利局工作也是一个很偶然的机会。我在国际关系学院读的大学，位置就是在颐和园附近，所学专业是国际关系和外语。它原名为外交学院分院，可追溯到延安时期，原来是一个培训机构，叫作外训班。当时因为延安需要外事干部，而党的干部队伍大部分是军人，除了几个领导人之外，大部分人不了解外语和国际情况，所以这个外训班随中央搬到了北京。当时属于一个内部培训班，由中央直接分管，学员主要来自部队抽调干部。中国最早的大部分驻外大使，包括有名的外交人员，都是从这个外训班出来的。

1971年，我国准备恢复在联合国的合法席位。联合国的工作是全方位的，中国大使到外国使馆工作，至少需要翻译、司机、办事员、炊事员和保洁员等。除翻译属于工作人员外，其他人员都属于辅助人员。工作人员来自国务院教育、商务、国防等部门。大使负责使馆所有事务，包括一切人员的调配。使馆的核心机构是研究室，人员基本是来外交学院或者北京外国语大学。当时因为加入联合国的形势所需，中央决定把外训班成立为正规大学，即外交学院分院，其中心任务是培养一批适应联合国工作需要的人才。

当时外交学院分院不接受个人报名。在高考成绩出来后，外交学院分院优先选人。在"文化大革命"时期,大学生都要去地方劳动锻炼,外交学院属于保密单位,我被分配到部队锻炼,当时我们是建制在部队,编制仍在国家机关。我在盐碱地劳动了2年后,又被分到农村当了4年高中老师。

为国效命,远赴非洲扎伊尔[1]总统府

在外交学院分院一是学外语,二是学各国国情。到了高年级分班时,由领导分配具体研究哪个国家。毛主席讲过这么一句话:中国能够进联合国是非洲兄弟抬进去的。当时正好外交上有一个特殊的任务。因为1975年中苏关系恶化,苏联想控制非洲,我国也需要与非洲保持良好的关系。扎伊尔处于非洲中部,当时驻扎伊尔的大使是外交部的副部长宫达非。大使一般只负责一个国家,但是在非洲的西非和北非有近20个讲法语的国家,每个国家都有一个大使,大使里面有一个是团长,宫达非副部长担任团长。

那时使馆需要大批精通法语的翻译人员,而在1975年时想找精通外语的年轻人不太容易。我们当时是专门特招进入外交学院学习外语的,而且上学的时候国家所花经费比清华、北大还要高。我是1964年上的大学,老师都是从外国请过来的,从字母开始都是法国老师教的,所以后来国家需要懂法语的工作人员,我就被选派到了扎伊尔。

当时扎伊尔的总统是蒙博托,在非洲的民族民主独立运动当中属

---

[1] 扎伊尔,即如今的刚果民主共和国,简称"刚果(金)"。——编者注

于比较知名的总统,在联合国发表演讲支持中国加入联合国。我现在还保留着他在我回国时送给我的演讲唱片。我那时的主要任务就是做为他提供医疗保健服务的中方大夫的翻译工作。我们两个人,每天早上9点钟由我开车到总统府去上班,挂的是总统府的车牌。所以我在街上开车一般都是绿灯。总统出国访问走到哪儿我就需要跟到哪儿。我在扎伊尔一共工作了3年多。

机缘巧合,被挖墙脚到了专利局

1978年底,我回北京休假,在中国科学院里遇到指定筹备中国专利局的负责人,他觉得一个在国外工作多年,又精通外语的人才很难得,就注意到了我。后来正好专利局成立,第一个来访的代表团就是法国代表团,当时原来的单位本想派我到法国大使馆工作,专利局负责人说邓小平同志批示要建专利局,现在正需要人才,就这样我就到了专利局,所以我到局里时间可能是最长的,30多年了。

当时法国很支持中国建立专利制度,但是国内没有一个人懂专利。法国政府愿意出资让中方人员来法国培训。当时法国代表团来华,我接待的是法国工业产权局局长,他同时是法国财政部的审计专员,审计专员的职务比工业产权局的局长职务还要高。所以他当时跟科委主任会谈的时候,就拍板说我们给你培养人。这样我有机会到法国的法学院学了一年半知识产权法,之后又在瑞士洛桑大学做了半年多的高级访问学者。

我从法国学习回来后一开始在条法司工作,主要参与立法工作。立法结束后我被调到局办公室工作,那时包括现在的规划发展司、保护协调司、专利管理司等的业务都在办公室，我在办公室所接触的工作任务相当于现在4个司的工作。我在条法司工作了8年，在办公室工作了8年，后来到专利管理司又工作了8年，就到退休的年龄了，后来筹建了一个中国专利保护协会，我在协会又工作了5年。

采访人： 您在局里多个部门工作过，最大的感悟是什么？

胡佐超： 知识产权事业是一个蓬勃发展的综合事业，涉及法律、科技、社会等多个方面，是市场经济全球化的发展需要。在专利局要想成为一名合格的公务员，你必须是一个综合性人才，各个方面的知识都要懂，而且还要了解国家的方针政策。无论从学术、专业还是事业的角度我都觉得知识产权事业是一个很值得深入的行业。我对我从事的工作很感兴趣，也很有感情。

延续梦想，退休后从未停止学习

我工作了30多年到现在退休，这是一个正常的人生过程，任何事物发展都是从开头到结尾的过程。但是要是从专业的角度来看，这个工作还可以继续。退休后，我从未停止过学习和研究，主要做了两件事，一是总结了我30多年在专利局的工作，二是不断深入学习和研究。

要想把知识产权工作融会贯通，能够很好地贯彻执行，并行之有效，是一件很困难的事情。首先是它对综合能力要求高，光懂法律知识，或是光懂科技知识，工作就有局限性。另外，知识产权工作跟国家的发展方针、经济体制和政治体制都是相关的，如果对这些不太了解也会遇到很多问题。还有就是国际性强，政治制度和地缘政治的差异带来很多的矛盾。

  这其中最困难的是对知识产权法律制度的深入理解，要跟我国的政治、经济制度和现在国家所颁布的发展方针政策相结合。上述这几方面要求高，情况复杂多变，给工作带来很多的困难和矛盾。我给青年人最大的建议就是要不断地认真学习、研究、思考，因为国家在发展、社会在发展、世界在发展，包括自然界都在变化，你不学习就会落伍。

  采访人：看来您感触很深刻，一定经常思考我们局的工作。

  胡佐超：我虽已退休，但一直关注着专利局的发展。专利局属于国务院专利事务主管部门，但学术界对知识产权法律研究和专利局在该方面的认识在实践层面还有很大的差别。青年同志肩负的是一个时代的责任，要有责任心，要有担当，将法律制度建设与国家的发展方针和国情相契合并发挥积极的作用，这是一个很艰巨的任务。

  采访人：胡司长，您一定读过很多书，有什么特别推荐给青年人的吗？

  胡佐超：日本有一位资深的审查员写过一本书，叫作《市场竞争中的知识产权制度》，讲的是知识产权制度和审查的，理念跟我们现在的认识不太一样。还有一本关于国际上对知识产权法律制度最新研究动态的书，法国人写的《21世纪的黑金》。美国哈佛大学一个有名的教授写的《免费文化》也值得一看。还有一本书是知识产权出版社出版的《未来知识产权制度的愿景》，欧洲专利局写的，核心内容是知识悖论，是不是信息越多意味着知识越多，是不是知识越多意味着越有价值，这书主要围绕着这个问题论述。要是有兴趣这几本书都可以看看，这是目前世界上关于知识产权制度的研究的最高水平的几本书。

采访人： 谢谢您，最后你对年轻人有什么寄语吗？

胡佐超： 知识产权事业是一个非常有意思的、很值得我们去从事的很有发展前途的事业。我们要综合学习，然后去考察它。工作确实会遇到很多困难，涉及政治、经济、文化各方面，只有把这些方面充分了解以后，解决我们现在面临的问题才会找到正确的答案，这也是我自己对工作的感悟。

（与采访人合影，左起依次为：李是珅、胡佐超、董涛）

抓住时代机遇　实现人生价值

——专访国际合作司原司长乔德喜

● 个人简历 ●

乔德喜，1944年3月出生，江苏盐城人，副研究员，中共党员。1968年华东师范大学本科毕业，1981年中国科技大学研究生毕业。1978年参与筹备建立专利制度的工作，曾任中国专利局法律部部长、国家知识产权局国际合作司司长。2004年6月退休。

被访人： 乔德喜
采访人： 曾燕妮　杨成睿（国际司青年工作组）
采访时间： 2013 年 8 月 28 日
采访地点： 国家知识产权局 1 号楼 303 会议室

编者语： 乔德喜司长是 34 年前我国远赴海外求学的第一批专利进修生；他是后来的法律政策部副部长、条法部部长、国际合作司司长和世界知识产权组织遗传资源、传统知识和民间文艺政府间委员会副主席；他也是时常在奥林匹克森林公园里快乐健身、放声歌唱的健康老人。

乔德喜，人如其名，面色红润、声音洪亮、待人亲切、笑容可掬，在国际合作司有个响当当的名号"乔老爷"。两个小时的交谈，除了佩服"乔老爷"思路清晰、逻辑缜密的口才，还体会到了他当年参与开创中国专利制度的激扬青春，也感受到了他如今"采菊东篱下，悠然见南山"的豁达胸怀。

忆当年金戈铁马

采访人：我们局近10年来成长迅速，目前青年人很多，大家对我局过去的历史，尤其是对我局国际合作工作的发展历史了解不多，您作为国际合作司的老领导，能不能先给我们介绍一下当年的情况？

乔德喜：我们局年轻的同志都很优秀，工作能力和水平提升很快，相比之下，我再来谈过去就很惭愧了。过去尽管在我局的发展过程中做过一些事，但是经过反思，还是有很多不足之处。长江后浪推前浪，如今我局的工作，包括国际合作工作，已经有了长足的进步，业务的广度和深度都是当年无法比拟的。我对我国知识产权事业如今所取得的成就和我局人员素质的提高表示由衷的欣慰和敬佩，这是我今天来接受采访首先想表达的一个感言。

对于国际合作工作，我觉得不能把它简单地看成是一个迎来送往的接待工作，认为它就是安排出国、接待来访，这是一个表面的看法。国际合作工作在我局的发展中有着很重要的地位。

我国从筹备专利制度之初，就伴随着国际合作与交流，两者是同时发展起来的。专利制度对我国来讲，是一个舶来品。中国要引进这个制度，必然要"师夷长技"，然后根据自身国情加以改造并推广。我们国家在筹备建立专利制度的过程中，始终没有脱离过国际交流与合作。国际合作工作也一直对我局的筹备、建设乃至业务的发展，起着巨大的、不可缺少的推动作用。

我局的国际合作是从赴外培训开始的。1979年，我国派出第一批专利进修人员，奔赴美国、德国、法国、日本等国家和世界知识产权组织学习专利制度,我荣幸地成为了其中一员。当时我们这批进修人员回国后,把从不同国家学来的知识和经验进行综合、分析、对比,最后结合国情,对制定我国的《专利法》和《专利法实施细则》、筹备我国的专利制度提出了建议。我国的专利制度,从一开始就体现出与国际接轨的通行规则,同时又具有鲜明的中国特色。

我局逐步发展壮大也和赴外培训项目密不可分。历任局领导对此都十分重视。局领导多次强调,要想让我们的法律、审查和其他专业人员的业务能力尽快达到先进国家的水平,就要下大力气培训,就要把人家的东西彻底了解清楚,要开拓一切可以利用的途径,来培养我们自己的人。我1998年来到国际合作司任职,当时的局领导对国际合作工作非常重视,多次亲自带队到世界知识产权组织及其他国家和地区商谈培训项目,并且每年都投入大量的人力、财力、物力,这种投入也让其他部委的同志羡慕和钦佩。事实证明,这些投入获得了巨大的回报。当年赴外培训的学员,后来基本上都成为各个部门的中坚力量和业务骨干,为强局建设提供了有力保障。

我很高兴地看到,在局党组的领导下,我们对国际合作工作的认识不断深入,我们对国际合作工作的定位也逐步清晰和明确。现在我局已经日趋活跃地积极参与国际知识产权事务,参与制定知识产权国际规则的各项活动。国际合作工作的不断发展,实际上也有力地推动了我局各项业务工作和我国知识产权整体工作的开展。

对我局未来国际合作的期望

采访人: 您对我局未来的国际合作工作有什么期望吗?

乔德喜： 目前我局的国际合作工作已经取得了很大的成就，对于现在的工作，我更多的是欣喜和钦佩。当然，从事业发展的角度上讲，我觉得未来的工作，首先还是要十分重视如何有效、及时地分析和把握国际知识产权发展的新形势。举个例子，在我局发展初期，我们就非常重视同世界知识产权组织的合作，并且始终与其保持良好关系。这对我国在知识产权国际舞台上扩大影响起到了很大作用。历任的世界知识产权组织总干事，特别是鲍格胥先生，给予了我局很大的支持。鲍格胥曾经表示，在世界知识产权组织的工作范畴内，只要他在，中国的事务一定要亲自把关，而且在涉及原则的重大问题上，如台湾问题，他绝对不会做任何违背我国政府相关原则的事情。这就对我国当时的外交工作起了非常积极的作用。当今的国际形势又有了许多新的重要的变化，比如五局合作、国际专利制度变革等。面对新形势，我们如何能做到既坚守我们的原则和底线，又适应这个世界不断发展变化的形势，我觉得这是值得我们始终努力思考的。

另外，我觉得国际合作工作的成绩，不能光看工作成就本身，还要十分关注国际合作各类人才的培养。这些人才，首先是国际合作司，要有从司长、处长再到项目官员多个层次的业务人才，他们是我局国际合作工作的核心力量。他们应该熟悉国际合作的业务，熟悉我国外事工作的具体方针政策，具有过硬的外语水平，熟悉相关国家和国际组织的情况，具有相当的政策水平，当然还要具备一般外事工作所应当具备的知识和技能。此外，如果可能，他们还应当尽可能地熟悉我局业务，可以术业有专攻，或偏重于法律，或偏重于文献，或偏重于审查。有这么一批业务能力强、政策水平高、知识结构全面、相对稳定的复合型人才，就会为我局国际合作工作的长远、可持续发展奠定坚实的基础。

此外，还要关注局内参与国际合作工作的其他部门。随着我局国际合作工作的拓展和我局国际影响的扩大，法律、审查、文献、信息化和管理等部门以及地方知识产权局等都已经日益广泛地参与到国际合作中来。在这些部门里，我们同样需要培养出一批既是本部门业务骨干，又是国际合作方面能手的人才。

青年人要抓住时代机遇

采访人：目前局内青年的数量和比例都很高，局党组高度重视青年的成长成才，自身发展也成为我局众多青年同志所关注的问题。对于这些成长中的青年人，您有什么寄语？

乔德喜：我们都是从青年时代一路走过来的。我感觉每个人的成长都有时代的烙印，个人的发展和所处的时代密切相关。

首先，青年人要对自身所处的时代，有使命感、责任感，对于本职工作要有敬畏感。

我是"老三届"的大学毕业生，毕业以后我在河北某地煤矿一干就是10年，那段时间曾经很彷徨，社会上在宣传读书无用论，我们当时也不知道自己未来何去何从。那个时代国家形势堪忧，每个公民的命运始终是和国家的命运连在一起的。1976年以后我们的党和国家拨乱反正，邓小平同志主持大局，改革开放，为我们国家带来了复兴的希望，也为我们个人的人生带来了希望。我对邓小平同志是非常感恩的，从心底里佩服他。因为是他将我们国家带入了新的时代，改革开放给千千万万个像我这样的人带来了生机和希望。当1977年恢复高考以后，我们都振奋了。所以，我报考了恢复高考后的第一届研究生。这是改革开放给予我们的一次机会。

1978年，我国开始筹备建立专利制度。筹备工作要挑选和培训一批专利的专业人才。我有幸被选上，参加了这项工作。1979年9月，我们这批人便分赴各个国家，开始了我们为之奋斗一生的专利事业。我就这样看似偶然地搭上了我国专利事业发展的列车，一路走到现在。事实上，我国专利制度的筹建本身就是改革开放的一个方面，改革开放的时代背景为我们提供了一次历史机遇。所以我觉得我们青年人的发展都是要跟时代、国家的发展结合在一起，否则任何个人是不可能有大的发展前途的。换句话说，我国的专利和知识产权事业不发展，国家知识产权局不发展，我们局的每一个员工要想大有作为是不可能的。另外一方面，我们局的发展也是要靠每一个人的具体行动，要靠全局所有员工的齐心协力，才能把党组定的大政方针贯彻好，每一个人的努力、每一个人的付出，都会使我局的工作更出色，都会使我国的专利和知识产权事业更辉煌。

所以，我们要把自己跟我们整个国家的命运连在一起，我想这也可以说是一种"与时俱进"吧。每个青年人都要怀揣使命感、责任感和敬畏感，扎扎实实做好本职工作。只有做好自己的工作，在国家的发展中才能有自己的发展，才能有自己的前途。

其次，青年人的成长需要坚持不懈的努力和付出。不能三天打鱼两天晒网。不管是在哪个部门，从事什么工作，只要是一项具体工作，它都会有自身的规律，要通过坚持不懈的努力来了解它、熟悉它，做到精益求精。

比如说你负责美大地区的国际合作事务，要想做好工作，从中有所收获，就不能仅仅是联系酒店、订订机票，这些都是很皮毛的事情。你需要考虑美大地区这些国家的知识产权制度你通晓多少，你对它们的最新发展通晓多少，更进一步讲，这些国家对我国外交层面上的发展动态你通晓多少，我国外交在这些方面的具体政策和口径又是什么，我们的专利和知识产权制度跟它们之间的差异是什么，双边合作中哪些方面可以更进一步发展，哪些方面是未来工作的突破口。掌握这些业务知识会大大提高我们的工作层次和效果，但这不是一天两天可以办到的事，需要我们耐心长期的研究积累，要沉下心来扎扎实实地去熟悉、去领会。

我局的工作，无论是条法、审查、文献或者国际合作等，都是大有用武之地，也都有很强的业务性和政策性，很需要我们沉下心去研究学习。我们的青年同志，尤其是刚参加工作几年的新同志，还是要沉得住气，摆脱浮躁心理。国家知识产权局为我们青年人创造了很多很好的条件，大家应该沉下心来锤炼自己。

最后，青年人要有事业心、上进心，机遇总是赋予那些有准备的人。扎扎实实练好内功，才能把握住这个时代赋予的机会。

保持良好心态，提高自身修养

采访人：听说您在退休之后的生活也很充实，在完成人生角色转换的过程中，您有什么感悟可以跟我们分享吗？

乔德喜：我是2004年退休的，退休之后也没有立即离开知识产权工作。我在中华全国专利代理人协会任副会长，在金杜律师事务所任顾问，不过今年也都逐渐退出了。退休以后，能够有更多的时间安排自己的生活，现在的生活重心就是享受生活。

我觉得无论是处于什么样的人生角色，都要有一个良好的心态。首先要平和。当前的年轻人确实是压力很大，面对工作和社会上的很多问题，都要自己解决。但是这也需要保持平衡、平和的心态，淡然处之，戒骄戒躁，这样会更容易解决问题，对自己的成长发展也比较好。其次是感恩。我经常去奥林匹克森林公园走路，有时就在那儿唱歌，正如歌里唱的，感恩父母，他培育了你长大；感恩师长，他教会你懂得做人；感恩所有帮助过你的朋友，让你知道怎么报答；感恩所有曾经用不同方式伤害过你的人，让你知道变得如何坚强。拿我自己来讲，我觉得跟我的父母他们相比，现在的条件比过去好多了。跟我自己过去相比，我曾经在煤矿待过，也下过井，所以我能够体会到现在生活的来之不易。

最后，说到做人的修养，我觉得做人还是要有底线。我1965年入党，是个老党员了，所有党的章程、纪律，都要严格遵守，还要积极参加党的活动。作为党员要遵守党纪，作为公民要遵守国家的法律，国法绝对不能触犯。同时，一个人的道德良心也是时时刻刻不能丢弃的。认认真真学习，踏踏实实做事，清清白白做人。古语有云："勿以恶小而为之，勿以善小而不为。"我觉得很有道理。作为青年人，什么事情该做，什么事情不该做，自己要有一个行动的标准和底线。以上这些话就是作为一个同样从青年时代走过来的人，对现在青年同志的一些期望。

采访人： 谢谢您把几十年来的感悟跟我们分享，您的真知灼见一定会对我们局年轻人的成长有很大帮助。

乔德喜： 我也很高兴能有机会跟我们局的青年同志交流。如果要说这一生最值得庆幸的事,就是有幸在我 30 多岁的时候,赶上我们国家改革开放,还有幸亲身参与我们国家专利工作的筹备,并且从筹备开始一直做到 2004 年退休。

(与采访人合影,左起依次为:杨成睿、乔德喜、曾燕妮)

用行动保障专利局的建设和发展

——专访专利局办公室原主任王亚轩

● 个人简历 ●

王亚轩,1939年4月出生,黑龙江阿城人,中共党员。1956年5月于黑龙江省玉泉建材厂参加工作,1958年3月参军,1969年8月复员到北京市海淀区委办公室工作,1980年12月到中国专利局工作。曾任海淀区委办公室副主任,中国专利局办公室副主任、主任。1994年4月退休。2014年2月26日病故。

被访人： 王亚轩

采访人： 范继晨（《知识产权青年》编辑部）

采访时间： 2013 年 8 月 12 日

采访地点： 王老家中

编者语： 初见王老，给人一种很亲切的感觉。在将近一个多小时的聊天中，王老侃侃而谈，谈他与专利局的缘分，谈专利局建设的艰辛，谈工作中的点点滴滴。从交谈中，感受到老人对工作的热爱，对这份事业的忠诚。访谈后不久，老人家就因为疾病去世了，当时心里有一种说不出的悲伤……

为房子问题到处奔波

采访人： 王老您好，非常感谢您接受我们的采访。您是什么机缘来到专利局的呢？

王亚轩： 我是 1980 年 12 月份调到专利局的，当时叫中国专利局。据说当时党组研究决定要从北京市委机关调一个干部来，主要因为新建局，许多事情需要北京市政府给予支持，如征地、租房等。当时北京市委打电话问我想不想去，我表示对国家新建的单位挺感兴趣。我当时是海淀区委办公室的副主任和外事办公室的副主任，主要管外事和大型活动，如"五一""十一"的游行、游园等，而1979年开始从简不再举行。但当时区委书记不放，我就找领导谈，说想到一个新单位去。谈完后领导同意了，过了一段时间就通知我可以报到办手续了。我是 1980 年 12 月 20 日报到的，那时候咱们局办公地点还在工人体育场看台，大概有二三十人。

由于专利事业的发展，工体办公受到限制，局里让我到北京市租房，我接受这个任务后，想到了海淀区玉渊潭公社，现在叫玉渊潭乡，那个院子比较大，有一栋楼和很多平房。当时找到玉渊潭公社党委书记陈光水，他之前是海淀区委组织部的干事，以前都在机关里很熟。和他说明咱们局新建局的情况，希望租房，当时他的公社人不多，院子很大，就同意了，当时协议 70 万元租用，经局领导同意就拍板把协议签了。

采访人： 租房是您一手操办的？

王亚轩： 对，是我一手操办的。公社有一个四层楼，有几十间的平房，3000多平方米，还有一个接待室用作外事工作，院子很大，1981年"五一"前后我们搬过去的，我简称叫"农家乐"。

搬家后，武衡同志争取到把国家科委一个文献馆中专利的一部分划分给咱们专利局，结果没有场地和房子，文献不能上架，因此又盖了四五千平方米的活动板房。

采访人： 那就是咱们文献部的雏形了吧？

王亚轩： 对。文献工作人员也过来了，像王万里，还有朱素英等都同文献馆一起过来了。

采访人： 那个时候大概有多少人？

王亚轩： 那时候有四五十人。当时中国有好多人反对建立专利制度，我理解反对的人，主要是因为"文化大革命"多年批私反修，而专利制度要保护私有权，承认私有权的存在，好多人心有余悸。后来，国务院要开常务会议，让专利局做准备，向国务院常务会议汇报，当时的局长黄坤益同志就汇报了中国为什么要建专利制度，应该不应该建立专利制度。

汇报以后，国务院最后向小平同志作了请示，小平同志态度很明确，说中国早点建立专利制度为好。此后，我们的腰杆直了，精神状况也不一样了，专利制度的建立前景光明，就开始招兵买马，选地址、盖办公楼了。所以我认为小平同志是中国专利制度建立、发展的推动者。

1984年，北京市委通知，专利局在一个月之内搬出玉渊潭公社，因为租社队的房子影响了社队生产。

当时黄局长就着急了，找我商量怎么办，我说没办法，我们不能在马路上办公，只能"跑"。如果北京市不解决就去找国务院。从海淀区委跑到北京市委，从北京市委跑到国务院。国务院批示，中国专利局是国家批准新建的单位，没有办公用房，租用玉渊潭公社的房子问题，是不是可以做特殊情况处理，让他们继续租用。我拿着批示到北京市，市委同意，可以继续租用。但我说不行，我们事业发展很快，要从外地招很多审查员，需要将东边新盖的楼也租给我们，后来和海淀区委谈，全都租了。这样就解决了从外地调来的审查员的住宿问题，一间房8块钱，大家皆大欢喜，包括田力普同志当时也住在东楼。

租房解决宿舍也是临时的。后来正好力普同志获得一个信息，海淀黄庄有一栋楼，3812平方米，领导交代把这个楼买过来。当时6家单位争这栋楼，有科学院、航天部等。我们当时得求人家啊，说得卖给我们，我们是新建单位，房无一间、地无一垄，外地来的干部没地住，支持支持我们吧，跑了很多趟，好说歹说，同意卖给我们。现在不敢想象，每平方米400块钱，现在这个楼是学区房，每平方米3万元。当时一共150多万元把整栋楼买下，于是干部的住房都解决了。

采访人： 后来的工作怎么样？

王亚轩： 后来又用3个月在那个院建立一个专利展览楼，向外宾和专家介绍我们专利事业的发展。我现在是不敢想，3个月内设计、办手续、建楼搞展览。《专利法》是1984年3月12日通过的，通过的时候还在玉渊潭公社，放鞭炮、敲锣打鼓，整个形势就比较好了。1988年、1989年，玉渊潭退租，局里在测绘局租了房。

所以，今天谈到时代变迁，回顾历史的延续，我深深体会到中国专利制度的建立，是改革开放的产物，中国专利制度的建立真正体现了保护人才、尊重人才。《专利法》真正适应了改革开放的需要，外国敢与中国交往了，我觉得德国对中国专利事业的支持贡献最大。因为德国特实在、特热情、特诚恳地来支持中国专利事业。

带好队伍，做好服务

采访人： 在1989年搬进现在的办公楼时，您在负责什么工作？

王亚轩： 开始在办公室，后来到综合部，我是副部长，主持工作，当时负责办公室和现在的服务中心（以前叫行政部）。1989年机构改革，咱们局归经委管。后来我们向中编办宣传中国专利制度建立的重要性、必要性、国际的影响，是顺应改革开放，于是唯独咱们局由代管局上升到直属局。

直到1994年我一直是办公室主任，当时办公室班子很好，应该说队伍有凝聚力、有战斗力，我个人水平不高，但我用的干部水平都高，都超过我。

采访人： 那时候您的协调能力最强。

王亚轩： 我用干部是这样的，要求严，使用要狠，关心照顾要到位。要求不严的话，队伍就没有战斗力；使用不狠的话就不能打硬仗，水平体现不出来；关心照顾，就是要让干部感觉到温暖，工作起来没有后顾之忧。

比较典型的是，一年的春节前座谈会上，一个审查员向局长反映问题，说你们下班以后都回家，有热菜热饭吃，我们成天早上包子、中午包子、晚上包子，很不舒服。当时局长问我，老王这事怎么解决啊？我说食堂是我取消的，当时也是适应社会发展，服务社会化。但给补助，当时每人一天一块二，30天就36块，当时大学毕业生工资四五十块，这笔钱确实不少。如果要办食堂的话，一块二的补助恐怕就没有了。当时那位同志一听，说还是继续吃包子吧，我还要补助。就是说，做一个领导者，不管是大单位的，还是小单位的，又或是部门的，心中必须有两字——群众，心中装着群众。做领导，要求群众干什么，首先要自己做到，自己做不到，没法去要求群众。

所以，我感觉整个筹建期间，专利局艰苦奋斗、勤俭节约非常突出。虽然时代变迁了，但艰苦奋斗的作风还是应该一代一代地往下传。

关于局史，局里有必要抓得深、抓得细、抓得好。三四年前，我给局里写过一个报告，建议尽快成立中国知识产权博物馆，要参照现在的社会博物馆，结合中国专利制度，在北京建立一个全国性的博物馆，建在奥林匹克公园里。

在博物馆建立远程教育，北京的大学就不需要专职的知识产权老师，就由我局的审查员和干部去上课，外地的采取远程教育，又省钱，效果又好。不过这仅是我的建议，真要实行起来还是有很大的难度的，还需要更好的规划，需要我们的努力，更需要党中央、国务院的支持。

退休后仍不忘专利事业的发展

采访人：您的退休生活是怎么安排的？

王亚轩：我在1994年，提前5年退休，在司局长中提前5年退休的人不多。退休以后也想发挥一下余热。有朋友分别介绍我到一家美国公司和一家新加坡公司任职，给的待遇挺高，但接触后感觉都不行。最后还是选择了专利，专门研究专利纠纷问题的规律性、特点和操作。

采访人： 您对今后我局的发展有何建议？

王亚轩： 个人感觉，第一是抓好申请质量、审批质量和审批速度，这是首要的，也是最重要的。第二个，就是我前面提到的建立知识产权博物馆。第三就是，建议局里可以发挥老干部的余热，在搞课题研究的时候把老同志带上，这里边可以发挥团委的作用，青年人和老年人配合，老同志脑子东西多、积淀多，年轻人可以去各省各地调研，然后出报告。

采访人： 今天和您聊得挺开心，我们也受益匪浅，非常感谢您！

专注人才队伍建设　助力专利事业发展

——专访离退休干部部原部长王谨

● 个人简历 ●

王谨，1945年12月出生，1965年7月参加工作，1980年3月进入中国专利局工作，2006年2月退休，先后在人事教育部、离退休干部部工作。

被访人：王　谨

采访人：苏　斐　程俐陶　王永锋（人教部青年工作组）

采访时间：2013年8月9日

采访地点：国家知识产权局老干部活动中心

编者语： 王谨部长最早在人事部门负责人员招录工作，为专利局建局初期的人才建设作出了重要贡献。很多现在的局领导，就是王部长当年坐着公交车、骑着自行车，从别的单位"抢"来的。王部长至今还保存着当年考察谈话、查阅档案的记录。后来，王部长又调到离退休干部部工作，对离退休干部倾注了真挚感情，不管时间多晚，不管困难多大，她从来都及时出现在最需要的地方。

短短数小时的交谈，王部长向我们详细讲述了我局初建时的情况，特别是人才队伍建设的历程。以下是我们根据王部长口述整理的访谈内容。

在不断摸索中筹建中国专利局

我是1980年3月调入中国专利局工作的。中国专利局、中国专利局工作人员队伍，从无到有、从小到大、从弱到强的建设过程，我是亲历人也是部分工作的实干者。中国专利事业发展到现在，确实是我们的专利工作人员艰苦奋斗创建出来的。现在回顾30多年建局史，不少人和事历历在目、件件在心。

1980年初，国务院10号文件决定要在我国建立专利制度，成立中国专利局，明确机构规格为国务院直属局，事业编制1500人。总局在北京编制1000人，当年要进150人。设上海分局，编制500人，中国专利局上海分局由上海市科委承担筹建工作，经费由北京划拨。中国专利局由国家科委负责筹备工作。当时是国家科委副主任武衡同志负责领导中国专利局的筹备工作。最开始是在国家科委办公楼地下室一间房子里。从国家科委成果局借调了几位副局长：蔡立珩同志、安玉涛同志、钱传炳同志、关文魁同志，还有计量院的宋永林同志组成筹备领导人员，配合武衡同志做领导工作。蔡立珩同志分管外事、对外联系方面的工作。宋永林同志分管专利法调研起草工作。1980年3月在北京和平宾馆租了几间客房作为临时办公用房。筹建工作一开始就重点抓建队伍、立法、培训、安家。分几个组，人事组、法律组、办公室、外事组、专业人员组等。安玉涛同志分管人事组，宋永林同志分管法律组，蔡立珩同志分管外事组和办公室，先抓人、财、物，保证工作运转。人事又借调了郭凤久同志、何文彬同志，一位负责调配，另一位负责培训。当时主要是落实世界知识产权组织帮我们培训专利工作人才计划。要把能听懂外语的人直接派出去，接受免费培训，以及落实外国专家来我国给我们培训专利知识。

办公室从科委借来王玉玺同志，分管文秘，周慎礼同志、柴永春同志分管后勤保障，赵元果同志在法律组。当时办公条件极差，局里的信函由王淑珩同志在国家科委地下室每天收齐，送和平宾馆，她还是唯一的打字员。调来的人坐在客房的床上，办公桌很少，有的人只能坐在宾馆院子的长廊上。开会和组织学习都在食堂圆桌旁。当时有一辆国家科委给的旧桑塔纳车，就连商调函都是从国家科委人事局借来的。

1980年7月初，又租到工人体育场24门的运动员宿舍。我局又搬到工体去办公，有的房子既当办公室，又当宿舍。从情报所商调来的10名研究生，马连元同志、田力普同志等就住在办公室里，还有从大学里分来的几名大学生和从外省借来的工作人员都住在办公室。

随着工作的展开，单位内部结构不断增加，人员也不断增加，有了文献部、出版社、初审、实审几个部门，我们又搬到西八里庄四季青公社的办公旧址办公。后又增租半壁店的房子，主要解决审查业务人员办公用房。搬入八里庄时，我局已调入350多人，还正式调入了赵石英同志、高阶平同志、田巨生同志几位局级领导干部，把情报所的专利馆划给了专利局，人和专利文献一并给了。当时外国专利局送给我国的专利文献也陆续运来，一部分留在上海分局，一部分运到了总局，这样我们建起了自己的文献馆。为了解决几百人的午餐问题，办起了食堂，可就在这时突然让停止进人，由国家科委代管变为由国家经委代管，机构规格由国务院直属局降为国家经委代管的局级单位。当时由国家经委副主任朱镕基同志分管我局。

当时主要由于在我国建立专利制度有争议，我们的工作因此停止进人，也受到了些影响。停了几个月，国务院最终还是决定建立专利制度。黄坤益同志正式调入专利局任局长。黄坤益同志是临危受命，一到专利局就狠抓《专利法》的通过、专利办公大楼建设、专利审查队伍建设、专利文献建设、专利复审和专利代理队伍的建设。并要求当年务必调入 50 名审查员，这些工作都抓得很及时到位，才保证了 1985 年在专利局办公楼（小六楼）受理和审查专利案件。

随着专利事业的发展和专利工作在国民经济发展中地位的提高和国家对专利工作的重视，到高卢麟同志任局长的后期，才又恢复成国务院直属局。随着专利案件受理量和审查工作量不断增加，我们专利队伍不断壮大，通过全体专利工作人员的奋斗和努力，已把我局建成了大局、强局。

高度重视人才队伍建设

1980 年 3 月，我一调入专利局，就做人员调配和人员工资管理及职工福利待遇工作。但是大多是借调的，正式的人员没几位。武衡同志对人员队伍建设很重视，不论是行政管理人员还是专业技术人员的调入都很严格，要求严格把关，保证进人质量。进人程序是，人事部门领导与被调人员先面谈，满意后再到被调人单位进行政审和业务能力审查，合格后再发商调函。档案过来后，人事部门先审查合格，后报主管局长同意，然后报局领导班子统一研究批准，然后才能正式下调令。专业人员商调前，还要由本专业专家考核，以及外语专家作口语考试和笔试，合格后才调入。参加考核的本专业专家、外语专家有汤宗舜、朱晋卿、刘同文、贺儒英等同志。调入一个人常常要跑好几趟。行政管理人员、工勤人员还比较好调，专利审查人员还要求具备5年以上专业技术工作的经验，懂一至两门外语，年龄在45岁以下，所以专利审查人员是很难调到的。当时武衡同志出面，向中科院、科委系统，要求支援专利局一些专业人才，但落实很困难。

中科院答应给十几个专业人员，但所在研究所不同意，结果只来了几个。当时还向中组部、人事部请求支援，批进京的指标，从全国各地选人，刘达夫同志、黄厚刚同志、杨佩璋同志都是从京外调来的。这些人专业对口，但是需要解决配偶、子女进京、户口，以及来京后的住房问题。专利局本来就没房，当时压力很大。

当时也采取了多渠道调配专业人员，1980年从情报所在职研究生中选了10个人，从自动化所的研究生里选了10个人，他们年轻，外语基础好，到专利局就选修专利专业，直接派到国外去培训。马连元、田力普、郝庆芬、胡一鸣、尹新天、杨采良等同志都是那20个研究生中的成员。他们在专利事业发展中是领军人、是栋梁，为《专利法》制定、修改工作，为审查工作都作出了重大贡献。

到了1983年、1984年，我们又抓住机会，两年从高校毕业生中选了80人，主要解决专业人员不足的问题。记得当时他们一毕业就来报到，我们周日不休息接他们。他们在花园路一个小宾馆住下，并在那里参加培训，教育处负责管理他们的生活和学习，当时的条件还是比较艰苦的。现在这80人中，在专利局工作中挑大梁，如贺化同志、甘绍宁同志已是局领导成员。

1985年前调进来的审查员，任务就是学习专利法、专利审查，学习外语。有的送到国外培训，有的是请外国专家来国内培训，配备几个语种外语教师,办外语培训班。也联系国内的大学,进大学进行专业和外语培训,保证了我局专利审查工作的开展。

除对专利工作队伍注重专业、外语培训,同时也注重政治思想和生活的关心。我局年轻人多,适时成立了团委、工会等组织,保证了年轻人全面成长。对职工生活也给予了极大关注,在解决职工住房、夫妻分居、子女入托、外地进京子女入学等问题上,都是想尽一切办法,保证他们安心工作。在职工工资调整、奖金发放方面,尽最大努力争取能解决得好些。

另外,1981年我局也成立了局机关党委、纪委,严格按照党纪国法要求和监督职工,保证了我们工作队伍中不出现贪腐人员。

(与采访人合影,左起依次为:王永锋、王谨、程俐陶)

新型一路 与时俱进

——专访实用新型审查部原部长郝庆芬

● 个人简历 ●

郝庆芬,1945 年 8 月生,汉族,河北武清(现为天津武清)人,民进党员,毕业于哈尔滨军事工程学院航空工程系(学士)、中国科技大学研究生院信息科学专业(理学硕士),研究生学历。1964 年参加工作,1980 年调入中国专利局,1988 年 12 月 21 日由专利审查一部副部长调任实用新型审查部副部长,1993 年 7 月起任实用新型审查部部长,1995 年 10 月 1 日退休。

被访人： 郝庆芬

采访人： 林 佳　赵 赛　赵萌萌（新型部青年工作组）

采访时间： 2013 年 8 月 27 日

采访地点： 郝庆芬办公室

编者语： 郝庆芬曾在中国专利局建立之初挥洒青春热血，也在实用新型审查部的发展史上留下浓墨重彩，如今依然活跃在专利行业，老当益壮，见到她，和蔼可亲，笑容可掬，思维敏捷。她跟你娓娓道来的不仅仅是她在原中国专利局的时光变迁，更是一个专利人对于专利事业的尊重和执著，透过她，我们明白了对待工作和事业要勤勉、实干，更加懂得实用新型审查制度一直都是立足于当下并顺应时代要求而改变，这就更加要求我们实用新型审查部的青年审查员们爱岗敬业、与时俱进。

忆往昔点滴成河

采访人：郝老师，您好！谢谢您接受我们的采访。那就请您先聊聊实用新型审查部成立之初的情况吧。

郝庆芬：1985年，在专利审查一部里面有一个实用新型审查室，当时是室一级的编制。当时一部设有外观设计审查室、实用新型审查室、分类室、发明流程室、公报室、保密专利审查室等，这样的室大概有六七个，还有综合室。

当时，我在一部任副部长，分管分类室、实用新型审查室和保密专利审查室。还有一位副部长，就是吴伟成副部长，他负责发明流程室、公报室、外观设计审查室。正部长是李富英部长，李部长负责全面工作，并分管综合室。

采访人：当时有多少人？

郝庆芬：一开始，实用新型审查室大概有10个人，外观设计审查室大概有四五个人，分类室人比较多，有20人左右。分类室是当时最早着手业务准备的。

申请文件进入一部，首先经过受理审查，然后都要进行分类。把所有的受理文件分类，然后分到各个部去。分类室最早做的准备工作，是把IPC分类表翻译成中文，那时只有英文版分类表。因为我在建局之前在日本学习过分类，所以我和一位叫张乐华的老同志一起管分类室。

当时，第一个工作就是组织全局有可能的力量把英文分类表翻译成中文，并在专利局"开张"前出版，以提供"开张"后分类工作的基础或依据。

分类是首先要做的事，没有分类，后面都等着不知道怎么做。但分类又不是一件很简单的事，不能随便去分类。先分到部，然后到大类、小类和组，按照什么原则去分，怎么去理解分类，都是很不容易的。

所以，我们和德国合作的第一个项目就是分类班。咱们的审查员来参加，我是那个班的班长。之后又办了一个"日本班"，也是讲的分类事项。当时，同时进行IPC的分类翻译，由审查部的审查员翻译。当时是一个审查部，下设各个审查室——机械室、化学室、物理室……由没有派到外国去学习的、留在家里的审查员翻译，最后由分类室校对并最终确定，然后交到出版社出版。出版的时候，我还担任过二校，事情非常多。在分类的过程中，要把别的国家的指导思想、分类表格指南、关键词、索引都翻译过来，给大家讲清楚应该怎么做。实在不知道的要看索引，然后看关键词，以便找到相应的分类，我记得好像有两三年都在做这个工作。

当时，实用新型审查室也是我分管的，这个室设有副主任，所以日常业务工作我抓得少一点，主要精力放在分类这边。但是，对于实用新型审查室的人员招聘和"开张"以后的表格，都是一部弄的。因为前面也提到了，当时实用新型审查室是一部的一个室，这个室在1988年搬家，从五孔桥搬到蓟门桥这边来，才成立的实用新型审查部。那之后，我就从一部调过来，做实用新型部的副部长。当时没有部长，有两个副部长，一个是我，另一个是赵春山。后来，我还写了一本关于实用新型的书。

一开始在一部时，实用新型审查业务面临什么问题呢？第一个问题就是到底应该招什么样的人来做实用新型审查员，或者说局里对实用新型制度是怎么认识的。这是我们当时要决策的第一件事。

你们可能知道，当时的实用新型审查就做一个初步审查，不做检索、不做对比，也不做新颖性、创造性判断，也没有外语方面的过高要求，所以一种意见就认为实用新型不用招学历高的人。但我们认为，实用新型还是应该招正规大学毕业的、理工科背景的人来做，要能够把实用新型看懂。局里也开过会讨论实用新型和外观设计的审查到底应该招什么样的人。外观设计审查还倾向于招工业设计专业的人，但那时工业设计的毕业生很少，比如原来复委会的赵嘉祥同志，他就是在地毯厂做地毯设计的，后来招到咱们局，这类人才在当时很稀缺。

实用新型审查从一开始就申请招大学毕业生，局里也同意了。现在咱们研究生有很多，但当时没有，当时全社会也没有多少研究生。即使是在发明实审岗位，也很少有研究生毕业的。但发明实审要招实践经验丰富的，真正做过发明、搞过科研的，所以一开始招来的人都特别有经验、年纪也挺大。咱们实用新型没有强调这个，所以招来的人还比较年轻，基本都是"文革"后的毕业生。所以说，招大学本科毕业、有专业背景的人来审查实用新型，是我们当时决策的第一件事。我一直都认为这个决策很正确的。

当时实用新型审查岗的条件特别艰苦。发明实审岗位要派到日本、德国、美国去学习，而实用新型和外观设计审查岗很少派人去。在这一点上，我觉得实用新型审查室、外观设计审查室和一部的老同志在建局初期作出了很大的牺牲和贡献。

当时，很多人都在准备出国，但我们没有。实用新型和外观设计在局里开过一两个星期的短期班，或一个月的短期班，或者短期出国考察一下，没有长期的班。

从一"开张"，实用新型、外观设计的审查和分类人员都冲锋在第一线，而发明实审员"进入战壕"就要比我们晚得多。那时，一部已经"进入战壕"做准备工作了。在什么都不知道的情况下，要设想各种可能出现的情况并做好培训，就需要大家一起根据当时的《专利法》来设想，比如什么样的条件不受理等。

由于当时国内物资紧缺，当时出国的人可以带回家电这些东西，所以大家都希望出去看看。而我们一部的同志却很少有这样的机会，但这些都不影响大家发挥智慧、摸索工作。

当时一部和出版社在五孔桥办公，地方是租的，院子里都是水坑。而且屋子里特别黑，灯特别暗，局里给大家配了台灯，那里还经常停电，一下雨就停电，又不通电话，五孔桥和局里也不通电话，条件就艰苦到这种程度。你们可能无法想象，经常停电、不通电话、也没有汽车……"开张"后每天都接到很多申请费，大量的钱，这些钱没有地方存放，就送到银行去。当时送费用到银行，不像现在有车，当时就让一个小伙子，他就是现在初审及流程管理部的副部长董马林，让董马林骑个车、背个包，把那么多钱送到银行去存。

所以，我们经常问，这么晚了，董马林回来了没有，担心他的安全。后来，就想了个办法，派两个人吧，董马林骑车在前面，另一个人跟在后面，离得远一点儿，两人一块去，就这样来解决问题。我记得有一次，我和老李、吴伟成晚上加班，9点多从五孔桥出来，周围漆黑一片，黑极了，旁边是条河。吴伟成突然说，部里的档案库还没有关灯,他怕浪费电,就又从后窗户跳进去把灯关了,然后再从后窗户跳出来,我们再一路漆黑地走到汽车站坐汽车回家。

当时一部的主要困难就是没有通信工具、没有交通工具。早晨起来能坐班车到五孔桥,一直到晚上坐班车回家。那地方现在可能不算偏了,但当时是挺偏的。当时咱们专利局的局办公大楼在八里庄,是从四季青人民公社租的一个院子。但是我们在八里庄再往西,就在那一个偏僻的地方工作。

"开张"之前要准备各种表格。我们先起草,再讨论确定,然后拿到新华印刷厂去印。我们都是星期天去,当时一个星期只休息一天,平时又要上班,所以就利用星期天在那里待一天,一个字一个字地校对。吴伟成是个特别仔细的人,这些表格一个字也不能错,至少有上百种,他就这么一张一张做出来,真是立了大功。一部的表格都是从那里起步的。

看那些表格,不知道花了多少时间,而且很多都是利用休息时间。都是一个字一个字地看,到一校、二校,甚至在印刷前我们还得去校对一遍。这些表格丝毫不能出错,因为它们要向全社会发出去。一大厚本儿,花了很大工夫。

1988年之前,实用新型审查室一直都在五孔桥。那边没有食堂,大家中午都自己带饭。培训时也没有像样的教材,就是白手起家。"开张"之前虽然做了很多准备,但真有案子来了,还是手忙脚乱的。一开始特别忙乱,中午就真的很少能坐下来吃顿饭,一天忙到晚,快下班了,大家都赶快赶班车,背着大包小包,很多人都拿回家弄。在班上就是处理事情,很多资料的整理和统计都拿回家做。吴伟成当时有个大本,就比你手上这个笔记本还要大些,一个大黑本，每天的、每个月的数字他都得及时回家整理。局里一开会，问起现在有多少量，就得找吴伟成，因为当时没有计算机统计那样的东西。

在开始做业务准备的时候，一部还解决了个问题，就是日本人的名字到底要写到什么程度，是用日文还是用汉字。为此，我们到新华社、人民日报社调研。日本人的名字，有的是汉字，有的又不是，和中国简化字不一样。对于这个问题，国家是什么政策，应该写成什么样呢？折腾了好久，换了两任日本的长期专家。后来我们了解到，新华社有一个原则，就是他写成什么样我们就写什么样，如果没有的，就造字；人民日报也有政策，没有的字，给他造。就这个问题，我们和出版社协商解决。出版社很为难，这不是我们的字，登在专利公报上行吗？《专利法》不是规定都要中文吗？类似这种想象不到的事情很多，而且很麻烦，有很强的政策性。可能你觉得没人管，但真弄错了，就可能是外交上的大事。

还有一些国外申请人的名字写成汉字后，例如P&G，其在中国申请很多，但每个事务所给它翻译的中文译名都不一样，甚至各个专利代理人都可能用不同的中文译名。因为它有很长的英文，有的人给它写成P&G，有的就按照英文发音写成很长的中文名字。等到最后年终统计的时候，都变成不同的公司申请人了。估计这类问题会一直存在，都要根据实际情况来完善，确实可能不同的事务所、专利代理人，就译了不同的名字，但统计时还只能用中文去搜索统计。

采访人：是的，内部统计确实是很困难。包括现在一些课题的统计，也是尽量去找更多的、符合的统计条件，但是要做到百分之百的精确可能还是很难。

郝庆芬： 对，要定个办法让它们统一起来。

采访人： 是的。国内的公司申请，现在规范了很多，因为有组织机构代码，即使名字变更了，但组织机构代码基本不变。

排遣争议，与时俱进

郝庆芬： 然后要说实用新型审查业务的第二件事了，就是关于实用新型制度的讨论。"开张"的第一年，发明申请的量比我们多，发明申请是16000多件，实用新型申请是8000多件，外观设计申请量少，只有几百件。然后，从第二年一直到现在，实用新型的申请量每年都比发明多。第二年就突飞猛进了。所以，在局里就有一个声音，觉得中国的专利制度变成了实用新型制度了，实用新型申请唱主角了。

首先这个制度对不对，不少人觉得这个东西弄错了，初步审查制度的基本考虑是不是错的？还有，应该申请发明的人为什么都跑去申请实用新型了，这个导向是不是错了？是不是走入"歧途"了？

为了这件事，局里开了很多次讨论会。当时我是管实用新型审查业务的，所以我在一篇文章里说，我对实用新型情有独钟。我认为国家在当时的科学技术水平下，建立三种专利类型是必要的，中央也是肯定的，是一定要做的。当时经过考察，国外有三种专利类型，我们都采纳了，立了一个法，这个一点都没有错。

至于说"开张"之后为什么实用新型多于发明，那是因为这种制度符合了当时的中国国情。我们制定了实用新型初步审查制，正是符合了大家对专利制度的初期认识。实用新型的申请量能够突飞猛进地发展，正说明建立这种制度是对的。

对于"好的发明都去申请实用新型了是因为实用新型费用太低了""实用新型优惠得太多了"……这类说法，我认为是当时的一个现实。当时正是体制改革的时候，企业厂长都是任命制的，那时他不愿意申请发明，觉得一任当了4年厂长，见到实用新型授权了，这就是他的政绩。如果申请发明，得3年才可以实审，后来又审查3年，他都换任了，根本就见不到。我觉得这是社会现实造成的，而不是制度本身的对错。

后来，过了很多年，实用新型审查部在我之后又换了几任部长，可能这个问题就慢慢解决了，当时我们还是比较"孤立"的。我们要为实用新型制度讲话，一点也不气馁，一点也不理亏，堂堂正正地讲。后来，有审查员问我，你觉得什么时候实用新型会衰落下去。我说今后也许可能，但不是现在。他说估计多少年之后，我说要到我们社会的科技实力达到相当的一个水平，跟美国、日本能够抗衡的时候，那我们的发明可能就多了，那时候实用新型应该就成为辅助了，但从目前看，还是实用新型多。

在前几十年，实用新型为专利制度的发展、普及立下了汗马功劳。没有这样的冲锋陷阵、这样的宣传，可能专利制度的发展要滞后很多年。在这一点上，实用新型的审查员应该有充分的信心，不应该怀疑。

采访人：但年轻人确实很少知道这样一段历史。

郝庆芬：是的，我们要多一些自我肯定。

关于实用新型审查业务的第三件事就是来不及审查。这么大量的案子压上来了，怎么办？为了解决这个问题，当时的黄坤益局长还比较支持，就说实用新型有这么多的案子是好事，要快，要不失为实用新型的特质。如果审查周期也弄个三五年，还有什么意义呢？应该加大投入实用新型的审查力量，然后把审查内容定得基本合适，加快审查进度。

熊志诚同志说要让我们实用新型的审查员"甩开膀子"干，局里应该有相应的激励政策，还要调整审查内容，确定哪些需要审查，哪些可以不审查。那时我们印了一个27号公告，就是在辩论这个制度对不对的时候印的。因为那时有一些人体治疗仪等东西都来申请实用新型了，变成了社会上的热点问题，就是说你有没有审查它对人体是不是有用、有没有伤害……后来我们定了27号公告，把范围弄小一点，那是阶段性的一个文件，现在已经停止了。

但这个文件当时是比较有效的。因为实用新型申请那么多，又进行初步审查，那些对人体可能造成伤害的东西难免没有经过严格的审查，变成专利了，结果产生一些纠纷。为了避免这个问题，我们把实用新型的保护范围进行了限定，让那些东西到发明中去实审，我们先把这个主要的、大部分的东西解决了。

当时如果没有27号公告，可能实用新型还是什么都有，会造成一些不好的影响，对实用新型制度本身也是一个伤害。但现在把它取消了，也是对的。大概在1994年或1995年，27号公告就作废了。因为现在我们有了审查经验，大家也都有了专利意识，认识也提高了。

对于实用新型的审查，在《审查指南》方面也是经过了一段摸索，比如功能性表达要不要审查，审查到什么程度；权利要求的从属关系对不对，要不要审查；发明公开的充分性和权利要求的对应性要不要审查；还有附图对不对，要不要审查……也是经过了很多摸索。

一开始，申请人写出来的说明书、权利要求书也是五花八门，什么样的都有，不审查也不可能。例如，有这样的权利要求书：我把这个发明献给国家，请国家建一个厂，请我做厂长……这样的权利要求，不审是不可以的。所以权利要求和说明书的对应性都要审。但是，随着一年有十几万件、二十几万件的申请量，后来这个审查就不可能做到那么精细了。

我们的主要优势在哪儿呢？就是比较快，在保证具备最基本的专利条件之后，至少发挥它作为情报源的作用。我们确实要取舍，如果有精力，保证了足够的审查进度，那可以按照中国人的习惯仔细审查，多为国家做点事。但从国外的经验来看，它们是绝对不审的。国家的法律没有赋予你这个权利，你就不好做。所以，我们现在做专利代理机构，有国外申请人经常问，这实用新型做的是什么审查？我们还要和客户解释说明。

对实用新型制度的认识，对审查内容的摸索和讨论，可能现在还在继续，还是走一条探索的路，我们没有停滞不前，我们在每个阶段都在想这些事，我觉得还是不错的。

你们审查员现在一年审查 1000 件是吗？

采访人：现在审查 1750 件。

郝庆芬：在保证审查 1750 件的前提下，要把审查做全面，对吧？但是法律规定必须做的，你必须得做。现在 1750 件，真的比我们那时候快多了，我们那时候也就是 100 至 200 件。因为当时大家都不熟悉，经常要讨论各种情况该怎么审，一有事儿就拿出来讨论讨论。所以早期我们也很了不起。

采访人：是的，当时您确实不容易，现在全是无纸化审查，看电子件。系统也有一些辅助功能，审查起来会好一些。

郝庆芬：说到实用新型的管理制度，最早在一部的时候是独立存在的，文档也在实用新型审查室，是独立的一个审查室，从初步审查到最后结论，再到公报，是一个整体的机构。后来到了实用新型审查部之后，有一段时间是把档案搁在一部，没有和六部走，六部只管审查。后来就发展到把这些文档都进到六部了，连公报到授权后都在六部。现在又发生变化了，又归到一部去统一管理了，现在六部就是审查，别的都不做。我觉得大家不用再探索这个结果，各有利弊。

立足岗位，成长成才

采访人：对了，郝部长，刚才我们也聊了您年轻时很辉煌的一段历史。我们部现在还是以年轻人为主，您对我们年轻人在工作上有什么启示？或者在个人成长上有什么指导？

郝庆芬：对我们实用新型的审查员来讲，我只讲一点，就是自己要看得起自己，要知道现在自己的付出、所做的贡献都是值得的，也是必须的。没有这样一个过程，中国的专利制度也发展不到今天，今后也不会那么顺利。所以，现在某种意义上，年轻人要正确认识到，在我们中国的专利制度发展史上，实用新型真的是写下了辉煌的一笔。如果年轻人不认清这一点，可能就会很不安心，可能会感觉比别人低一等。但任何国家、任何历史时期都是这样的，有的人可能要付出多一点，有的人要作出牺牲，但这都是国家的发展需要，如果没有奉献和牺牲，社会不可能进步。

年轻人要正确认识这份工作。这份工作也有不少乐趣，也有一些可以探讨的东西，并不是总那么枯燥。这份工作有深度、广度，还有一些东西要研究、摸索，不埋没个人才能。一个很有才能的人，因为做实用新型审查就被埋没了吗？我看不会是这样。你真有知识、有能力，在这个岗位上也能做得出色。我觉得，实用新型审查员也还是有很多要学习和提升的东西。我想大部分人是能正确认识这件事的。

采访人：是金子总会发光的，无论放到哪里。

郝庆芬：对，在这个岗位你也能做得很出色，你也能对国家做出贡献。你们现在干得不错，一个人一年能做1750件，能做到没有错误，并且都在期限之内完成，那是相当不错了。

采访人：其实我们压力也挺大的。审查要求比较高，并且还有各种质检和反馈。

郝庆芬：那时可能没有现在做得好。在审查业务上，主要是室主任看看。对于期限，有监督组管理。我们搬到蓟门桥之后，有了各个审查部之间的质检，咱们和二部做过，二部帮我们做过实用新型，然后和他们一块做过部际质检，也就是说我们六部做的案子，让二部检查，二部的拿到我们这儿来看看，但不是每个案子都质检。现在也是抽检吧？

采访人：抽检。

郝庆芬：讲了这么多，也不知道是不是你们要听的。

采访人：特别感谢您，年轻人对过去的事情真正了解的并不多，十分感谢您接受我们的采访并对年轻人提出这么好的期望。祝您身体健康、生活幸福！

(采访时照片,右为:郝庆芬,左起依次为:林佳、赵萌萌)

诚恳做人　踏实做事

——专访专利文献部原部长李建蓉

● **个人简历** ●

李建蓉，毕业于北京工业学院（现北京理工大学），1980年7月进入中国专利局，曾先后在专利审查部、初审与流程管理部、专利文献部工作，历任初审及流程管理部专利分类审查室副主任、专利文献部副部长、专利文献部部长、国家知识产权局专利局专利审查研究员、中华全国专利代理人协会秘书长、FICPI中国分会秘书长、中国知识产权培训中心兼职教授、中国知识产权研究会专利委员会委员、AIPPI中国分会理事。

被访人： 李建蓉

采访人： 霍庆芸　马利霞　李　鹏　王晓娥（文献部团支部）

采访时间： 2013 年 8 月 29 日

采访地点： 国家知识产权局 1 号楼交流厅

编者语： 采访之前，有人向我们描述了他们眼中的李部长——一个视野开阔、注重实干的领导。2013 年 8 月 29 日，李部长专程来局里接受我们的采访。一个多小时的访谈，她像一位和蔼可亲的长者，脸上的微笑一如她的声音那样柔和，没有一丝领导干部的严肃和倨傲。正是这样一位在大家眼中做事雷厉风行的人，内心却有着一份无比细腻的情感。在她身上我们学到了三个重要的词汇，那就是勤勉、坚持、实干。

来文献部的初衷是想做专利分类研究

采访人：李部长，您好！非常感谢您接受我们的采访。今天主要是想借这个机会，请您将多年的工作经验、工作体会与青年同志分享一下。

李建蓉：很高兴见到大家，我也很愿意和大家做这样一个交流。

采访人：李部长，您是从审查部到专利文献部的，当时为什么选择来专利文献部呢？

李建蓉：我是1980年入局的，开始在专利审查部工作。为了提前准备招录今后发明专利申请可能多的技术领域的审查员，审查部领导让我负责研究专利分类工作。当时参考德国专利商标局的做法，我局将国际专利分类工作划分在初审与流程管理部，于是我就从专利审查部到了初审与流程管理部。在初审部工作几年后，1991年我来到了文献部。当时初审与流程管理部的业务涵盖了实用新型专利和外观设计专利，在局里面属于规模比较大的业务部门，而且我在部里又是骨干，所以很多人不理解我为什么要去文献部。其实我主要是为了做分类研究，那时ECLA分类表在文献部，我入局以来做了多年专利申请的分类审查工作，在欧洲专利局学的也是专利审查的检索和分类，专利分类工作实质上是对专利文献的分类、组织、管理与利用。于是我就决定到文献部做专利文献研究了。

采访人：当时的文献部是什么样的？您适应这种角色变化吗？

李建蓉：文献部最早的时候有3个处100多人，在全局来看人数是非常少的。后来逐年建设扩大，先后成立了收集处和研究处，在我退休的时候已经有7个处了。我的专业是光学仪器，对文献本身的特征知识相对欠缺，来到文献部后，跟大家一起学到了很多文献知识。当上部长后，要负责文献部的全面工作，就要加强信息方面的学习和管理，也让我更快地熟悉了文献的工作。我1991年来文献部，一直到2007年初离开，在文献部工作了16年，在实践中让我体会到文献部的工作非常重要。

文献部不仅是专利局的，更是全国的

采访人：您刚提到收集处的成立，20世纪90年代我局文献资源的收集应该处于起步阶段，当时经历了一个什么样的发展历程？

李建蓉：原局长高卢麟同志曾说过，文献部不只是专利局的文献部，应该是全国的文献部。文献部在建立之初就承担了很重要的任务，因为作为全国的文献部，就要对全国专利资源的配置、信息传播与利用起到重要的作用。

当时在专利资源建设方面主要是加大专利信息的收集，加强与国外的数据交换。因为专利文献信息服务的对象不仅包括专利审查员，还有创新主体。例如，企业要利用专利文献信息进行技术创新、提高研发的起点，就必须有更多的专利文献作参考。局领导很支持这项工作。我记得90年代的时候，我局和日本特许厅联系，收集了35套日本专利英文文摘光盘，除了在我局使用外，给每个省市的知识产权局都送了一套。因此在资源建设方面，文献部是全国的文献部。

采访人：除了专利资源，据我们所知，1999年起部里全面启动了非专利资源的收集工作，当时是在什么背景下开展这项工作的？

李建蓉：我局在建设之初非专利文献很少，尤其是电子文献。审查员都是自己到北京图书馆等地方去找非专利文献，非常不方便。文献部最先引进的国内非专利文献是清华同方数据库。后来开始逐步引进一些资源，包括汤森路透的 DWPI 数据等。

采访人：听说您那会儿经常加班，亲自带着大家和数据库商谈判？

李建蓉：是的。文献部的同志具有很强的敬业精神和团队精神。那时经常加班，周末也加班。大家一起谈合同，研究法律。记得当时引进 DWPI 数据时，大家都特别认真地研究外国法律，因为如果出了法律问题，是要和人家打官司的。我们一点一点地跟商家谈价钱，想着能省点就省点。

采访人：当时引进这些资源的时候，有没有遇到一些困难和问题？

李建蓉：这里的故事就多了。1998 年局里引进了欧洲专利局的审查文档检索系统（EPOQUE 系统），但是欧专局给我们的 EPOQUE 系统里没有美国的全文文献。这给审查工作带来了一定的困难。由于美国不同意欧专局给我们提供数据，结果只能是通过商业途径来购买。当时主管局信息化工作的副局长李玉光多次指导和指示要加强检索资源的建设，同时对我们当时购买的资源也十分关心。我们和汤森路透谈好订购后，查到数据已经从美国寄出到了中国香港，以为到了中国香港当天就能到北京了，但是一查发现数据又从中国香港运到了新加坡。当时特别着急，生怕拿不到数据，不仅是花费了一笔不小的费用，关键是审查工作急需使用。我们只能焦急等待，过程特别惊心动魄。

采访人：看来那个时候我们就很重视数据资源的收集了。

李建蓉：对，虽然引进了 EPOQUE 检索系统，但我们觉得不能光依靠欧专局的系统，要开发自己的检索系统和检索资源，一旦

EPOQUE检索系统不能满足我局审查工作的需要，我们也可以有自己的检索资源供审查员使用。在数据资源上，我局站位高，忧患意识强，在当时就提出了资源的争夺是战略性的。文献部在局党组、局领导指导下，紧跟形势的发展，将方向性的政策贯彻在我们实际的工作当中。

采访人： 您对当前资源建设有什么建议吗？

李建蓉： 谈到当前资源的建设，我认为还是要紧紧围绕文献部的双重作用来开展。既然作为国家的专利文献保障部门，那就要重视资源的覆盖面和质量，还要有好的检索平台支撑资源的利用。我看到文献部在对外服务方面做了很多工作，越做越好，但要注意到外部需求也在不断变化。文献部要不断挖掘、引进新资源供我局和外部使用。例如，企业专利分析、专利预警和知识产权战略，这些都需要专利信息的支撑。有了资源相当于有了粮食，当你手里各种粮食都有的话，那你就能做很多花样的饭菜，可以满足不同的口味，不同的需求才能得到保障。

劳动不分高低贵贱，只是分工不同

采访人： 我觉得您说得非常好，有了资源才能保障不同的需求。当时文献部依托这些资源都开展了哪些服务呢？

李建蓉： 首先对局内审查服务方面，一个是PCT按需建档，另外一个就是给审查员送文档。我局成为国际检索单位后，做的第一件事情就是PCT按需建档。那时欧专局将所有的专利文献按照ECLA进行分类，给我们提供一份文献分类清单，比如说某一分类位置下都有哪些文献。我们根据清单，将这个分类号下涉及的文献都复印出来。这个工作量特别大，因为当时没有电子件，审查工作完全依赖手工检索完成，审查员就靠这些复印的文档查找对比文献。PCT 检索的最低文献量是"七国两组织"自 1920 年以来的专利文献和一定量的约 169 种非专利文献。局内存放文献的空间有限，老文献都放到了距离局几十公里外的"清华 200 号"书库，往返书库至少需要半天的时间，而且很长一段路是"搓衣板"路，文献部的同志非常辛苦。但是没有那一步，也就不会走到现在这一步。

给审查员送文档是源于当时我局积案数量特别多，当时主管文献部工作的副局长吴伯明希望文献部能为加快审查做些努力，后来文献部就把这个任务承担了起来，采取多种获取文献的途径和方式为审查工作配置、补充、更新审查工作所需文献（包括：专利文献、非专利文献、电子文献、非电子文献），形成配套文献审查检索数据，尽可能使文献电子化、网络化，为审查员提供方便、快捷、有效、准确的检索途径，为"加快审查、消除积压、提高审查质量"作出了贡献，深化扩大了文献对审查的服务工作。

采访人：送文档是送到审查员的手里吗？

李建蓉：对，审查员需要什么文献就送上门去。现在信息化条件非常方便了，当时没有这个条件，都是人工送，很难想象当时的困难程度。我们的工作人员特别敬业，审查员对我们的工作很满意。

采访人：那会不会也有人对这种方式不理解？部里对服务人员会有一些管理和要求吗？

李建蓉：文献部的同志都能够明白自身的岗位特点和工作的重要性，劳动分工不同，没有什么高低之分，或者卑贱之别，既然在这个岗位上，就要做好这个岗位的工作。那时局里提出要加快审查，这种情况下，我们的服务要站在审查的角度，文献能及时送到审查员手里，也是为节约审查时间作出贡献。

采访人： 后来应该是越做越好了，我们看文献部的部门介绍，当时负责审查服务的处室先后获得过"专利局巾帼建功先进集体"和"全国三八红旗集体"的称号，说明我们的工作也得到了大家的认可。

李建蓉： 对，当时有人说，文献部的服务做得非常好，把审查员都惯坏了，其实是审查员对文献部工作的一种肯定吧。

采访人： 2003 年我来的时候，咱们部门在局里各方面评价都挺好的。后来逐渐引进各种资源后，记得当时您还亲自带着我们到各个部门去做培训。

李建蓉： 对，我们为做好服务，主动上门，召开座谈会，听取审查员的意见。当时是每个部门都走一遍，我们觉得这是我们应该做的，但没想到局里的反响会那么好。审查部门的同志认为文献部的文献服务工作日新月异、越做越好，服务力度越来越大、专业化程度越来越高，对文献部的工作给予了充分的肯定。前局长王景川同志对文献部工作作出批示："文献部召开的座谈会，紧扣'为加快专利审查服务'的主题，听取意见、找出问题，提出改进工作的建议，开得很好。"那时局里认为文献部的工作在各个方面都上了一个台阶。

采访人： 除了对局内审查服务外，那个时候文献部的对外服务都有哪些？

李建蓉： 对外服务主要是对社会公众的服务和对地方局的服务。当时文献部出版了一本《分类文摘》的杂志，把专利文献按国际专利分类号分好，比如关于化学领域高分子都有什么申请，相关的申请号、摘要等信息，按类分好，编成一本书，这在 20 年前是一件很有意义的事情，因为当时社会上对专利信息都不了解。这个杂志销量特别大，很受欢迎。开展这项工作一方面让文献部的同志得到了锻炼，另一方面这些资料后来也成为文献部建立专题数据库的基础。从纸件的《分类文摘》到分类数据库，再到后来的中外专利数据库、专题数据库一步步建立起来，这些专题数据库成为为地方服务的基础。那时很多省市都建立了专题数据库，比如长春建立了医药数据库，甘肃建立了化学数据库等。记得当时李岚清副总理还专程视察了我们在陕西杨凌信息中心建立的专题数据库，王强副部长汇报时演示了检索以色列的滴灌技术。我们还为地方提供专利光盘和人才培训。文献部按照局里要求，将文献服务面向企业、面向各地方局、面向全国，真正做到了不仅是专利局的文献部，更是全国的文献部。

采访人：您对现在的文献服务工作也提点建议吧。

李建蓉：我认为首先要做好对审查工作的支撑作用，合理配置检索资源，其次是要为企业做好服务，包括专利信息的分析、利用、预警，企业的知识产权战略的制定等各个方面，此外要加强对社会公众传播、利用文献信息的力度。

文献部填补了局里学术研究刊物的空白

采访人：李部长，刚才您提到最初到文献部是为了做分类研究。现在文献部有《专利文献研究》《国外知识产权资讯》，也就是以前的《知识产权简讯》等学术期刊，都是您当部长的时候创办的，当初创办这些期刊是基于什么样的考虑？

李建蓉：任何事从无到有都不会一帆风顺的。我当上副部长时，开始考虑主抓文献信息的研究工作，期刊就是一种很好的载体。《专利文献研究》于1996年创刊，刊物名称是我起的。这本刊物填补了当时局学术研究的空白，影响很大，我们能否办好大家那时心里还都打着问号。从创刊到现在已经18个年头了，现在看来，这本刊物还是得到了大家的认可。

采访人：对，现在《专利文献研究》改电子版了，以前纸本的时候，发行量很大，达到2000多份。不仅局里的人在看，地方局也在看。

李建蓉：当时创刊初衷主要是文献部内部使用，我记得创刊号就印了80份。后来不断有同事向我们要，我们也不断地送，久而久之就建立了一个固定读者群，而且群体越来越大。除了数量，我们更注重刊物质量。在研究内容方面，主编人员具有很强的前瞻性和敏感性，比如1997年至1998年，我们就开始研究互联网上的信息能不能作为新颖性检索的依据了。后来我们还出版了《分类动态》，是《专利文献研究》的副刊。

采访人：《知识产权简讯》（已更名为《国外知识产权资讯》）也是那段时间开始做的吗？

李建蓉：《知识产权简讯》是2001年创刊的，这一点要归功于王强副部长。当时法国专利局的文献部每天会把整理好的知识产权信息报送到局长办公室，王强访问后觉得这件事非常有意义，于是我们决定也要做。我们开始做的时候需要克服种种困难，包括获取国外信息的渠道和翻译问题。但做了以后，反响非常好，因为《知识产权简讯》主要刊载国外知识产权领域的发展动态，所提供都是最及时和有参考价值的信息，当时包括高局长（指高卢麟同志）、汤老（指汤宗舜同志）等很多知识产权行业的老前辈，都很赞赏，鼓励我们继续做好。

采访人：当时做的这几种刊物，现在延续下来了，也得到了大家的认可。各个地方局的网站也能看到咱们的《专利文献研究》和《知识产权简讯》。

李建蓉：对，刚开始做的时候，压力非常大，遇到了很多坎坷，但也得到领导和大多数同志们积极的支持。《知识产权简讯》到今年已经 13 年了，《专利文献研究》也快 20 年了。目前局学术刊物一共有 4 个，文献部就占了 3 个。

采访人：成果真是很显著。那在研究处成立之前，部里已经做了很多研究工作。当时研究处是在什么背景下成立的呢？

李建蓉：2001 年在主管局领导副局长吴伯明的指导下，经局党组研究设立了专利文献研究处。当时中药专利的国际分类研究在国际上让印度占了先机，美国专利商标局还成了五局中药分类研究的牵头局。实际上我国在这个领域很有优势，我局想加强分类的研究工作，并向王景川局长做了汇报。王局长非常重视，经党组会议讨论决定，决定在文献部设立专利文献研究处，主要职能是负责专利文献信息，包括国际专利分类及其他知识产权分类的研究和利用，文献部在文献信息的组织、管理、利用方面应该起主导作用。

采访人：对，现在也是文献部在牵头，有两个项目，一个是五局共同混合分类，一个是共同文献。

分类就是文献的组织与管理

采访人：李部长，您一直都很重视分类工作，2006 年我部牵头完成的"第 8 版 IPC 植物农药细分类提案"获得 WIPO 的 IPC 修订工作组批准，这是我局获批的第一份 IPC 修订提案，非常不容易，当时咱们部都做了哪些准备工作？

李建蓉：我们确实一直很重视分类工作，我一直从事分类工作，有人说李建蓉在局里至少也是一个分类专家。当时看到这个契机，我主动向局里请示，由文献部牵头做这件事情。后来在局领导指导和国际合作司、化学部的支持和参与下，共同完成这项工作。

采访人：后来我们还做了 IPC 分类表的翻译？

李建蓉：对，组织、翻译了 IPC 分类表的第 8 版。分类工作本身就是文献的组织和管理，我们应该重视分类研究工作。恰好我在初审部分类审查研究处时，做过分类翻译这块工作，包括 IPC 第 6 版、第 7 版的翻译，熟悉工作流程。我们知道此项工作的重要性以及翻译质量的高要求，所以很早就开始着手组织开展这项工作。当时植物农药细分类提案在国际上已经通过，另有一些分类研究课题也顺利结题，在这个大背景下，审查员参与翻译的意愿也非常强烈。2004 年当时主管文献工作的田力普局长来研究处了解这项工作的进展，听取我们的汇报后非常放心。

文献部做的很多工作都是万丈高楼平地起，一步一步做起来的，每项工作都非常务实，有针对性，领导也支持我们，所以这些工作都能坚持做到最后，也取得了一些成绩。

人才培养要学习理念、开拓思路，加大知识更新的投入

采访人：李部长，你那会儿很重视与青年人的交流，在任期间咱

们部门举办了首届青年发展论坛,现在这项活动也延续下来了。当时部门在人才培养方面,有什么举措?

李建蓉: 随着文献部各方面工作越做越好,在资源建设、对审查服务、文献研究、分类研究工作等方面的成绩越来越多,我们已经由劳动密集型的工作逐渐上升到技术密集型,这个过程实际上为我们也培养了一大批同志。同时我们主张让大家学习一些现代先进的理念,开拓工作思路。我非常鼓励大家参加一些培训学习班,不仅能开阔视野,开拓思路,对实际工作也大有裨益。另外是加大对人员知识更新的投入。我当审查员时,咱们局的规定是每年给每人报销30块钱的书费。后来我到了文献部以后,就向马局长(指马连元同志)汇报,建议加大对审查员知识更新的投入。后来马局长同意了,大家非常高兴。这些工作其实反过来也锻炼了我们的队伍,增强了大家的服务意识。

采访人: 李部长,非常高兴参与此次对话,感谢您用宝贵时间给我们一个近距离接触您的机会。短短一个多小时的访谈,让我们对文献部的发展历程有了一个全面的了解,感触很深,再次谢谢您!

(与采访人合影,左起依次为:王晓娥、马利霞、李建蓉、霍庆芸、李鹏)

历经岁月变迁　不变的是对工作的挚爱

——专访专利复审委员会原副主任、
专利法起草小组成员赵元果

● 个人简历 ●

赵元果，1932年出生，1948年参加革命，在中国医科大学学习和从事教学、医疗管理工作10年，1958年入北京大学技术物理系学习，毕业后留校工作3年。1966~1978年先后从事外事和科研管理工作，其间下放劳动3年。1979年调入国家科委成果局参加专利制度的筹建工作。中国专利局成立后，曾担任法律部负责人、法律政策处处长，1984年开始担任专利复审委员会副主任，负责筹建专利复审委员会。1993年离休。

被采访人：赵元果

采访人：周亚娜　徐慧娜　王思睿（复审委青年工作组）

采访时间：2015 年 11 月 5 日

采访地点：国家知识产权局 1 号楼 1621 房间

编者语：2015 年 11 月 5 日上午，深秋的北京迎来了第一场绵绵细雨，我们在局 1 号楼迎来了赵元果老同志。作为我国第一部《专利法》起草小组的成员，赵老是我国专利制度筹建工作的亲历者，曾参加我国《专利法》从第一稿到第二十五稿及其实施细则起草的全过程。他精神矍铄、思维敏捷、风趣幽默，在近 3 个小时的时间里，向我们讲述那段珍贵而艰难的创业史。

在江西呆过两年，盖房子、木匠、瓦匠、编草帘子、旱田、水田、赶牛车……什么都干过

采访人： 赵老，您好！非常高兴能采访您，您能谈谈来专利局之前的经历吗？

赵元果： 我于 1948 年参军，1949 年 7 月 11 日入团。那时候不叫共产主义青年团，叫新民主主义青年团。在中国医科大学学习和工作到 1958 年。当年，我将被送到中国人民大学读社会科学研究生，一个在北京大学工作的朋友告诉我，国家要搞原子弹，北京大学要成立原子能系，培养原子能的人才。他知道我喜欢理工科，不喜欢医也不喜欢文，就问我是否愿意到北京大学学习原子能专业。然后我就向领导反映了这一个人意愿，这也是我第一次提个人意愿。

后来党委领导同意了，保送我去北京大学念原子能专业。5 年后毕业，组织让我留校，还是干党务工作。入学前我是医疗系党总支副书记，毕业后我还是系的党总支副书记。学什么却没干什么。干了几年党务工作之后，正好赶上中央要加强外事工作，需要人，高等教育部和中央组织部决定调一批干部去支援外事工作。我被选调到外事部门工作，那是 1964 年的事了。

当时外交部要调我去，已经谈好了，让我去当亚洲有关工作的专员。但那个时候正搞社会主义教育运动。北京大学说搞完运动再去。

运动搞完到 1966 年 3 月，我被分到保护世界和平委员会，郭沫若同志当时担任主席。调过去一段时间就下放劳动。我爱人被下放到江西鄱阳湖畔的鲤鱼洲劳动，清华大学和北京大学的人很多都去那

里。我在北京郊区劳动，后来有一个"一号命令"，要把老人和小孩全部疏散。由于我岳父年纪已经大了，所以我就带着两个小孩到鲤鱼洲去了。在那里干了两年，盖房子、木匠、瓦匠、编草帘子、旱田、水田、赶牛车……什么都干过。后来我还到炊事班干了一段时间的炊事员工作。

那时我30多岁，和你们现在年纪差不多。你们都成家了吗？

采访人： 我们都有孩子了。我的孩子今年上小学，他的小孩3岁。

赵元果： 好！我的重外孙这个月刚6岁。

采访人： 您是四世同堂。

赵元果： 对！四世同堂。

赵元果： 1971年，我从江西回来，还是回到保护世界和平委员会的劳动基地去劳动。一直到后来对外友好协会和保护世界和平委员会合并，要分流一些人。当时单位的军代表考虑到我是学理工的，就把我介绍到国家科委下属的计量科学研究院工作。计量科学研究院有一个放射性室，1971年底我过去了。我名义上是放射性室的支部书记，但却没有让我上一天班。为什么呢？因为文化大革命期间很多人遭到了批斗，由于我有政治工作经验，院里就让我去搞专案的复查和落实政策工作。计量科学研究院当时不足1000人，却有180个专案。我去了以后，带着几个人搞了好几年，一个反革命都没有，全给平反了。

采访人： 这是大好事。

赵元果： 后来"四人帮"被打倒了，运动也不搞了。国家计量局决定在杭州办一个计量学院，培养高等人才。那时候国家计量局领导找我谈话,觉得我在学校工作时间长,有学校工作经验,想让我去办计量学院。正在考虑是否去杭州办计量学院时,我国正在筹建专利制度,也缺人,我又是科委系统的,我就被借调去参加了专利制度的筹建工作。

因为咱们开放了,外国人和咱们做生意,没有专利制度他们不来

采访人: 那时"专利"这个词是不是很新鲜?

赵元果: 当时根本不懂"专利"这个概念。

我是从专利复审委员会退休的,但我今天不讲复审那一块。我主要回忆一下专利制度筹建这一块。你们可以看《中国专利法的孕育与诞生》这本书和 2015 年第 10 期《百年潮》杂志,里面有一些相关内容。

对于《中国专利法的孕育与诞生》,中共中央党史研究室已经把它作为党史的一部分收集、保存起来了。他们非常重视专利制度历史,除了文字材料以外,还要用口头方式保存。所以,2014 年 6 月 20 日约我以口述的方式讲中国专利制度的创立历程,录音录像近 3 个小时。他们根据我讲的东西整理了一篇访谈录,刊登在《百年潮》杂志上。这本杂志是中共中央党史研究室主管的杂志,全世界发行,大概发行了几万册,这对于宣传咱们专利制度也是个大好事。当时我改了以后,给咱们局领导看,他们也没有什么意见。该文章还配了几张照片。你看,这是《专利法》通过那天,全国人大常委会举手表决的照片,还有当天专利局在玉渊潭公社的办公点放鞭炮庆祝的照

片。这一张是受理专利申请第一天，还有第一件专利证书……

采访人： 这些照片太珍贵了。

赵元果： 咱们国家以前没有专利制度。《大国较量》这本书中讲到，1979年1月，小平同志带团访问美国，签订了《中美科技合作协定》。在和美国谈科技合作协定时，美国提出要订立保护知识产权的条款，中方人员当时还没有知识产权这方面的概念在小平同志的决策下，最后签订了该协定。后来我写了一篇文章，缅怀小平同志对建立专利制度的重大贡献。还有一篇在纪念邓小平同志诞辰110周年老干部座谈会上的发言稿，我已经把这篇发言稿给了中共中央党史研究室，他们可能要发表。

邓小平同志的决策和支持对建立专利制度有着决定性的意义。2014年是小平同志诞辰110周年，8月份我看到报纸上说中央要举办纪念邓小平同志诞辰110周年座谈会，我受到这个启发，觉得咱们专利局也应当办一个座谈会，因为邓小平同志对专利制度有着特殊的关心支持。后来离退休干部部主办了小规模的座谈会。在会上我作了发言，把邓小平同志对筹建专利制度的支持总结了10个方面。刚才讲到，1979年我们和美国谈判，到底中美科技合作包不包括知识产权？后来请示了小平同志，他说知识产权问题不仅关系中美关系的大局，而且关系到改革开放和社会主义建设事业。所以，同一年在《中美科技合作协定》中很含糊地提了知识产权问题的处理。过去没有专利制度，但改革开放以后，国家从以阶级斗争为纲转到经济建设上来，搞四个现代化建设，在这个新的形势下，国家迫切需要建立专利制度。国内外的形势要求，国外的要求甚至比国内还强烈。因为咱们开放了，外国人和咱们做生意，没有专利制度他们不来。

在这种情况下，1978年3月18日，时任中共中央主席、国务院总理华国锋同志批示要国家科委把专利工作统一管起来。1978年5月25日，华国锋批示让国家科委提出专利管理办法。最近大家比较热议的青蒿素，那时候我们就知道，还做过调查。青蒿素是我们国家一个大发明，我们没有保护，无偿地给了外国人。最近有报道说青蒿素的经济效益高达几十亿美元。

筹建专利制度必须靠人才

1978年7月，有3个涉外部委——外交部、外贸部、外经部，给中央写了一个关于与国外进行科技合作的请示报告，中央批示："我国应建立专利制度"，这9个字非常非常重要。之前1978年3月18日、5月25日都是个人的批示，但这次是党中央的落款，就是代表了当时以邓小平为核心的党中央正式决策我国应建立专利制度。我认为，应该把这一天作为党中央作出我国建立专利制度的决策之日。随后，国家科委从1978年9月份开始正式筹建我国专利制度。筹建工作具体由时任国家科委常务副主任武衡同志牵头，办事机构就设立在国家科委的成果局。当时成果局副局长是现在已离休的关文魁同志，后来还调来几位副局长。

下面就是专利局建局初期比较详细的组织建立情况。当时筹建办公室的负责人有关文魁、蔡立珩、宋永林、钱传炳等。然后，再从国家科委系统调了一些人：安玉涛、齐长兴、何文彬、陶贻丰、吴宁燕、你们听说过吗？刘朝阳、李洁、梁津娣、杨常青、江溯洲、胡佐超等，一共是20多个人。所以，从筹建专利制度到专利局成立的那一天，就是有 20 多个人。

我那时是从计量院调过来。可以说，筹建专利制度就是从调查研究开始的，从国外看一些调研资料、参考资料、简报。张联、雷激、齐长兴同志从国外收集材料，并编成简报，这些简报给大家参考，帮助大家了解专利制度。但是，只从文字上面了解还很不够，后来就决定到外国考察一下。当时了解到日本、德国、美国的专利制度搞得比较好。日本离我们最近，在 1978 年时和我们的关系也很不错，所以 1978 年 12 月 8 日就首选到日本考察，去了 10 多个人，待了大概两个星期，考察比较深入。

日本有五大专利团体：特许厅、发明协会、专利代理人协会、专利情报协会、特许协会。当时考察团团长是武衡同志。到日本考察的收获是很大的，全面了解了日本专利制度的情况，最大的收获是两个：第一个就是了解了专利制度对经济发展和技术进步的作用非常大，对技术进步和工业发展贡献也非常大。日本当时的技术创新发明对 GDP 的贡献超过 50%，中国才百分之十几到二十之间。这个对我们的触动是很大的。搞四个现代化，没有技术进步和创新，经济怎么上得去？第二个是了解了专利怎么搞。专利制度是一种法律制度，必须要制定法律，还要有一套法规。1978 年，党的十一届三中全会明确提出党和国家的工作重点转移到社会主义经济建设上来，要搞四个现代化，要改革开放，更需要建立专利制度。1978 年 3 月，在全国科学技术大会上，邓小平同志指出，四个现代化关键是科学技术现代化，并着重阐述了科学技术是生产力这个观点。这些重要论述都是建立专利制度重要的理论基础和思想基础。

从日本考察回来以后，就开始陆续调人、增加人手。我就在这时候被正式调来了。要起草《专利法》，就得有人懂专利法。在日本考察期间，他们就酝酿，回来后要找北京大学、中国人民大学、科研院所、贸促会的人来参加这个工作。只有科委的人不行，科委只懂技术。例如，从北京大学调来了段瑞林同志，他是国际经济法教研室主任，也是李克强同志的老师，他们都是学习经济法的。另外，从中国人民大学借调了郭寿康同志，郭寿康同志后来是中国知识产权法学会的名誉会长。他亲自跟我讲，他 1944 年到北京大学学习法律，一直到 1979 年参加专利法起草小组，没有接触过专利法。可以看出，咱们国家当时连法学教授都不懂专利法，也没有接触过。郭寿康同志是知识产权法律界的首席专家，他 2015 年 3 月已经去世了，在八宝山遗体告别时我去送别了。因为我跟他的关系一直没断，他生病期间我也去看他，当年专利法起草小组那些人的感情还是很深的，大家没断了联系。因为在困难时期，大家一起创建一个新的事业，感情很深。调过来的还有法学研究所的夏淑华同志和贸促会的胡明正同志。

贸促会的胡明正同志接触过专利，他搞过国际贸易，接触过外国人。从日本考察回来以后，宋永林同志就被"扣"下了，不能回计量院了，留下来任专利法起草小组组长。他说，我哪行，我学理工科的，法律我一向不懂。但不行也得行，这是死命令，非干不可。宋永林硬着头皮接下这项任务。这时，我正好调到国家科委投入专利制度的筹建工作中，我是学理工的，又长期搞理工方面科研的管理工作，就要我和宋永林同志做科研管理工作的代表，加上 4 个法律专家，成立专利法起草小组。1979 年 3 月 19 日下午，武衡同志在他的办公室开了专利法起草小组成立会议。在成立会议上，武衡同志就讲了小组的任务，要求 6 月 1 日拿出初稿。这太紧张了，来不及，还得增加人。胡明正同志提出要求，又增加了汤宗舜同志。

汤宗舜同志是在英国剑桥大学研究法律，曾在民国时的南京中央大学读法律，毕业后到英国剑桥学法律。他很爱国，20世纪50年代初回国参加社会主义建设，在当时的国务院法制局工作。但是"反右派"时，法制局被撤销了。汤宗舜虽然没被打成"右派"，但法制局撤销后，到西北政法学院教英文。因为胡明正同志以前在法制局工作过，知道汤宗舜同志，就推荐他，武衡同志就同意了。

后来还调来朱晋卿同志，本来专利法起草小组就物色他了，中国科学院情报研究所不放。为什么呢？因为历史复杂，在"文革"中怀疑他有历史问题。另外国民党时期考留学生，他考全国第一，去了美国。在美国学成以后，曾在联合国合作总署工作，娶了一个美国籍的老婆，是华裔美籍，在美国生了孩子。他也很爱国，新中国成立后，携全家回国。回国以后得分配工作，搞人事工作的同志一看他的档案，在联合国合作总署工作过，那好啊，到咱们的合作社去吧。当时的商店叫合作社。结果让人家到东四朝内菜市场去当售货员了。一个留美的高材生、联合国官员回来当售货员，你们说是不是浪费人才？后来中国科学院情报研究所成立专利馆，搜集各国的专利情报，需要外语人才，后来他们发现了朱晋卿，就把他调到中国科学院情报研究所专利馆。我们要调朱晋卿同志，情报所不给，因为正在审查呢。国民党时期他是"红人"，后来又到美国去留学，那么从美国回来是干什么，为什么回来，会不会是美国特务？你们不了解这段历史，听了可能觉得不可思议。情报所不给怎么办呢？但情报所是国家科委的下属单位啊，所以武衡同志决定下"手谕"给当时情报所所长，情报所就立刻答应。朱晋卿同志真是厉害，各国专利法的主要规范都记在脑子里。宋永林评价朱晋卿是"精通英语和熟悉主要国家专利法的活字典"。

这样,1979年3月19日,专利法起草小组就成立了。成立了没有地方不行,就到西苑饭店租了3间房子,日夜加班干活。西苑饭店不是现在的西苑饭店,那时的条件相当于现在局里的小六楼,破破烂烂,里面就是板床,连一个厚褥子都没有。夏天别说空调,连电风扇都没有。一天一个人吃饭3块钱,一共6块钱。3个人一屋,我们就在那日夜加班干活,夏天热得不行了,没有办法。那时候我的工资是一个月98块钱,后来涨到一百零几块钱。一般的大学毕业生是46块钱,转正以后是56块钱,一天6块钱咱们还嫌贵,咱们还得节省点。

后来我们嫌贵,又联系了位于中关村的中国科学院第一招待所,因为是一个系统,所以费用很便宜,吃饭到食堂拿着饭票,每天有一块钱或八毛钱就够了,住房给不给钱也无所谓。那时候没有打字机、没有电脑,我们收集各国专利法资料,有世界知识产权组织的、有80个国家的专利法摘要,还有30多个国家的专利法全文,大部分都是外文,我们就自己翻译,翻译完以后大家看。我们找人刻蜡版,一张一张推油滚,推油滚我去推,当时正是暑假,刻蜡版就请有中学文化程度的学生刻,8毛钱一张,我还动员我女儿义务帮忙干这活。最后印出来,给大家每人发一份。

> 那时候相当困难,我总结为"两个一",一是对专利一无所知;二是一无所有

我们日夜加班,没有周末。一直到1979年6月1日,终于按照

武衡同志的要求，拿出了两稿。第一稿是单一的专利制度，另外一稿是双轨制。因为我国和苏联都是社会主义国家，我们学苏联实行双轨制，就是对于外国人实行专利制，对本国人实行发明奖励制。

我们这边负责专利法的起草工作，另外还有一部分同志，在起草给国务院的调研报告、给国务院的关于建立专利制度的请求报告。到1979年7月14日，报告草稿出来了，由方毅副总理召集各部委讨论这个草稿，经过大家提意见后，又经过调研修改，到10月17日定稿上报国务院。

采访人： 您记忆力真好，对这些重要日子记得这么准。

赵元果： 国家科委上报国务院，时任国务院总理华国锋同志在1980年1月14日批准了国家科委的这个报告。1978年7月19日，党中央决策建立专利制度，1980年1月14日国务院正式批准建立专利制度。所以，专利局的生日就定在1980年1月14日。这个日子，你们年轻人也要牢牢记住。

2015年年初，局里召开纪念建局35周年座谈会，我也参加了，作了一个发言，后来纪念专利复审委员会成立30周年，我也作了发言。

那时候相当困难，我总结为"两个一"，一是对专利一无所知；二是一无所有。当时有的同志是借调来的，平时还在原单位办公，有事才到这里来。我们那时就两间办公室，4个局领导挤在一间办公室，我们十几个人挤在另外一间，借成果局两个房子，没有桌子，凳子都不够用。

专利局正式成立后要找办公地，不能老赖在国家科委成果局里。一时没有地方，就临时租房子。最开始租的是和平宾馆，当时和平宾馆是小四合院，平房、古建筑，租了五六间。小平房也不够用，就在现在的复兴门，租了地下室，招的研究生得给他们安排住处啊，田力普同志，当时就住在地下室。在怀柔还有一个中国科学院培训基地，租借来存放东西，另外用来办学习培训班。第一批招的研究生，都是从中国科学院招来的。田力普同志那一批就在那里学的专利法。他们原来在中国科学院读的不是专利法专业，我们把他们调到专利局，变成专利法专业，相当于专利局培养的研究生。

不能用现在的程序看那个时候。那个时候没有什么导师，就只能大批培训了，工作前先参加专利知识的学习。由谁讲呢？谁懂就谁讲，有专利馆的申嘉廉，他的父亲是印尼侨领，他是1949年新中国成立后回来的。申嘉廉懂专利法，他在专利馆工作了很多年，给研究生上课，特别有才，文笔、口语、英文、中文都好，挺全面的。另外就是不断请外国专家。我们向国外学习，有这么几个方式：第一是收集资料；第二是出国考察；第三就是派研究生到国外学习。短则3个月或半年，长则更久；第四就是请外国人来讲课。也就是请进来，派出去。

采访人：那会儿都有翻译吗？

赵元果：都有翻译。第一个到中国来的专利代表团是日本特许代表团，1979年4月份来的，我参加了接待他们，那时候也没有专门搞外事的人员，宋永林外文好，也参加接待工作，那都是日本专利界的元老级人物来访。

第一个学习班是许可证贸易讲学班，1979年10月在上海举行的，这个学习班我去参加了。第二个学习班就是1979年11月在友谊宾馆办的专利文献学习班，我参加了接待。后来就不断地开学习班，日本的专家、特别是德国专家，不断来讲课。

采访人： 请外国专家来，咱们要给他们费用吗？

赵元果： 那时候要请求他们援助，咱们哪里有钱，都是世界知识产权组织出钱。我那本《中国专利法的孕育与诞生》的备忘录里写了，世界知识产权组织给安排，到英国、法国、德国、加拿大培训，咱们不用出钱，可能就出路费。他们来中国后，所有的钱咱们花，管吃管住，向人家要钱就不像话了，不给人家讲课费就不错了。世界知识产权组织对于咱们建立专利制度，给了很大的支持，特别是在培养人才方面。后来我们的人不断增加，和平宾馆房子少，就在别的地方租房，租了工人体育场后面看台的房子，租了20多间，在那里办公。1980年8月，我到工人体育场"打前站"。后来，人员又不断扩大，200多人，工人体育场也装不下了，就租到玉渊潭公社的办公楼，在空军总医院对面。

到后来玉渊潭公社办公楼也不够用，又租了测绘局的办公楼。当时有四五百人了，到处租房子，还到五孔桥解放军仪仗队废弃的营房，复审委员会、出版社、审查一部都搬那儿去了。当时确实很艰苦，没食堂，都是头一天做好了装在饭盒里面，也没有冰箱，第二天早上带上，中午在锅炉上烤热了就吃。

当时就有一个叫张景成的同志，他是专利复审委员会电学室的主任，是特有学问的高级研究员、第一颗卫星天线的设计者，特别爱看书学习。当时我们带饭，他就天天、顿顿吃方便面，后来不幸得癌症去世了。在得癌症期间，要住院放疗化疗，单位说给他派个车，他却要自己过去。你们看，老知识分子多可爱。那时候到五孔桥就是骑自行车，公共汽车也不到那儿，也没有食堂，一直到1989年蓟门桥的专利业务大楼建成。

我自己这一生，最有意义的事还是参加了创立专利事业

采访人： 那时候300多人是有工作经验的，还是大学生？

赵元果： 基本没有大学毕业生，只有中国科学院的研究生，比如田力普同志。其他都是从各个单位调来的，到处调人，比如沈局长，当时他在房山石化工作，他在德国留过学，会德语又懂技术，咱们就死盯着要把他调过来，结果到他们单位去恳请了3次。还有胡佐超同志，那时候局领导在班车上碰到他，就问他是干什么的，他说在中国科学院外事局，一问学什么语言的，他说是学法语的，就动员他到我们专利局来，我们专利局正缺人，就把他"挖墙脚"给挖过来了。

采访人： 那当时他们本人都愿意来专利局工作吗？

赵元果： 那时的个人也无所谓了，觉得是新的事业，很有意义。我自己这一生，最有意义的事还是参加了创立专利事业，基本上创业阶段从头到尾我全参加了。

习近平同志非常重视历史，他多次讲话，强调历史是最好的教科书，历史是最好的老师。历史是推进党和国家各项事业前进的必修课。现在的领导干部都应当学习了解党领导人民的奋斗史、创业史以及改革开放时期的创业史。另外，习近平同志还讲，只有对历史有深切的了解才能做好现实工作，承担未来的使命。所以，搞专利这一行，就要知道创业的历史，这样才能珍惜、爱护专利事业，才能更好地把专利事业推向前进。

姜颖同志当局长时，在 2001 年春节前开党组扩大会，决定要动员我们这些老同志们写专利局的创业历史。我响应号召，写了 9 万字的《中国专利制度的建立与中国专利法的诞生》这本书。咱们的出版社发现了该书，想要出版，请我再充实一下内容，我充实到 23 万字，2002 年写出来了。后来，在田力普同志的关心下出版了。

世界知识产权组织对我们建立专利制度给了很大、很多的帮助，各个方面的帮助

看着你们的采访提纲，我再简单说一下中国的知识产权和世界接轨的情况。《建立世界知识产权组织公约》是在 1967 年签订的，该公约正式生效是在 1970 年，随即成立世界知识产权组织。1974 年，世界知识产权组织成为联合国的一个专门机构。

说到我们和世界知识产权组织的关系，就要讲到总干事鲍格胥先生，他是美籍匈牙利人，他对中国特别友好，他不承认台湾，台湾要参加会议他就拒绝。1972 年，中国成为联合国成员国以后，要求我们参加他的会。当时国内正处于文化大革命期间，在极左思想影响下，不可能考虑建立专利制度的事，也不可能是官方和世界知识产权组织建立联系。结果，周恩来总理就派时任贸促会法律处处长任建新同志去参加。我国从 1973 年开始，一直到 1978 年，官方都没有和世界知识产权组织建立联系，都是民间的联系，主要通过贸促会和他们发生关系。到 1978 年 10 月，联合国要在日内瓦召开一个技术转让行动准则的会议。那时咱们国家已经决定建立专利制度了，所以同意派官方代表关文魁同志参加正式代表团，出席在日内瓦举行的联合国技

术转让行动准则会议。那时，鲍格胥先生知道中国要建立专利制度以后，要和我们建立联系。谈了好长时间，好多问题如建立专利制度问题、参加世界组织问题、参加《巴黎公约》问题等。鲍格胥非常积极，他认为中国是世界人口最多的大国，一定要帮助中国把专利制度建立起来，他这个观点是很强烈的。所以他在1979年11月就回访了中国一周时间。当时我们《专利法》已经起草第六稿了，他迫切要了解我们《专利法》的内容。但是我们国家有规定，法律未公布前不能对外公开，所以鲍格胥也很失望。一直到他离开北京的前一天晚上，传来了邓小平同志的指示：专利法我们不懂就向人家国外学习嘛！方毅副总理把邓小平同志的指示向武衡同志传达，武衡同志再告诉我。这些话都是口头传达，我后来请宋永林同志写了一个旁证，证明这些话不是我自己造出来的。凡是没有文字根据的，都要做个证。

有了小平同志的指示后，武衡同志就于1979年11月24日晚上告诉鲍格胥先生，说要向他介绍我们的《专利法》。鲍格胥第二天就要经过杭州、上海回日内瓦了。他决定，到杭州后我不游览了，就听你们介绍《专利法》。虽然他事业心很强，但那也已经来不及详细介绍了。就约定到第二年，也就是1980年3月初，在修改《巴黎公约》的外交会议期间详细和他讨论《专利法》。所以，第二天我们就派宋永林到杭州，简单地说了一下《专利法》的内容，然后到第二年再详细和他讨论《专利法》。鲍格胥先生说，我给你们提供几个人的费用，我们专利法小组的4个人和他讨论，我负责记录。一共讨论了14次，33个多小时，这些讨论都是利用会议间隙，还有休息日的时间。修改了4个英文稿子，他的副总干事凡纳尔负责英文记录。记录完之后，他打的英文稿，我们共讨论了4个英文稿子。

鲍格胥先生非常关心我们的专利事业。到1981年的暑假，他在自己的别墅里，用一个月时间根据我们讨论的英文第四稿，给我们起草了专利法实施细则和各种表格，然后给我们寄过来，一个是办事过程，另一个是审查指南，还有各个表格。你看，他的事业心、敬业精神、境界很高，这个精神是值得我们学习的。

郭寿康同志经常参加知识产权专家会议，他跟我讲，外国好多专家都说，鲍格胥先生当总干事期间干了两件大事，第一件就是把世界知识产权组织变成了富人俱乐部；第二件就是帮中国建立专利制度。鲍格胥先生对我们的立法等各个方面的关心支持相当多，后来他每年都来一次。

采访人：您那时出国考察，是不是感觉跟国内有反差？

赵元果：反差当然大了。出访日本我没去，但到日内瓦我去了，1980年我们在食堂吃饭，鸡腿可以随便吃，真是不可想象。那时，我们在国内还拿粮票，你们没赶上。那时候国内是定量供应，一顿就三两米饭，吃不饱。肉也是定量供应，每人每月半斤肉。你们能想象那时的生活吗？那时候女同志的粮食定量每月二十七八斤，男同志每月三十斤多一点，都是定量供应。买手表、收音机、缝纫机、自行车，都得凭票。那时的生活和现在的没法比。

对于我国通过《专利法》，鲍格胥先生认为这是历史性的成就。德国专利局长说，这是20世纪专利立法史上一个里程碑。把我们中国《专利法》作为一个里程碑，够意思吧。另外他那句话特别厉害，《专利法》中所选择的技术解决方案是当代的和通常采用的最明智的解决方案的集大成。这个评价是很高的。

我们的专利制度选择的是单轨制。要是采用双轨制，我们全反对，我们去苏联考察过，苏联的专利制度没起到多大作用。还有，就是去了一趟朝鲜，朝鲜的专利制度和苏联差不多。另外，我率团去了一趟匈牙利，匈牙利搞得还不错。应该说，在知识产权方面第一次到匈牙利考察，是由我带团去的。

咱们和世界知识产权组织的关系确实很密切，世界知识产权组织对我们建立专利制度给了很大、很多的帮助，各个方面的帮助。

我到国外学习是到专利复审委员会以后的事了。1987年至1989年，我到德国专利法院学习复审、无效。田力普同志的德语特别好，你们青年同志学习外语，就要像他那样，把一门外语学到精通。那时候，田力普同志给我当同声传译2个小时。因为，我学习完以后要向德国专利法院院长报告学习收获，如果我说一句力普同志翻译一句，那要费很多时间。我建议力普同志干脆就同声翻译，效果很好。

应该说，咱们的专利制度起初最主要是学德国、学日本的。大概派出200多人次去国外学习，请进来的专家我没有统计，反正是从1979年一直到80年代末90年代初，不断请外面专家来讲课。德国派了一位专家常驻我国负责管培训，叫舒尔茨。现在我们发生了翻天覆地的变化了，不仅不用请外面专家来讲课，还派人到外面讲课。至于参与《专利法》起草的经历，你们就看这本书吧，专利法起草的全过程都在这儿。关于部门历史关系，专利局开始是国务院直属局，副部级单位，由国家科委代管；到了1982年机构改革，变成由国家经委领导，降格为局级单位；1988年又恢复到副部级单位，正部长级的蒋明宽同志任局长；1998年中国专利局变成国家知识产权局。

至于专利情报，就是整个专利馆的整建制搬到这里来了，之后外国人支援不少专利文献，特别是法国，给了很多的专利文献。专利业务大楼的建设等工作我不太了解，你们找找相关的老同志了解情况。

对于职称评定情况，以前都按照研究员系列走的。我以前是局里高级职称评委会的委员，退休以后返聘还干了3年。我当时去德国考察的时候，在名片上印的是工程师，那时候还没有职称，后来人事部门具体从哪年开始评定职称，我记不太清楚了。

从建立专利制度的历史来看，我的体会有这么几点：第一，坚决贯彻党中央、国务院的决定，毫不动摇。我们当时就认准了，搞专利制度绝对是对国家有利的，是改革开放、促进四个现代化建设必需的。因此，对各种困难我们都能顶住。不管有多大的困难，多少曲折也没有动摇，没有丧失信心。第二，就是要强调学习，不懂咱们就学，向国外学先进理念，向国内学习调查研究，从一开始不懂到成为专家。《专利法》实施那年，我给他们讲《专利法》，一门课讲3天，法院的第一批专利法官都是我给他们培训的。第三就是要艰苦创业、艰苦奋斗，没有条件要创造条件，不怕艰苦不怕困难，生活再艰苦也不能动摇我们搞事业的信心。再就是大家团结一致，心往一处想，劲往一处使。

现在专利事业是大有前途的

采访人： 赵老，我们想请您对咱们青年人成长提一些要求。

赵元果： 没想提什么要求。现在的青年人，我主要担心独生子女经不起压力挫折，容易有精神心理障碍。国家要全面放开二孩，我特别赞成，都是独生子女，将来对国家不好。因为独生子女在家里是核心，都宠着他/她，那怎么行呢？80后的离婚率相当高，30%多。结婚前是各自家庭的核心，结婚以后两人都是核心，可能会受不了压力、受不起曲折、经受不起困难。希望年轻人认识到这种弱点，并去克服它，我认为这是最重要的。不能太脆弱，要不怕曲折、不怕困难。

现在专利事业是大有前途的！你们干这一行就要真正热爱这一行，把自己的一生就献给专利事业。比如说，咱们国家的创新驱动发展战略决定中华民族的前途和命运。而创新驱动发展的核心是什么？是技术创新。技术创新是创新驱动的核心、是国家综合实力的核心、是国际竞争力的核心。习近平总书记又讲技术创新是中华民族之魂。

党的十八届五中全会把技术创新提高到了很重要的地位。没有技术创新，整个国家就前进不了。而我们的专利和技术创新是什么关系呢？这个大家都懂。专利引领技术创新，是法律保证、是支撑！没有专利，技术创新就没有支撑。

2013年，北京大学物理学院开学典礼，我作为一个已经毕业50年的校友作了发言，我发言的主题是关于动力。我搞专利是什么动力？我认为这个事业是很有意义的，这一辈子回忆起来，我认为最有意义的就是专利局创建这个事业。

因此，青年人首先要认识到，我们的工作对民族复兴、对祖国发展建设有多么重要的关系。把自己所处的位置联系起来是做好工作的基础。这样，你的工作就会更有动力！

采访人：谢谢您接受我们的采访，谢谢您对青年人的期望，祝您身体健康，永远开心！

(与采访人合影,前排为:赵元果,后排左起依次为:王思睿、周亚娜、徐慧娜)

记忆中的出版社岁月

——专访原专利文献出版社社长雷激

◉ 个人简历 ◉

雷激，1931年9月1日出生，祖籍湖北。1949年7月参加工作。1980年1月调入中国专利局，在局调研部工作，历任专利文献出版社副社长、社长，1991年9月正式离休。

被访人： 雷　激

采访人： 徐家春（出版社团总支）

采访时间： 2015 年 11 月 10 日

采访地点： 雷老家中

编者语： 雷激社长虽然已经 80 多岁，但鹤发童颜、精神矍铄，身子骨很硬朗。雷社长是一位长者、前辈，更像是一位和蔼可亲的爷爷。说是采访，其实就是聊天，气氛非常融洽。雷社长对过往的故事记忆犹新，可以说是如数家珍。雷社长很动情，给我们讲起出版社创建伊始的许多故事，对过去的艰苦岁月充满感怀，同时对今天出版社的发展感到欣慰，讲到动情处，还会声情并茂，那些故事仿佛电影胶片一样浮现在我们眼前。

专利局筹建之初

采访人： 雷老您好，非常高兴来采访您。

雷　激： 谢谢你来看我们。

采访人： 咱们的采访主要围绕建局初期的创业经历。您参加了那段创业，请您回忆一下当时的情况。

雷　激： 我开始先是在局里工作。在调研部，给局领导写稿子，是"耍笔杆子"的。

采访人： 您一定特别有文采！

雷　激： 哈哈，过奖，不过当时也确实还行。1983年、1984年专利局向国务院写工作报告，主要是我起草的。那时候我工作的部门叫调研部，有一个部长，下面就2个人。除了我以外，还有一个女同志叫张联，她也是搞写作的，我们3个人收集了好多资料，有上千份。

采访人： 刚才我听奶奶❶说，当时筹建专利局，也是有很多不同的声音？

雷　激： 是的。当时确实是有人不主张搞专利制度。后来，在中央的支持下，在大家的努力下，这些困难慢慢都克服了，认识也慢慢统一了。开始时，武衡同志管专利局，后来把赵石英同志也调来了。赵石英原来是国家科委九局的局长。他们带领我们开展了很多工作。

后来，我到出版社工作，地点也在局里面。曾经有一段时间在局

---

❶ 即雷老的爱人。

里司机班的旁边，也就是三四楼那边，全都是出版社的。那时局里只有 1 号楼，2 号楼还没有建起来。后来，出版社换了几个地方。

其实，当时局里选址的时候，也是我主要负责的。

采访人：请您回忆一下当时的具体情况。

雷　激：我在局里搞基建的时候，就把专利局的办公大楼设计进去了，等于是一起建的。那时候出版社没掏钱，是国家掏的钱。这个地点是我选的，选址之后的奠基等工作我都参与了。我当时从海淀区的规划处了解到全北京的沿三环路就只剩下这块地方了，就把这块地选下来了。

采访人：那是哪一年的事情呢？

雷　激：大概是 1982 年吧。

筹建出版社

采访人：您是 1983 年就到了出版社，又在出版社担任领导近 10 年，请您给我们介绍一下出版社筹建时的情况。

雷　激：咱们出版社刚筹建的时候，只有二三十人。在当时来看，人数还可以。当时我们很快就有了自己的印刷设备，用的是德国的先进设备。1983 年，我到德国待了 3 个月。其中有差不多 1 个月时间专门用来参观访问，最后经过谈判，就搞了一整套印刷设备回来。当时，从全世界来看，这套设备都是非常先进的，在国内同行中更是数一数二的一个系统。可能现在国内也没有几套，据我所知北京市有一套。

我在德国和他们谈判的时候，并不是和印刷厂谈，而是和联邦德国合作部的一个专员谈。谈了好几次，大概有 1 个多月时间。后来，我又到海德堡去参观，最后就准备引进印刷设备。我们一分钱没花，是德国出的钱，属于合作项目。

采访人：当时如果购买这套设备，需要多少钱？

雷　激：那要非常贵了，得好几千万元人民币。后来，我们又去日本买了一些设备，花了好几百万元人民币。日本设备的质量也不错。

德国设备在世界上是数一数二的。海德堡印刷设备在全世界都是有名的。德国还送我们好几百部西门子电话，全是无偿的，价值也不菲。对我们的支持力度确实很大。

采访人：咱们出版社最开始的工作任务是什么？

雷　激：一开始的工作任务就是出公报和说明书。当时，出版其他书比较少，主要就是专利公报。现在社里业务很多了，除了文献出版，其他的图书出版也不少。当时，出版社大概有 4 个编辑室。

未来会更好

采访人：雷老，向您报告一下，现在咱们社出版的图书领域比较广泛，除了知识产权方面的书，还有法律、建筑、文史等。有一些领域在圈内还是比较强的，是综合性的。

雷　激：是的。现在的业务很多，发展很不错。

采访人：雷老，咱们社要搬家了，搬到西直门气象路那边。

雷　激：搬了以后抽时间去看看。确实，现在我熟的人可不多了。咱们社快有 1000 人了吧？

采访人：快了，现在已经有 900 多人。雷老，我想请您对出版社的工作提一些希望。

雷　激：我离开 20 多年了，现在干得不错。希望出版社的发展越来越好！

采访人：感谢您接受我们的采访，祝您和奶奶身体健康！

（与采访人合影，左起依次为：徐家春、雷激）

回顾建局历史　永葆创业热诚与敬业之心

—— 专访中国专利信息中心原主任林锦澜

● **个人简历** ●

　　林锦澜，1930年8月出生，汉族，福建福州人，中共党员。毕业于圣彼得堡大学电机专业。1950年参加工作，1956年调入中国科学院自动化所工作。在外文局工作期间，曾到苏联、日本、德国、巴基斯坦等地进行外事访问和学习。1979年1月1日调入中国专利局工作，先后担任外事部部长、审查二部部长、中国专利信息中心主任，1991年6月退休。

被访人： 林锦澜

采访人： 高盈盈　陈燃燃　宁文超　黄振坤　廉　征（信息中心团总支）

采访时间： 2013 年 9 月 5 日

采访地点： 国家知识产权局离退休干部部会议室

编者语： 林锦澜先生在采访前认真收集了建局伊始的很多珍贵照片和资料。虽然已是 83 岁高龄，但林老还是婉言谢绝了我们去接的请求，乘坐公交车来到局内接受采访。采访过程持续两个小时。回忆起建局之初，前辈们为了中国的专利事业挥洒汗水、刻苦钻研，设计中国的专利制度，起草《专利法》，林老依然很激动。他们当中很多人成为我国专利事业的骨干并逐渐走上了领导岗位，至今还为中国专利事业发展发挥着重要作用。林老也对青年一代提出殷切期望：希望投身专利事业的青年们，努力推动我国科技创新，提高科技转化为生产力的效率，促进我国专利事业持续发展，实现建设知识产权强国之梦。

专利事业在艰难中起步

采访人：林主任，您好！非常感谢您在百忙之中抽出时间接受我们的采访。1970年的9月26日，世界知识产权组织正式成立。当时，申请加入世界知识产权组织，您能回忆当时的情况吗？

林锦澜：我今年83岁，很多事情已经记不清了！不过在我的印象中，当时黄局长（黄坤益同志）认为首先要了解情况。当时朝鲜已经先行一步，我们就决定先去朝鲜访问，了解一下情况。黄局长带领我们4个人（林锦澜、赵元果、郭玉绮、外交部的朝文翻译）去朝鲜访问。我们了解到，朝鲜加入WIPO的主要目的是定期无偿地获得世界各国发明创造的专利资料，加以利用。回国后，黄局长就让我写了一份访朝报告和我国要加入WIPO的理由和必要性，呈报国务院。不久之后黄局长亲口告诉我，我们的报告已获国务院批准。在这之前，另有一组人员在进行《专利法》制定的相关工作，为我国建立专利制度奠定了基础。

采访人：那是70年代的事情？

林锦澜：不，那是80年代的事情。70年代改革开放后，我们是在时任科委副主任武衡同志的领导下开展各项筹备工作的。我是1979年3月加入的，负责外事工作。当时已经有了筹备组，但仅有两间办公室，一间是领导办公室，另一间是工作人员办公室。领导办公室有关文魁、宋永林等局级干部。工作人员办公室分两组：一组是行政组，由齐长青负责；另一组是外事组，由我负责。此外还聘请了各单位的法律专家，在中关村工作。不久我们就搬迁到王府井附近的和平宾馆，租了一个小院工作。由于人员的不断增加，我们又迁到工人体育场租了一个场馆工作，开办专利知识训练班，邀请 WIPO 的专家来授课。后来我们又迁到西钓鱼台，其间科委任命赵石英局长来主持工作，他还带领几位同志到德国专利局考察学习。不久赵局长调离，黄局长来我局主持工作，那才是 80 年代初的事情（1982 年）。

采访人： 1980 年中国专利局成立。建局伊始，专利情报的搜索与专利文献的收集非常艰苦。我们是如何摸索并建立专利制度的？

林锦澜： 专利文献的收集，虽然我没有参与，但的确非常艰苦。当时经科委决定将中国科技情报所所属的专利文献馆划归我局，以此为基础逐步建立完善起来。

要尊重、珍惜申请人创新的精神

采访人： 建立完善的专利制度对企业、公司有哪些影响？

林锦澜： 影响相当大，这使企业对自己的创造成果、产品有了专利权的保障，并激发大众发明创造的活力，如联想、海尔等中国公司都通过创新和知识产权拓展了海内外市场。尤其最近中共中央政治局集体学习，把"课堂"搬到中关村，习近平总书记强调，实施创新驱动发展战略决定着中华民族的前途命运，全党全社会都要充分认识科技创新的巨大作用。所以，我们更加应该完善我国的专利制度，支撑创新驱动发展。

下面我想以亲身经历谈谈自己的感受：我在外事部、审查部、信息中心工作多年，深深感受到要培养所有工作人员尊重、珍惜专利申请人创新的精神。从受理窗口接待申请人到审查过程，都应该以满腔的热情为他们服务。因为申请人都花了很多心血在他们的创新上，也花了很多经费，有的还做过实验。只是他们不熟悉申请手续，不会撰写专利申请。因此，我认为首先在受理窗口，应当设置专业人员帮助他们。最好能由我局的工作人员甚至审查员轮流来担当，也让他们体验不同的岗位。其次，审查员不能以法官自居，轻易地判申请"死刑"，应当积极、善意地指出申请文件中的不足之处，帮助申请人加以补正。审查过程中的对比文件要提供给申请人参考，帮助他们提高。另外，我还建议审查员要及时地把"申请文件"和"对比文件"中最具创新和发展前景的内容总结出来，供领导参考。文献部的工作人员也要满腔热情地为客户服务，帮助他们检索相关文件。报社的同志，除了常规报刊发行之外，还可以与中央电视台科教频道联系，定期或不定期地播出发明创造的成果，就像"星光大道"展示文艺人才一样，激发人们对创新的热情。

青年要打好基础，要能吃得了苦

采访人： 当前我局对青年工作高度重视，采取多种措施帮助青年成长成才，也已经取得了喜人的成绩。作为长辈，您对青年成长成才有何建议和意见？

林锦澜： 青年是祖国的希望，国家的发展、我局的发展，最终要靠青年来担当。青年同志首先要打好基础，这是老生常谈，但就知识产权领域来说，基础知识你们都培训过，但检索、申请、审批、复审流程不见得都有经验，最好能蹲点体验，然后再根据自己的知识基础、兴趣特长选择一项深入研究，其间可能会有挫折，要能吃得了苦，坚持必有收获。

（与采访人合影，前排为：林锦澜，后排左起依次为：
黄振坤、陈燃燃、宁文超、高盈盈、廉征）

忆峥嵘岁月　展壮志豪情

——专访专利信息中心原主任杨采良

● **个人简历** ●

杨采良，1947年出生，汉族，山东聊城人，中共党员，中国科学院研究生毕业。1980年进入中国专利局工作。1982年赴英国学习专利法任组长。1985年任专利文献中心主任。1987年组建自动化部并任部长，主抓局自动化工作及德国贷款全国信息网络建设。1993年自动化部与信息中心合并，事业单位企业化管理，任信息中心主任。2007年退休。

被访人：杨采良

采访人：吴　笛　戴　婕　燕语喃（信息中心团总支）

采访时间：2015 年 11 月

采访地点：北京市海淀区北太平庄信息中心大楼 3 层会议室

编者语：此次与杨主任的对话，给人印象最深的便是他对工作的热忱、为人谦逊的品格及常怀感恩之心的风骨。虽然过去了 30 多年，杨主任依然能够记得中国专利事业发展中各项大事的时间节点，如果不是对这项事业由衷的热爱，相信很难记得如此清楚。从武衡局长力排众议建立中国专利制度，讲到赵石英局长大力呼吁实行《专利法》，并为中国专利局与当时联邦德国专利局奠定合作基础，从黄坤益局长潜心研究世界各国专利法、建议建立全国专利体系、积极推行办公电子化，讲到高卢麟局长将中国专利局从专利大局发展成专利强局，带领中国专利局走向国际舞台的重要举措。我们也随着他的思绪，感受彼时高瞻远瞩的领导们与一批满腔热血的知识青年意气风发、斗志昂扬为中国专利事业奋斗的峥嵘岁月。

专利局的发展历程并不是那么一帆风顺

采访人：杨老，您好！非常高兴您能接受我们的采访。您是什么时候来的专利局，当时专利局是什么情况？

杨采良：专利局发展历程并不是那么一帆风顺，就说几个印象比较深的人吧，这中间有领导，也有普通同事，第一个是武衡同志，原来是国家科委的副主任，在改革开放之后他到国外考察了一番，回来之后率先给中央打报告说我们要建立专利制度。他说专利局的建设是两大块，一是人员，二是物质条件。在物质条件支持方面他的贡献很大，当年专利文献都是纸件，基本上都积累在国家科委的科技情报所，这些专利文献实际上在科技情报所占了很大的比重，属于最基本的物质条件，占了将近一半。武衡同志当时就下决心把这些专利文献划拨给专利局，这不是简单的事情，需要考虑方方面面的意见，可以说需要很大魄力、下很大决心的。

另一个印象比较深的是赵石英同志，他在专利局筹建初期被调到专利局，他是很有魄力的，主要有这么几件事，印象比较深刻。第一件事是当时对于建立专利制度，有质疑的声音，赵石英同志一直给国务院打报告讲专利制度的重要性，必须要建立专利制度。当时有一个不是规定的习惯，一般来说都是向有关部门争取，形成统一的意见，但要形成统一的意见很难，赵石英同志就是冲锋陷阵，也可以说是单枪匹马在做这个事情。在给国务院打报告之后，其他部门就急了，比如说一机部的一个副部长反对得特别厉害，再加上化工部，还有卫生部，因为这几个部门都是从国外借鉴得比较多的，都反对，但这个部长是出面反对得最厉害的。当时专利局定的是司局级，一机部是部级，尽管是一个副部长也比你高一级，这个分量是不一样的。但赵石英同志坚决顶住。当时我们办公室是在体育场，赵石英同志一看这个意见，马上就找秘书说你照我的意见写，这个秘书觉得为难了，觉得火药味这么重的话怎么写，赵石英同志说你写啊，下面签我的名字。冲锋陷阵是需要有勇气和魄力的。

　　第二件事是他重视队伍建设，因为最早的一批人除了领导从国家科委调来，做业务的是一批研究生，我就是其中之一。当时要想建立专利局，架子是有了，国家也批了，但得有具体做业务的人，所以就招来一批研究生。当时对《专利法》议论纷纷，究竟能不能通得过谁也没谱，赵石英就下定决心，告诉人事部门，《专利法》通不通得过，这是我们要争取的事情，你要做好的就是把这些研究生留下，他们都是业务骨干，都是要送到国外培训的，哪怕《专利法》通不过，成立一个专利研究所也可以。所以他在队伍建设方面也是有魄力的。

　　在赵石英同志身上的第三件事是他一直在呼吁要通过《专利法》，每呼吁一次就遇到一个不同的意见，他每次收到这些不同意见的时候，都是自己下工夫。有一天，我印象特别深，当时我们叫审查部，一共也就二十几个人，赵石英同志突然就来了，来了之后就说："来来来，咱们坐下谈谈，我这事着急着呢，我3点多才写完，讲的是专利法、管理制度的重要性，你们都是在国外学习过的，你们听听我的观点对不对。"客观来讲，他的那些观点都是对的。关键是他的精神，那时候应该也是快60岁的人了，熬到凌晨3点钟，眼睛红红的。为了提精神就抽烟，带了大概有半包烟，一会就抽完了，但仍然是兴趣不减，说："你们谁有烟，我这儿没烟了。"我们不好意思拿出来，那时候生活很艰苦，我们抽的烟是一毛六一包的，当时一个同学说："我们只有一毛六的烟。"一毛六也没问题，为了专利制度，为了专利法，就是那么玩命。

采访人：这完全是出于对专利事业的热爱。

杨采良：对。那是冲锋陷阵的精神。还有一件事儿是在赵石英手上完成的，他给后来的中国和联邦德国的专利合作项目奠定了一个基础。当时他到联邦德国去访问，通过一些外交活动得到了联邦德国的大力支持，联邦德国的专利局局长口头承诺援助中国专利项目3000万马克，这个数字在当时是不得了的。到后来项目落实之后，是联邦德国和中国最大的一个项目，这个项目分前后两期，每期1500万马克，就是他开的头儿。这是第二位领导，现在知道的人很少。

第三位就是咱们黄坤益局长。黄坤益局长既有干劲儿而且博学多才，知识面很广，调来专利局就是要为专利制度做点事儿。他很有事业心，他详细地研究了各国的专利法。黄坤益局长来的时候，我们办公地点已经搬到玉渊潭了，我们叫西八里庄，原来是一个公社的招待所。他的办公室下午6点以前灯肯定就是亮着的。他研究各国的专利制度之后，概括了专利制度就是两大功能：一是对发明创造给予法律保护；二是传播专利信息。专利信息不光是技术的，还是法律的。他根据研究写了一本书，你们找找，应该能够找得到，这是他的研究心得。他写这本书不是专为研究人员而用，是因为他当局长之后，《专利法》还没通过，为了通过《专利法》需要回答各方面的质疑。有的时候到全国人大去，人家提出问题来你就得回答，包括国务院开一个特殊的会议他也得去参加，方方面面提出疑问来都要回答，那么经过这样比较透彻的概括研究，回答起来能够应对自如。

那个时候咱们国家对市场经济还是很敏感的，当时的认识是，计划经济是社会主义的，市场经济是资本主义的。而且他还有一个观点，他认为专利制度是市场经济的产物。他在向国务院汇报时提出这个观点，当时的总理是赵紫阳同志，赵紫阳同志想了想说这个提法还是可以的，所以就得到了肯定，这是关于回答对《专利法》的质疑。另外的一个思想就是：中国建立专利制度不光是要建一个专利局，而是要在全国建立一个专利工作体系。这个意见也被采纳了，体现就是各个省市都设有专利管理机关，这在当时争议很大。好多人认为国外就是专利局，咱们把专利局建好就行了。他说这样不行，如果光靠一个专利局而没有大力的宣传和推动，专利工作肯定是不可能大规模开展起来的。所以最早《专利法》当中有一条就是要建立专利管理机关，这才有今天全国的局面。

采访人：现在地方确实有好多专利管理机构，省级的、市级的，还有一些代办处。

杨采良：对啊，如果没有这么一个体系的话，现在中国的专利不可能申请量居世界第一。最早的时候知道专利局的人就比较少，我们当时有一个会计和另外一个同伴去出差，在火车上为了座位的事儿有点纠纷，乘警问他们是哪个单位的，他说我们是专利局的，乘警没听说过，还问："你们专利局不就是专搞个人利益的局吗？"我记得当时到海淀旧书店去买了两本旧书，开发票时说专利局，结果写成了"砖头瓦块"的"砖"。所以你从这些侧面来看，黄坤益局长的思路完全是对的，不扎底到基层，不让老百姓理解，光靠官方呼吁怎么行呢？这是黄坤益局长的第二件事情。

第三件事情是关于计算机的。黄局长很有预见性，他有个外号叫计算机迷，不管开大会、开小会，前面预定的议题议论完了，总结的时候常常讲到计算机，他认为计算机是未来方向，而在 80 年代的时候计算机相当少，基本上属于阳春白雪，中国也没有自己的产品。他有预见性，他说将来计算机的应用一定是要扩大的。

采访人： 现在计算机互联网技术也是大面积发展，应用非常广泛了。

杨采良： 是的，他一直追踪先进的技术手段。你们都知道北大有一个很有名气的教授叫王选，有个绰号叫"当代毕昇"，搞电子排版、激光排版的。王选教授的第一批实验产品黄局长就拿到了。在办公室里黄坤益局长拿出来，说这是将来的应用。他当时狠下决心为我局设置了第一台微型计算机——Victor 9000。

采访人： 没准就在咱们专利局文献馆里保存着呢。

杨采良： 有可能。当时花了 5 万块钱，5 万块钱在当时是什么概念呢？整个专利局当时全年的预算大概是一千零几十万，5 万块钱必须要第一把手批。黄坤益局长了解到计算机的性能，牙一咬，买！

采访人： 当时计算机主要是作存储用吗？

杨采良： 当时就用计算机做了一个工资管理系统，那是专利局的第一个应用系统。因为当时工资是手抄的，张三多少钱李四多少钱，系统做出来之后，就可以打印出来了。

采访人： 那时候计算机国内相当少，国外好像也就刚起步的样子。

杨采良： 国外比咱们还是先进，因为当时 Victor 9000 是长城取的名字，实际上也是国外的东西，当时就是 286 的规模。所以说关于计算机的内部建设是在非常艰难的情况下起步的。对于争取外来的支持建设计算机系统，黄坤益局长也有他独到的见解。联邦德国和中国的合作项目是赵石英同志奠定的，后来是在黄坤益局长手下完成的。在黄坤益局长任职期间，我们跟联邦德国签订了正式的项目合作协议。当时专利局还没有独立对外打交道的权力，是通过对外经贸部签字的，但具体落实是专利局。协议签订后德国热情很高，准备援助中国专利局建设，包括人员培训、管理流程，甚至对中国《专利法》的制定也是有些影响的，另外援助一些出版印刷设备。德国人认为把成熟的东西都给我们，能够授之以用，帮我们完成审批、出版专利文献就可以了。而黄坤益局长指定要用计算机，因为联邦德国专利局给我们一个建议书，建议书从头到尾我都看过，其中有一段就是关于计算机系统目前不打算传授给中国专利局。不是出于保密考虑，而是联邦德国专利局认为刚建立不可能走那么远。黄坤益局长坚持要修改这部分，必须要给计算机，他认为计算机将来肯定是有用的。

采访人： 自动化手段非常重要。

杨采良： 对，因为历次对德国人的谈判我都在场，黄局长一点就点到他认为最先进的东西。那时候激光打印机在西方也出来没多长时间，他说必须给配备这个，建立一个落后的专利局怎么能行。联邦德国专利局局长对中国很友好，后来不光是工作上交道，我们个人友谊都相当不错，联邦德国专利局局长去世的时候我还发了唁电。所以建局时我们就从联邦德国得到了一台计算机，是西门子的。当然处理中国专利局审批流程系统的容量不够，但有了练兵的地方。

采访人： 中国审批流程系统也是当时在那台计算机基础上自己建的，是吗？

杨采良： 是自己建的，这是后来的事情了。因为这台西门子计算机容量、速度都不行，那个时候磁带、软盘还在普遍使用，现在都淘汰了。黄局长的贡献是局里公认的。

采访人：黄坤益局长是专利局的第几任局长？

杨采良：应该算第二任，因为赵石英同志一直任副局长，武衡同志是局长，黄坤益同志过来之后就被正式任命为局长。

采访人：您在两任局长期间主要负责什么工作？

杨采良：很杂。刚一来主要是听课和学习，有些领导讲专利的重要性，实际上那个时候的某些观点现在看来还是挺左的。1980年10月我就到国外培训了，在英国培训了6个月。当时我们那批10个人，4个人在英国，4个人在美国，2个人在加拿大。培训回来之后我在审查部工作，那时候还不叫审查部呢，叫审查二处。

采访人：那会儿是不是还不像现在有这么比较分明的机构啊，像现在的通信专业。

杨采良：没有。

采访人：初审和实审这种有吗？

杨采良：初审有，当时是审查一处，属于管流程的。审查二处负责实质性审查的，审查二处划分为4个科，机械、电工电子、化工、物理。我是在电工电子科。

采访人：那时候一个部门有多少人？

杨采良：审查二处4个科加起来总共二十几个人。

采访人：那工作量还很大的。

杨采良：那个时候实审实际上没有多少实质性的审查工作，因为没开始申请。当时主要做两件事：一是参加《专利法》的讨论，但是《专利法》的讨论我们只能算是一个支队，甚至是游击队，因为专门有一个处叫法律处，他们主要负责起草，我们也就是发表意见，参加讨论；再有一个是翻译一些外国的东西，比如国外的专利法，欧洲局专利条约当时就是我们翻译的，当时我们有五六个人参与了翻译工作。这是在审查二处，后来我就调动工作，去搞基建了。

采访人：您在英国培训过一段时间，主要是去学习什么？有什么印象特别深刻的事情吗？

杨采良：主要学习专利法、专利流程、如何进行实质审查等，后来又到专利代理机构学习了一个多月，整个学习还是比较全面的。当时参与的人员还不能说是大批的，因为当时专利局的规模不是太大，反正早期的那批人基本都去国外培训了，培训时间长短不一，长的是一年，我们属于中等，半年时间。

印象比较深的事情是有一个进修生，煤炭部的医生，叫王大约。他的一个发明是关于骨折复位器，原理是三维的概念，X、Y、Z 3个轴，骨头折了复位的话只要3个方向上都行。当时在国内没有受到重视，到了国外把想法跟人家一说，英国人挺重视，和他合作的一个英国工程师就拿去申请专利了。当时到国外的人不是太多，我们都有联系。后来说起这件事情，他说当时把这个想法说出来，英国工程师就申请专利了。根据我们所学的，专利是先申请制，谁先申请就是谁的，事情挺难解决的，他也挺伤心。后来我总觉得不太甘心，大概过了有一个多月，我到专利代理机构去，跟一个关系处得很好的代理老师谈起这个事情，代理老师为人很好，他说这个事情不公平，完全可以上法院。我说上法院有什么条件，他说只要是能有国内工作的证明，有书面文字的东西，这个官司能打赢，我一听高兴得不得了。但官司打下来要花钱的，当时我作为组长定期给使馆的科技处汇报工作，恰恰遇到好人，科技秘书是个烈士子弟，海南人，叫何国伟。我跟何秘书说遇到这么一件事，要花钱了怎么办？我从头到尾给他说了一遍，他说花上个 1 万英镑这官司也得打。1 万英镑在当时是不小的数目，我也挺受鼓舞，回来就跟煤炭部的医生说，一个老师说了，这官司能打赢，关键是你有没有证据。他说当然有，在国内图纸都有。

采访人： 那这个官司在英国打的？

杨采良： 对，在英国。我说我向使馆汇报了，王大约一听劲儿就来了，说我找他去。他去跟英国人理论，说你单独申请专利不行，这是我的发明。英国人说最终是我完成的。那他就给英国工程师讲理，说自己原来是做什么工作的，跟你说了什么事情，给你提供了哪些资料，不行咱们就到法院。最后那个英国人脸红了，说咱们好好商量，当时在英国专利保护已经到了这个地步。因为我在英国待了 6 个月，这个事情在第 5 个月的时候发生的，之后我就回来了。大概过了半年，王大约也从英国回来了，他到专利局找我，说和平解决了没打官司，最后成了共同申请人、共同发明人。这个倒比较合理，因为最早的想法是你的，最后人家也做了工作来完善。

采访人： 那他那个专利是在英国申请的？在国内有申请吗？

杨采良： 是在英国申请的。国内有没有申请我没问他，反正跟我说这个消息我很高兴。如果查最早期的专利文献，叫专利通讯，就是每次几页活页的那种，应该能查得到。

大家当时都一个心劲儿要把专利事业搞起来，再艰苦也想办法

采访人： 当时的设备条件如何，文献是如何查阅的？

杨采良： 当时是这样，有个文献查阅服务，来文献馆翻案查阅，

也可以复印。一般查阅都不收钱，复印大概收一点钱，记得是很便宜的。之后，就成立了文献服务中心。后来又分了，为什么要分呢，是因为专利审查员的检索需要。国外的专利局检索都在自己的房间里，是分类文档，根据每个人的专业不一样，又复制了一份，然后按照专业分类重新排列。因为原来的专利文献都是按流水号排列的。我大概是在 1984 年 11 月份到专利文献服务中心做主任的。

采访人： 那个时候的专利文献服务中心跟现在局里的专利文献部有什么关系？

杨采良： 那时候没有文献部这个名称，也没有这个机构，就是两个文献中心。一个叫文献服务中心，另一个叫分类文献中心，而且对内对外分工明确，文献服务中心对外，分类文献中心是对内部审查员。后来的变化就比较复杂了。

采访人： 从建局到 1984 年，这中间发展专利文献、《专利法》制定是不是很大一块工作？

杨采良： 当时《专利法》我记得是到了第十几稿才通过。我们在英国学习，英国人得到情报，说中国的《专利法》已经到了 12 稿了。1984 年 3 月 12 日，我们正在联邦德国选设备，那个时候中德合作项目已经确立了，当时德国人告诉我们说，听到广播了，你们的《专利法》通过了，我们高兴得不得了，搬了两箱啤酒喝得醉醺醺的。这个印象太深了，在国外听到的消息，大家一起庆贺。德国人也高兴，因为《专利法》通过的话专利制度肯定是要建立的，那专利合作项目也是比较方便了。

采访人： 您是从事专利审查的，对不对？

杨采良： 对呀，当时凡是到国外进修回来之后都得给局里汇报，向局领导和全体员工汇报。当时的汇报可以说比较满意，对专利法、专利流程、整个专利局的工作都说得比较清楚。正好咱们那时在西八里庄办公，蓟门桥这块地征下来了需要盖楼。要盖楼的话，需要选一个甲方代表，黄坤益局长就把我调过去了。我说我不懂基建，但是黄坤益局长说专利局的需要你总该懂吧，那些房间是干什么的，专利申请怎样传递，是什么样的流程，你不能说不懂，你到专利局学习了呀。于是我就去搞基建了。

到基建指挥部之后就是在田巨生副局长手下工作，他是基建指挥部总指挥，安排我做常务副总指挥，实际上就是跟设计院打交道，咱们提需求，他们来设计。当时盖楼的步骤很复杂，首先第一关是规划设计，规划设计在我去之前就已经完成了，就在蓟门桥，一共是40亩地。当时总体设计一共是7万平方米的建筑面积，实际没有那么多，由于蓟门桥这个地方必须要有足够的绿化面积，所以咱们南边那片全部成了绿化带。规划设计完成之后，下一步就是楼房的设计，楼房的设计再细分初步设计、初步扩大设计。我去的时候，当时图纸一时出不来，遇到的麻烦不小，很头疼。当时一个懂建筑的同事，已经去世了，他本身是搞建筑出身的。那个时候我们俩整天跑北京市规划局，当时北京市规划局和北京建筑设计院是一家。图纸出不来怎么办，就托人找到国家计委基建处，有个处长对专利局帮助很大。我们在找这个处长之后，他说我这里没有问题，关键是你们必须赶快把图纸拿出来，没有图纸我这里没法批，只要图纸出来，我保证不耽误。

田巨生副局长那是老八路，参加过抗日，他一直跑北京市规划设计院，但效果很不理想，到最后我建议实在不行，咱们是不是换个单位。当时田巨生副局长比较犹豫，换单位，但规划设计还是他们做的，初步设计他们做了一个模型，就是现在这个楼的模型，图纸不出光模型不行，换单位两边得罪人。另外的话，再找一个设计院，模型都已经做出来了，等于说初步设计已经有了，对于新的设计院来说自己的设计思想都体现不出来了，只能是照葫芦画瓢，沿用以前的，也没法弄。但老是耽误下去也不是办法，田局长思虑了很久，后来局长们开会的时候我也参加了，就汇报这个情况，那时候黄坤益局长有魄力，一听说这种情况坚决要换，后来换的是航天部七院。图纸按期出来了，就去盖各种章。我负责去人防盖章，人防你们可能不太知道，就是当年准备跟苏联打仗都要建人防工事，楼底下都得有一个地下室，实际上到了八几年的时候，关系已经缓和了就没有打仗的可能了，但是人防这个部门没撤销，所以按照规定必须他们盖章。

再回过来说说当时财政紧到什么程度，刚才已经说了，整个专利局就这么多钱，而又有规定，每人每顿饭补助三毛五分钱，这三毛五分钱是个什么概念呢，当时西八里庄那里有个拿手菜就是烧茄子，五毛钱一份，规划院的人来了，总得请人在食堂吃个饭吧，但每人三毛五分钱还不够吃一份烧茄子的，更别说吃别的了。没办法我找田巨生副局长，田巨生副局长说，我也没办法，不能违反纪律，而且咱们从来都没有违反过纪律。因为经常有人来，自己贴更贴不起，每个人工资就几十块钱，家里上有老下有小。当时基建处的会计叫李荣魁，已经去世了，他听了也很为难，说小杨没事咱们有办法，我说有什么办法，他说卖旧报纸，一个星期下来有好多过期的报纸，能攒不少，一次能卖个十来块钱，这就够好一阵子用了，这也不违反财务规定。

图纸出来，很快就列入计划了，下一步就是施工。当时施工队也不像现在这么多，就那么几个。但是我们着急啊，想争取列入重点工程，这样就可以优先施工。这时田巨生副局长就出马了，在北京市建委那里，楼上楼下地跑，又没有电梯，跑得气喘吁吁的，到最后列上重点工程了。但当时施工进度不快，因为都是水泥浇筑的，一直到应该是1988年才建好。建好之后就验收，那个时候是高卢麟同志任局长。请来有关的部门，他们提出了很多改进的建议，不过最后还是验收通过了。

采访人：从专利局建设一直到现在，后来的2号楼是从2003年开始建的吧？

杨采良：2号楼建得晚了，我记不清是哪一年了，因为我没参与。

采访人：专利局一点一点在发展，也在规划，现在局三期要建在朱辛庄。

杨采良：是吗，那我就更不知道了。

采访人：自动化部是1987年您去的时候成立的，是吗？

杨采良：我是从1982年在基建上待了两年半，1984年11月份就被派到专利文献服务中心去了。到专利文献服务中心，实际上文献不是难题，当时黄坤益局长交给的任务是要组建计算机系统队伍，他本身就是计算机迷，当时计算机的检索还处于很初级的阶段，数据都在磁带上，咱们那时候还没有计算机，我记得是情报所在东四那边有一个检索站，咱们的人每星期到那儿去检索一次，要等很长时间。当时给的责任比较重，一来国内会计算机的人很少，就只能送到国外去培训。我们前后派到联邦德国去的人可真不少，一共几十个人。后来黄坤益局长又开辟了与日本的一个合作项目，前后派了3批大概22个人，人员队伍就是这样培养起来的。包括咱们的专利审查员，第一批专利审查员只能到国外去培训。1987年，我跟黄坤益局长到澳大利亚参加他们搞的专利管理系统的庆功会，黄坤益局长在会上发表自己的看法，说将来肯定要发展成专利全文检索系统，澳大利亚人以及参会的其他国家代表团都很惊讶，都觉得中国的专利局局长怎么敢说出这种目标来，实际上这个过了 5 年就实现了，黄坤益局长是很有远见的。

现在我给你说说高卢麟局长，他原来是计委科技局的局长，到专利局工作的时间最长，从 1987 年到 1997 年前后 11 年时间。高卢麟局长最大的贡献是使得中国专利局走向了国际舞台，因为高卢麟局长的对外活动能力比较强。正好当时又有一个机会，就是在联邦德国专利局两期无偿援助 3000 万马克之后，德国专利局觉得还不过瘾，说你们还得建设，但是继续建设无偿援助争取不来了，是不是可以争取贷款，有一部分贷款是无息的，还有一部分是低息的。高卢麟局长在这方面也是有魄力的，贷款不就是加点利息吗，为了局里的建设，要做。高卢麟局长比较大胆地要把欧洲专利局的专利检索系统引进来，和欧洲专利局一谈就谈拢了。过了一年，咱们局又成了 PCT 的检索局和初审局。把这个系统引进了以后，可以说是走向世界了。

在 80 年代末的时候，我们已经有了 3 个系统，一个就是中国专利管理系统，简称 CPMS1，那时候还用汉字，操作起来不是很容易，因为咱们第一批汉字就 3000 多个，有的汉字还不全，CPMS1 是流程当中的一个应用。咱们自己又开发了一个中国专利文献的检索系统，就是 CRPS。从英国的公司我们买了专利数据磁带，叫 WPI，就包含了"七国两组织"的专利文摘，咱们建立了一个 WPI 数据库，这算我们能检索国外的专利文献。以上就是局里的三大支柱。走上国际还有一个标志，也得到了世界知识产权组织的承认，就是 WIPO 出一部分钱，中国专利局出一部分钱，在海淀区建了中国知识产权培训中心，因为中国知识产权培训中心 WIPO 也承认。所以概括起来，从历届的领导，哪怕是普通的工作人员，大家当时都一个心劲儿要把专利事业搞起来，再艰苦也想办法，不计较报酬。

采访人：真是不容易。

杨采良：你们可以对照对照中国专利局的建设，一方面是有这么一批拼搏奋斗的人，另外一方面得益于咱们国家的改革开放政策，如果单凭中国自己的经济力量，那时候建专利局很难。专利局的建设，从人员队伍的培训，一直到咱们的设备，特别是计算机设备，都来源于国际合作。

开卷有益，不管什么书，多看多听，积累下来以后大有用处

采访人：刚才听您说了那一辈人的奋斗经历，我们挺受鼓舞的。现在局里面年轻人很多，年轻人更强调自我，您对年轻人有什么建议或者有什么寄语？

杨采良：强调自我也不是坏事。强调自我可以发挥主观能动性，但是有的时候，组织的事情和个人利益，还是要有先后顺序的，这是我的一个希望。再就是希望年轻人知识面尽可能的广一点，不要只看到眼前。当初咱们信息中心招人，考试题目海阔天空，当时内蒙古的一位考生在卷子上写了一大堆意见，说我来就是为了拿工资，考这些不着边际的知识究竟有什么用？他指的是有一道题要求把中国农历的二十四节气写出来。

采访人：现在对我们来讲二十四节气了解得很少，二十四节气好像跟专利事业没什么太大关系，当时您是出于什么样的考虑出这样的题目呢？

杨采良：是没有关系，这是考你的注意力。二十四节气是在小学学的，你当初是不是专注在这个知识上。知识面宽绝对是个好事儿，好在哪里，比如博士后钻研得很深，可是沿着这个道路钻下去，其他的事情就不知道。而真正要做出成绩的往往都是要知道综合性的东西，综合性的东西不是说把知识像口袋一样堆在一起就行了，关键是思路。你知道得多，你思路肯定就多。基础不牢的话，想进一步地钻研也不行，思路总是局限在一个范围里。我是提倡开卷有益的，不管什么书，多看多听，积累下来之后，以后大有用处。

采访人：现在局里面年轻人的舞台可能更广一些，比如借调京外审协中心等。以前没有京外审协中心的时候大部分审查员都是在钻研自己手头的案子。

杨采良：光审查案子是不行的，知识面必须广。信息中心成立了之后，有了对外服务，每年都办专利博览会，专利博览会的其中一个项目就是评奖，我发现自己之前的经历还真有用，只有精细化工那部分我不怎么懂，其他如机械、机电、电子、电器比较懂，发明人说发明如何好，我往往问一两句话就能问住他。有一个搞内燃机的发明人，他发明一种陶瓷缸套，耐磨损效果好，我问他有没有二次应用，能膛缸吗？他说不能，我说那你这个不能评一等奖，他就不说话了。这种例子很多。知识面广的话思路肯定开阔，这种东西只能意会不可言传，说不定哪一天就发现有用了。

采访人： 好了，时间也不早了，谢谢杨老！祝您身体健康、生活快乐！

（与采访人合影，左起依次为：吴笛、戴婕、杨采良、燕语喃）

在职尽心　明白从政
退休尽心　至老不息

——专访原专利局行政管理部部长刘祖林

● 个人简历 ●

刘祖林，1939年9月3日出生，祖籍湖北，1951年8月参加革命，1957年考入哈尔滨军事工程学院，1964年4月参加工作，1981年5月调入中国专利局工作，在局人事、文献、党委、行政、发明协会工作，历任局文献服务中心副主任兼党支部书记、局机关党委办公室主任、行政管理部部长。2000年正式退休。

被访人： 刘祖林

采访人： 李　晓　黄筱筱（《知识产权青年》编辑部）

采访时间： 2014年1月3日

采访地点： 国家知识产权局2号楼212室

编者语： 刘祖林老先生已年近80岁高龄，但是身体非常硬朗，他谢绝了我们登门采访的请求，将采访地点选择在局内，专门花了一个多小时从家中赶来，说"过一阵就要过来看看"。虽然已经退休十几年，但他对专利局目前的情况依然如数家珍，在采访的近两个多小时中，刘老侃侃而谈，从自己的职业发展到专利局的壮大过程，从统筹兼顾的经验到系统工程的原理。"关注专利事业，关注局内动态""对专利事业一直保持满腔热情"，也许就是他保持青春的秘诀。

一篇文章带来的机遇

采访人：刘老您好，非常感谢您能抽时间接受我们的采访。请您简单介绍一下您的工作经历。

刘祖林：我很愿意和青年同志一起回顾过去，共同学习。我 1951 年 8 月参加革命，1957 年考入哈尔滨军事工程学院，1964 年 4 月毕业。毕业后就在国防部第五研究院从事了 18 年航天工作。1981 年初，我主动要求调到中国专利局。2000 年 6 月正式退休。

采访人：您从事了 18 年的航天工作，这个工作经历对您来专利局以后的工作有什么影响和帮助？

刘祖林：航天工作给我印象最深的有两点，一是航天事业以人才为基础，二是钱学森的系统工程。其中钱学森先生在 1978 年提出了关于系统工程的论点，我在航天工作时也对这个论点进行了一些学习。来到专利局后，我根据自己的思考写了一篇论文——《试述系统工程原理在专利工作中的运用》，发表在 1991 年第三期的《知识产权》杂志上，算是将原来的知识用到了新的工作中。

采访人：当时您是主动要求调入专利局的？

刘祖林：对，专利局在建局之初在各个部委抽调人员，我当时根据自己的情况，选择调入专利局。

采访人：您在专利局主要从事过哪些工作？

刘祖林：我是 1981 年 5 月入局的，曾在局人事、文献、党委、行政、发明协会工作。

采访人：您经历了 7 任局长？

刘祖林： 是啊，我工作期间经历了武衡同志、黄坤益同志、高卢麟同志、蒋民宽同志、姜颖同志、王景川同志等数位局长。我很高兴见证了在各位局长的带领下，我局从无到有，逐渐壮大的过程。

采访人： 您的岗位变化也很丰富。

刘祖林： 对，我在 5 个部门工作过，还担任过两个兼职：一个是 1990 年至 1995 年担任《知识产权》杂志编辑委员会副主任。还有一个是 1996 年至 2000 年，担任由中国发明协会委托湖南科委承办的《发明与革新》（后更名为《发明与创新》）杂志的编审。

采访人： 你的两个兼职都是杂志工作，说明您的文笔很出色。

刘祖林： 主要是我当时写的论文——《试述系统工程原理在专利工作中的运用》，发表在 1991 年第三期的《知识产权》杂志上，可能这篇文章得到了一些关注，也渐渐地让我开始从事有关知识产权杂志的编辑工作。

我局人才发展的三个阶段

采访人： 您在专利局的第一个工作岗位是人事处，当时专利局的人事工作是什么情况？

刘祖林： 我一入局，就在人事处具体承办科级干部管理工作。当时我局刚成立不久，还没有审批技术职称的权力。当时由我负责职称评定，我起草了局技术职称评定工作的文件，经过核准后报武衡局长审批。当时武衡局长非常重视这件事情，他亲自找了国务院科技干部局。经武局长催办，我们这个报告很快得到批准。至此，我局有权审批高、中、初级技术职称了。

采访人： 看来我局一直都很重视人才建设。

刘祖林： 我局一直强调出人才出成果的精神，各任局长也都非常重视人才建设，为人才建设作出了很大成绩。我局人才工程可以分为三大阶段。第一阶段是建局初期，专利局最开始的人员大部分是从国家科委、中科院、全国科协、国务院有关部委、企事业单位抽调的技术人员和管理干部，当时还派出20余名硕士研究生到国外专门培训，专门攻读专利法，初步形成了专利事业开创时期的中坚力量。第二个阶段是1983年到1984年，那一时期入局的青年现在已经在审查、复审、文献、自动化、出版等系统担任技术骨干和各级领导，成为专利事业的中流砥柱。第三个阶段即是2000年后的职工队伍大发展阶段。在专利申请持续增长的客观现实下，经王景川同志的大力推动，专利局开始大批吸纳优秀博士、硕士、学士入局。这一批同志朝气蓬勃地在各个岗位迅速成长，现在他们中的大多数已经成为知识产权事业的中坚力量。

我局文献服务的起步

采访人： 后来您又去了文献服务中心工作。

刘祖林： 我于1982年4月至1985年在局文献服务中心任副主任兼做党支部书记。从1978年开始三次率团考察其他国家的专利工作，深入了解了联邦德国专利局、日本特许厅、美国专利商标局以及巴西工业产权局、欧洲专利局海牙分局在情报资料方面所做的工作。基于调研，武衡局长在文献方面作出两大抉择：一是他亲自与中国科技情报所领导商议，将该所专利馆划归到中国专利局，为专利审查和为公众服务打下了坚实基础；二是下决心建立两套专利文档。

采访人： 为什么要建立两套专利文档？

刘祖林： 一套资料专供审查员使用，另一套资料供公众阅览。

采访人： 当时我们是怎么获取国外的文献资料的？

刘祖林： 文献资料量太大，购买的话费用很高，我们采用交换的方式，用中国的专利文献来换取其他国家的专利文献资料。

采访人： 当时文献服务中心有多少人，主要从事什么工作？

刘祖林： 当时文献服务中心有120多人，占全局三分之一。主要工作包括对外服务，对内提供审查用的分类文档，并将文献上传到计算机，筹备建立计算机系统。当时的文献服务中心现在已经细分为文献部、自动化部、信息中心等多个部门。

难忘的党委工作经历

采访人： 您在机关党委工作时，有什么难忘的事情吗？

刘祖林： 1985年6月至1988年10月组织派我担任局机关党委办公室主任，同时任局机关党委党支部青年委员。当时，机关党委、团委和工会工作繁重，但有两项工作值得回忆，因为这两项工作体现了局领导对局组织文化建设的重视。

第一就是局青年论文竞赛活动。当时是1987年，我局组织了首届青年专利工作论文征评活动，局机关团委承办此事。我当时是局机关党委党支部青年委员，帮助局团委组织了这次活动。我局团员、青年积极参与了这次活动，参赛论文37篇，内容涉及专利审查、管理、法律、文献、出版和自动化等方面。对此项工作，当时的局领导给予了极大的关心与支持。蒋民宽局长、高卢麟局长鼓励青年积极进取，局党委书记安玉涛为论文文集题名，从中可以看出老一代领导盼望青年成才的迫切心情。那次论文竞赛到现在已经20多年，获奖者、投稿者和组织者大都成为专利乃至知识产权战线的中坚力量。

第二就是1990年经局领导同意成立中国专利局书画摄影协会。当时我是这个协会的会长，开展了一系列活动，许多同志在协会活动中也显示了多方面的才能。

行政改革迎新篇

采访人：谈谈您当时在行政管理部工作的情况。

刘祖林：当时行政管理部下辖五处一室：总务处、物资处、运行处、财务处、基建处和部办公室。这个时候行政管理部的员工有200余人。1989年至1992年是行政管理部的发展阶段。在这个阶段行政管理部妥善解决了我局职工的住房问题，开发了小营住宅项目，并实现了保证全局正常运转，保证全局重点工作。1993年至1994年是行政管理部的深入改革阶段。专利局成立了局机关服务中心，将行政管理和后勤服务分开，将一部分国家编制改为聘用制。

采访人：当时改革的原因是什么？

刘祖林：我们是按照国务院机关事务管理局关于后勤改革的要求，在部、处组织下进行的改革。开始由荣勇等同志首先在食堂进行改革试验，对食堂的人事调配、培训方式、财政体制、工作范围、工资奖励、劳动福利都进行了配套改革。将国家的编制改为聘用制，将固定工资改为基本工资加奖金的工资制。这样就实现了国家只投入5

人编制，节约了 55 名编制，为国家节省了经费，调动了职工积极性，就餐者也基本满意。我们按照这种半包方式，对打字室、家电维修、理发室等进行了改革，都收到了可喜效果。

采访人： 改革是否遇到了困难，当时是怎么解决的呢？

刘祖林： 改革肯定会遇到质疑，正式实施全面改革之前，行政部做了三项工作：一是给愿意调出行政部的人员开绿灯；二是逐渐撤销行政部办公室，采取值班制，既完成当前任务，又给部办同志留有余地；三是按局党组决策，精心拟制了行政部撤销方案。主要是在保证正常工作的同时，安排好人事，稳妥进行改革。

入住新家——蓟门桥西土城路 6 号

采访人： 您在行政部时还经历了专利局大搬家。

刘祖林： 对，1989 年 3 月 12 日至当年 8 月中，历时 5 个月，我局实施了一次空前大搬家。从四面八方搬至蓟门桥西土城路 6 号新址（现在局所在的位置），至此，我局"漂泊"状态基本结束。

采访人： 您还记得当时的情形么？

刘祖林： 当时全局有 1300 余人，25 个单位，70 多个处。所以搬迁涉及千余人的办公设备、大量大型印制机械、流水号文献、分类文档、14 个物资仓库。这些物资器材全部从西八里庄、五孔桥、空四所和测绘局等地搬迁至蓟门桥新址。当时 23 层还没有盖完就开始搬家，所以没有电梯，都是人工搬运的方式，运至高达 23 层的业务大楼各层之中。

采访人： 那您所在的行政部主要负责什么工作？

刘祖林：行政部与其他有关部门组成 5 个搬迁工作组——协调组、交接组、经费组、现场指挥组和中心组，按分工分别为搬迁单位服务，我是当时前线总指挥。

采访人：当时审查员也参加搬迁，还是正常开展审查工作？

刘祖林：审查员也要参加搬迁，但是还要开展审查工作。当时的思想就是"边建设，边工作，边搬迁"。

采访人：那条件还是很艰苦的。

刘祖林：当时属于时间紧，任务重，很多工作都是加班加点完成的。当时搬迁工作组一共配备了 30 个 BP 机，属于最先进的通信工具，BP 机极大地方便了搬迁工作。在搬迁经费上面，我们也始终贯彻节约原则，节省了 31 万元。搬迁结束之后，高卢麟局长在行政部总结报告上批示："在困难条件下，行政部组织搬家，想了不少办法，工作是有成绩的，应予表扬。"蒋民宽局长最后作了批示："应很好地表扬，向全局通报并提出新的要求、目标。"这个批示是对行政部工作的表扬，更是对全局各部门和全体职工大协作的肯定。

身退心不退，心系专利事业发展

采访人：您什么时候退休的？

刘祖林：按规定，我 1996 年办了退休手续，但是组织上仍让我"超期服役"，在中国发明协会工作至 2000 年 6 月。

采访人：您能介绍一下您退休以后的生活吗？

刘祖林：我退休十多年，坚持每年经过调研给专利局提一条建议，比如加强专利统计工作、加强代办处建设等，一共有十几条。这些建议得到局领导口头或书面的肯定,这些都是对我的鼓励,也是对我的鞭策,我希望专利局可以建设得更好。平时有机会我很愿意与青年朋友聊天,希望能够帮助大家。我的生活还是比较充实丰富的。

采访人: 您的经历真是丰富多彩,展现在我们眼前的几乎是专利局从无到有的整个壮阔画面。您的生活态度也让我们感触很深,希望我们以后还有机会聊天。

刘祖林: 这是我的个人经历。回忆我局发展的历程,艰苦不凡,发展神速,我在我局发展过程中做了我应该做的事情,希望通过回忆这些经历能给大家带来一些帮助。最后,我希望大家有抱负、有个人具体的中国梦;希望大家在成就中国梦的过程中,实现知识产权强国梦,也实现我们青年自己的个人价值!我们这些老同志很愿意助你们一臂之力!

(与采访人合影,左起依次为:黄筱筱、刘祖林、李晓)

勤勤恳恳做事　踏踏实实做人

——专访中国知识产权报社原社长郭玉绮

● **个人简历** ●

郭玉绮，1939年9月29日出生，祖籍上海。1958年考入中国科学技术大学，1963年参加工作，1981年2月调入中国专利局，先后在局文献部、出版社工作，组建报社并创刊出版《中国专利报》（后更名为《中国知识产权报》），历任文献部副主任、出版社副社长、出版社总编辑、报社社长。2000年4月正式退休。

被访人：郭玉绮

采访人：冯　飞　程　亮（报社团支部）

采访时间：2015 年 11 月 6 日

采访地点：北京市海淀区花园路 7 号新时代大厦

编者语："你叫我老郭就行！我在局几个部门工作期间，诚请大家一律称呼我'老郭'，大家欣然接受！"记者初次见到中国知识产权报社原社长郭玉绮时，她如此自我介绍。平易近人是郭社长留给记者的第一印象。虽然已近耄耋之年，但郭社长依然精神矍铄，向记者慢慢回忆起入局后的工作时光。从文献部手工整理堆积如山的专利文献及其应用，到出版社出版发行专利文献和图书，再到接受局党组任务，组建报社并创刊出版《中国专利报》（后更名为《中国知识产权报》），郭社长向记者细数着她在曾经工作过的岗位上的点滴往事，如同又回到了那些难以忘记的岁月。"我特别喜欢和年轻人聊天！"谈及对年青人的印象时，郭社长如是说，她表示报社年青人很多，年青人的潜力是无限的，要充分信任他们，并给予他们发展空间。

咱们国家知识产权事业得到了世界知识产权组织的关心、帮助、支持特别的大

采访人：郭老，您好！十分感谢您接受我们的采访。作为专利局建局时文献部、出版社、报社的第一代人，您能介绍一下当时中国政府和世界知识产权组织接触的情况吗？

郭玉绮：我局和世界知识产权组织接触是比较多的，报社编辑出版的《中国专利十年》画册中有些照片，包括黄坤益局长、高卢麟局长、姜颖局长等，都可见到，但是有些照片收集得不全。

采访人：报社与世界知识产权组织接触的过程中，有哪些重大的历史节点，有哪些重要的采访？

郭玉绮：报社成立后出版创刊号的时候，给世界知识产权组织发了信并寄去《中国专利报》，后来世界知识产权组织总干事鲍格胥给我们发来贺电。

世界知识产权组织对我国专利制度的建立和发展十分重视、关心和支持。

《中国专利报》出刊后，报社对世界知识产权组织总干事等相关人员多次来华访问、调研和研讨等，多方面、多次进行了大量的重点宣传和报道，充分记载了党和国家领导人对我国知识产权工作的关怀和重视，及携我局领导一起与世界知识产权组织总干事等愉快会见和交流的宝贵历史镜头和资料。报社记者还抓紧机会，专门对时任总干事鲍格胥先生和其继任总干事伊德里斯先生进行了重要采访和专题报道。相关的历史照片，在我社编辑出版的《中国专利十年》画册中

均可见到。

《中国专利报》出刊后不久，德国专利局局长豪侬塞尔率团来华并访问我局，我当即携带刊有他文章的当期《中国专利报》看望他，他非常高兴。

另外，1995年，中国专利制度建立十周年。报社经历几年专利宣传工作的实践，认识到应该在专利宣传中抓住我国专利事业诞生和发展中奋斗十年的机会，多做些系统宣传的工作。经局领导同意并得到局领导支持，报社决定编辑出版我局第一部史册《中国专利十年》画册。报社克服人员少、时间仓促、缺乏印制设备等困难，团结一致，刻苦努力，坚持报社自己编辑、照排，协调北大方正制版、专利文献出版社（现知识产权出版社）印装，最忙时正值冬季，我们加完班后，冬衣裹身，愉快地夜宿办公室。报社终于按时将该画册奉献给我国专利制度建立十周年庆典和局主办、报社承办的展示我国专利事业十年发展、成就和辉煌的"中国专利十年成就展"。报人心里充满了对报社的忠诚和成就事业的喜悦。后来，该画册也先后赠予世界知识产权组织、德国、法国等，他们说，看了咱们的《中国专利十年》画册，特别高兴。像德国总理科尔，来中国访问的时候特意到专利局，并专程到我局出版社参观，考察德国赠送的设备运转和工作情况。德国对中国专利工作的支持力度很大，有一位德国专家在咱们国家住了很多年，出版社最初的设备也是他们支持的。那时候咱们的工作也特别争气，那位专家走的时候，我们送了他一套在这儿的工作的照片，并告诉他，这套照片等资料是用你们支持我们的设备印制的，我们拿这个作为对你们回报的礼物，他非常高兴。专利局的专利分类文档和专利文献，包括从多国运来的文献，都是世界知识产权组织安排调运的。当时我局还在304医院的西边一个公社小院里面工作，搭的都是一层或两层活动的铁书架，专利分类文档都在里面，那时我们是在棚子里面做分类的。专利文献都是世界知识产权组织帮我们从有关国家调来的，最早调来的是美国的专利文献。由此可见，咱们国家的知识产权事业得到了世界知识产权组织的关心、帮助、支持特别的大。咱们加入PCT，他们马上回函说这个做得非常对，《中国专利报》特做头条迅速报道。中央电视台当即采用，并在当日"新闻联播"中进行了播报。

扩大宣传，主动联系扩大社会影响

采访人：当时为了建立专利制度在国内开展了哪些调研？咱们报社有没有参与？

郭玉绮：参加建设专利制度调研的工作时，报社还没有成立，主要调研工作是专利局在1979年底到80年代初做的，咱们报社是在1988年8月成立的，1989年4月1日正式出版《中国专利报》创刊号。

采访人：专利局建立的时候您有没有参加调研？

郭玉绮：那个时候我还没有调到专利局，成立报社后，为了加强和探索做好全国和地方的专利宣传工作的路径，同时了解各省市区的实际工作和活动情况，我们报社就组织了十几位同志，分了7个组，到大部分省区市去，向他们学习和建立联系，并寻求宣传和服务于他们工作的切入点。这迈出的第一步受到了各省区市专利管理部门的重视、支持和帮助，从而迅速建立了通讯员、特约记者网络，并形成制度，有力地形成了全国专利宣传工作上下结合、及时传递信息、活跃和服务于专利工作战线上的有生力量。报社为了扩大专利保护和帮助专利技术进入市场的声音，加强专利制度的社会影响，特与中央电视台合作，搞专利技术的展览等。这一主动宣传推广了专利技术、增强了知识产权保护的效益，受到广大发明人和社会公众的欢迎。

采访人： 在咱们系统内有没有到国外考察、学习的经历？

郭玉绮： 1987年我在局出版社工作，随当时专利局的戈泊副局长到法国调研和学习1个月，后来又去了德国和荷兰。调研和学习的内容，主要是了解法国工业产权局的工作状况、经验和一些工作流程，以及他们所作的改进。1995年中国科技报研究会组织到美国去考察报业工作情况和经验，参观了美国《纽约时报》《华盛顿邮报》《洛杉矶时报》以及华文报刊等，听他们介绍了自己的经验。他们的印刷技术比较先进，工作经验比较丰富，对于新闻记者怎样抓住最新新闻和重点问题的切入点、提高记者的新闻意识和水平还是比较有启发的。

采访人： 对于邀请和接待国外知识产权专家的情况怎么样？

郭玉绮： 我没有到国外留学。我们国家与世界知识产权组织保持着很好的联系，后来世界知识产权组织与我局在上海举办了中国专利高级进修学习班，为期半年，我去参加了。世界知识产权组织请了世界各国的专家来讲课，对世界和近年来专利制度发展的历史情况进行了很好的阐述，对专利工作的各个业务部门的工作要点、程序如何衔接和具体进行管理的要领进行了传授，这次学习对我个人来说收获很大。

采访人： 当时《专利法》起草的时候，您有没有参与呢？

郭玉绮：没有。但是当调我到出版社的时候，正值我国《专利法》的第一次修改，当时局的顾问汤老（汤宗舜）参与我国《专利法》第一次修改。由于当时我国专利制度建立不久，《专利法》实施处于起步阶段，为了进一步推动和提高全社会对专利制度和《专利法》的认识，提高专利保护意识，服务于科学技术进步和经济快速发展，我认为有必要加强专利宣传工作。为此，我曾建议汤老借鉴和参考美国早期专利法就将专利宣传纳入其专利法相关规定的做法。借我国《专利法》第一次修改之机将我国专利宣传工作也纳入我国《专利法》！汤老连连说好！但终因种种原因，此愿望未能实现。

采访人：知识产权的引进和吸收方面的工作您参加的多吗？

郭玉绮：这个工作局里面做得比较多，负责制订人才的培养计划和引进国外先进经验。报社在这方面的工作机会十分欠缺。我们曾提了出国考察国外各报的计划，但是均未实现。为尽报人的责任，我们在《中国专利报》中增加了商标和版权方面的内容。特别有意识增强和注意专利技术进出口项目中的知识产权保护和战略方面的宣传和报道。受到局领导的关心和鼓励以及读者的关注。

我只求实实在在做人，在做人的过程中学到东西

采访人：您能介绍一下专利文献的情报搜集和专利文献的建设这一块的工作吗？

郭玉绮：我当时在文献部的时候，觉得中国专利文献与国外的专利文献都那么多，不能仅负责收藏，必须要让大家都可以看到和检索

到并用的上，所以我们加强专利文献馆的宣传和服务工作。文献馆阅览组大部分是年青人，他们刻苦学习，快速入门，做驾驭文献工作的主人，每周轮流开课，为读者介绍文献检索知识，成为受读者欢迎的"小老师"。他们还编写了一套10本的"专利文献检索"丛书，免费发放，受到读者的欢迎。文献馆还组织汇编了全国第一部《全国专利文献馆藏联合目录》，为全国检索和使用国内外的专利文献架起了桥梁。为使外文专利文献在我国被广泛使用，文献部编译室特编辑出版了《专利文献通报》，广受读者欢迎。为了加快专利文献在全国各地广泛使用，文献部特举办第一次全国专利文献检索学习班，培养检索、使用国内外专利文献的"种子"队伍。

专利局成立至今已35年，入局早的同志，特别是审查员和专利工作相关的人员，都是从苦中学、从零开始，大家都是付出了心血才换来今天的成就。看到现今我局的年青人我会说，你们来专利局工作是进到蜜坛了！过去的一切你们都没有经历过，今天值得珍惜！我这么多年不求什么，只求实实在在做人，在做人的过程中学到不少可贵的东西，认认真真做点我能做和想做的事情，因为为我国专利制度的建立和发展付出了，我就心满意足了。

采访人：您可以说一下杂志的情况和在出版社刚才没有谈到的情况吗？

郭玉绮：《专利发明》是在我没来出版社之前由武衡同志主持办起来的，深受读者喜爱。我调到专利文献出版社的时候，正赶上出版社搬家，由当时的八里庄搬到更远的五孔桥，审查一部、出版社都搬过去了。这次是出版社第一次扩大，为今后发展创造了一定条件。搬家后正好赶上德国海德堡的设备来了，大概是在1985年的四五月份，出版社边验收设备，边建厂房、工人边上机上岗。9月份就出版了专利说明书和专利公报，我当时分管编辑这一块，因此咱们国家的第一份专利说明书、第一份专利公报都是经过我的手，由我签字发排的。那时校对很多也是现学的，工人也是，那会儿还没有激光照排，一开始是打字，用一张照片，要经过好几道程序。那时在出版社工作的经历，真叫"赤膊上阵"，没有晚上、周末，没有按点休息。在出版社是边打拼、边干活、边出成果的过程，弄得大家都对我说：老郭，你们可把我们累坏了。我一直对大家说对不起，为专利制度建设，感谢大家。其实大家见到按期出版的《专利公报》和《专利说明书》，我们一起笑了！心情都十分欣慰！这就是我们的专利局人！

报社的同志在锤炼和拍打中成长了

采访人：您接受局党组任务建立报社后，报社的发展有哪些比较重要的节点？

郭玉绮：1988年8月，局分党组根据当时国家科委常务副主任兼专利局分党组书记蒋明宽同志的指示，要加大对专利制度的宣传，必须要办个报纸，今年办不成明年也得办。局分党组当月发文，成立《中国专利报》筹备组，并任命我为筹备组组长。我十分意外，我不懂新闻专业，心里压力很大。9月15日，国家新闻出版署发文同意创办《中国专利报》。我觉得这个工作很重要，起步一定要好。

我认为有几个重要节点：一、进入报人角色。经局里同意，调入报社的人员按分工迅速到位。为办好报纸，报社首先组织全社人员进行新闻业务培训。二、调研组建全国专利新闻队伍。组织报人分组到各省区市学习、调研、采访和组建通讯队伍。聘请特约记者和通讯员，初步形成《中国专利报》的通讯网络，为1989年4月1日正式出版《中国专利报》创刊号做好充分准备。三、深受鼓舞。创刊号出版后的4月12日，邓小平同志欣然为《中国专利报》题写报名，极大鼓舞和坚定了报人努力办好《中国专利报》的热情和决心。报社的同志们在锤炼和拍打中成长了，到我退休的时候，学新闻的有吴辉，还有一位是老安，其他人都是半路出家，但很多同志的文笔都锤炼得很不错。

现在的年轻人要交流好，引导好

采访人：您对青年人才的成长有哪些建议和想法？

郭玉绮：我很愿意与青年人一起工作，特别喜欢和年轻人聊天，我那会来的时候只有3位年纪较大的同事。现在的年轻人要相互地交流好、引导好。要有意识地为他们创造发展的条件，这一点特别重要。首先要信任他们，创造条件让他们发展。另外自己是领导，但是工作也不可能完全自己做，要靠大家一起合作、分担和支持。所谓的智慧就是在工作中感悟的东西得到了大家的认可、理解，形成大家的东西，这样事情就可以做好。做好也不是自己的，是大家共同完成的。现在国家不是鼓励发明创造吗，多抓抓这方面的机会，把门打开、把腿迈开，培养年轻人在实践中学习。

采访人：好的，郭老，时间不早了，今天就聊到这儿，谢谢您！祝您身体健康、生活愉快！

（与采访人合影，左起依次为：冯飞、郭玉绮）

回首创业风雨路

——专访专利检索咨询中心原主任宋小逸

● **个人简历** ●

宋小逸，1945年12月出生于北京，中共党员。1970年3月毕业于清华大学精密仪器及机械制造系，先后在甘肃省武威地区农业局北关园艺站、武威汽修厂、湖南省长沙铁道学院工作，1981年4月进入中国专利局。历任中国专利局文献部对外阅览组组长、审查一处综合计划室临时负责人、审查一部综合管理处处长、局办公室业务协调处处长、审查业务管理部副部长、专利检索咨询中心主任。2006年4月退休。

被访人： 宋小逸

采访人： 李　曦　孟庆薇　马丽丹　安　琛　李　娜　徐嘉怡
（检索中心团总支）

采访时间： 2013年9月6日

采访地点： 国家知识产权局3号楼603会议室

编者语： 宋小逸主任毕业于清华大学，在工厂做过机械设计制造，在高校当过老师，35岁应聘进入刚刚成立的中国专利局，一干就是25年。他亲身经历了专利局从筹备、创建到发展壮大的全过程，先后在专利局文献部、审查一部、办公室、审查业务管理部及专利检索咨询中心等部门任职，在专利文献建设及服务、专利局筹备及试运行、审查业务建设和审查质量管理体系建立等方面作出有益探索和贡献，打下良好基础。接受采访的他，感情颇为复杂，有自豪、感激、喜悦、怀念，也有祝福和期许。在采访中，我们深刻体会到"前人栽树、后人乘凉"的意义，对前辈的敬佩和感激油然而生。

命运使然，缘系专利

采访人： 中国专利局于 1980 年 1 月 14 日成立，您于 1981 年 4 月来局，何种考虑和机缘使您来到了专利局？

宋小逸： 来专利局之前，我和我爱人都在长沙铁道学院任教，她在外语系，我在机械系。

1980 年，我来到北京，在清华大学进修，听说国务院批准成立的中国专利局在招聘人员。经电话联系，当时在和平宾馆租房办公的人事部门同志很热情地约我面谈。会晤时，他们对我们两人均表示需要，后经考核、外调等组织手续，调动成功。

我们二人于 1981 年 4 月 6 日来专利局报到，那一年我 35 岁。此前，我在工厂从事机械设计制造 4 年、高校教学工作 7 年，我爱人也已从事高校英语教学 10 年。像我们这样全家一起从外埠进京的，大约有 6 户。

多岗历练，倾心创业

采访人： 您入局后先被分在文献部，具体做什么工作？

宋小逸： 我被分配到文献部，上班地点在工人体育场。当时大家主要学习专利知识，多以自学为主，时有讲座，很受欢迎。

1981 年 5 月，全局迁至海淀区西八里庄。此时，局教育处负责同志找到我，表示局里有一项重要任务是人员培训。教育处开办了多个外语班，为审查员办英语班，为文献部办德语班、法语班和日语班，教室、教师由局里统一安排。考虑到我有在高校从事教学工作的经历，因此委托我协助文献部三个班的筹办及管理，担任大班长和德语班班长，我痛快接受并马上投入筹备工作。文献部同志踊跃报名，加上少数其他部门人员，3个班一共60人。教育处选派了得力的教师。为珍惜这难得的学习机会，严格保证教学质量，我提议采用外语院校教材及正规教学方式，除上课起立、考勤、板书、提问、测验外，还规定老师必须备课、有教案、留书面口头作业及每日批改、打分、阶段测验及结业考试等，下午课后安排体育锻炼。经与老师及教育处沟通，他们欣然同意，我制定了全日制课表。1981年6月初，德语、法语、日语3个班隆重开学。老师业务纯熟，教书认真，学生热情高涨，一丝不苟，3个月的培训给老师学员留下了美好印象，学员学到了宝贵知识，老师队伍也得到了锻炼，文献部、教育处领导十分满意。

1981年，国家科委及局领导决定，将原中国科技情报所专利馆成建制划归中国专利局，先期开展专利文献建设及服务工作。这一举措，为贯彻国务院"宣传普及专利知识"和建设审查制专利局打下良好基础，对我局初建及日后发展具有重要意义。

1981年秋，文献部部长齐长青主持召开部全体人员大会，田巨生、高阶平副局长到会，宣布先行设立文献部对外阅览组和复印组两个机构，任命我为对外阅览组组长，负责专利文献的阅览服务。为尽量多地培养人才，部里为阅览组配备了36人，其中26人为局内人员，10人来自情报所。在领导们的大力支持指导下，我们克服多重困难，采取组建团队、紧急业务培训、建馆设室、建章立制等多项措施，1981年11月2日，中国专利局文献部专利文献馆正式开馆，对社会公众开放服务。这是一个值得纪念的日子。此后，文献部逐步建立健全其他机构。30 余年来，文献馆一直秉持优质服务至今。

在 1981 年夏成功举办外语初级班基础上，教育处于 1982 年春继续举办"德语中级班"，仍委派我担任班长。该班共有 14 名学员，来自局内不同部门，学制 12 个月，中间不停顿，配备 3 位优秀教师。与初级班一样，我们仍采取正规教学，取得良好效果，这些学员在推动我局及知识产权事业发展中发挥了重要作用。今天，在回顾我国专利制度及审查工作 30 余年来的发展历史时，决不应忘记那些培养帮助过我们、为我们的事业搭桥铺路、踏实做事的人，感谢他们，向他们致敬！

采访人：1983 年 6 月，您被调到审查一部，当时是从事审查工作吗？《专利法》于 1985 年开始实施，那时审查工作是如何开展的？是否有培训、调研、考察、留学的经历？

宋小逸：1983 年，《专利法》仍在起草中，因此还未开始审查工作。但草案中已明确规定，发明专利申请将实行实审制，实用新型和外观设计专利申请实行初步审查制。为完成这项工作，需要提前做大量的准备。

基于这个原因，根据局整体工作需要，局领导于 1983 年 6 月将我调到新成立的审查一处，担任综合计划室临时负责人，负责协助规划筹建工作及组织实施。当时，审查一处还设有初审室、分类室、公报室及中间文件室等共 5 个室，李富英同志任审查一处处长，负责具体领导并全面组织完成《专利法》实施前的筹备及开张后的试运行任务。

1983 年至 1984 年，我们为完成任务，在没有任何现有经验的情况下，通过各方渠道，千方百计到国内外调研、考察，学习经验，丰富头脑，制定规划，边学边干。重要的几件事是：

1983年，我曾带队去商标局蹲点数日，学习刚启动不久的商标审查流程和档案管理。

1983年11月7日至11月28日，首批德国专家赫尔穆特·阿舍尔博士和汉斯·于尔根·霍普尔先生在北京举办"分类入门班"，讲授国际专利分类法的使用，我和郝庆芬任班长。此次培训，全局共51人参加考试，共有7人获满分，其中审查一处参加考试19人，6人得满分。

1984年3月5日至3月24日，审查一处为全体人员举办"专利法及专利业务学习班"，我任班长，邀请局内主要专家学者授课，全面培训业务知识。

1984年4月11日至5月13日，德国专利商标局汉斯·杨森和汉斯·克拉玛两位资深专家在局举办"专利审查、审查文档建设、专利管理培训班"，我任班长。克拉玛先生详细介绍德国专利商标局组织机构、管理体系、审查流程、受理发文、档案管理、初实审及其与法院关系、两种管理体系以及德国专利商标局为何采用集中管理模式等内容。其中对申请号、著录项目、档案制作、期限状态监视、表格制订讲解尤为具体。课余时间，我们还与两位专家进行了深入交流。此次学习班对培训我局管理骨干、做好1985年《专利法》实施前的准备以及审查体系及制度建设起到了重要指导作用。1984年8月3日至9月28日，由李富英同志带队的中国专利局进修小组一行6人到德国专利商标局学习专利审查流程管理工作，将很多德国专利商标局的经验和做法带回来，应用到我局的筹备工作中。例如，该组测绘的德国专利商标局悬挂式档案架及档案夹应用于我局档案管理中，方便、实用、防尘，不仅被我局一直使用至今，还被我国多数专利代理机构所采用。据我所知，除专利系统外，国内未发现别家使用这种方式管理档案。

1984年6月4日，黄坤益局长主持局办公会，审议通过了由我执笔起草并经大家反复研究修改的《审查一处1984年工作计划》。该计划对受理专利申请前的一系列准备事项做了全面部署，包括充实机构、人员培训、法规制定、业务准备、物资后勤、实兵演练等，其中，培训类8项，管理、法规类业务达17项，包括三种专利审查流程图、制定表格、IPC分类表翻译、档案室建设等。各项计划均得到了充分贯彻执行。

采访人：您能谈谈1985年4月1日实施《专利法》之初的情况吗？

宋小逸：1985年4月1日，我局依法开始受理三种专利申请，取得圆满成功，这对我局每一位为此作出贡献的人、对我局乃至中国，都是历史性时刻。

1985年，审查一处升格为审查一部，下设综合管理处、分类室、发明初审室、实用新型审查室、外观设计审查室、公报室等处室，人员发展到180名。我被任命为综合管理处处长。根据工作性质的变化和需要，综合管理处下设六个组：综合组、统计组、受理处、发文组、计算机组和行政事务组，全处共40人，其职责范围和工作内容也相应发生了很大变化，分别是：

综合组，负责一部人事工作；负责制订审查一部工作计划并组织落实；负责部内各项业务建设，组织制定《中国专利局专利审查办事规程》、组织修订"标准表格"、举办各类培训等；负责审查流程管理，保证流程通畅、均衡生产，负责与局内相关流程部门业务协调。

统计组，负责统计数据工作。审查一部是局内最早创建统计体系的，在1985年至1986年即整理归纳出300项统计类目，使用统计表格是我们管理流程的重要工具和手段。保证统计数据定时、及时、全面、准确无误、常年不间断，是我局一项重要的基础性工作。

受理处，负责受理申请文件。受理申请文件是我局专利审查程序的起点，工作重要性不言而喻。为方便申请人递交申请文件，根据黄坤益同志建议，从1985年4月1日那天起，将受理处设于黄亭子，归综合管理处领导。当时在受理处下设三个组：面交组、寄交组、中间文件组，选派得力干部管理，受理后的文件则安排文档车由黄亭子运到五孔桥审查一部档案库。

发文组负责将我局审查意见通知书发送到申请人和代理机构，当时用纸件。文件由少渐多，开始一周发送两次，之后逐渐增加。

计算机组于1985年建组，从初期采集管理和著录项目数据开始，功能不断扩大，现已扩展到审查和流程管理的方方面面。从一开始我们就十分重视计算机对审查流程管理的辅助作用，大大提高了工作效率和质量。

行政组，保证房屋、冷热水、供电、热饭、上下班班车、文档用车按部就班；负责办公用品、表格、档案夹的计划、制作、库存、发放；负责180名员工每月工资发放及劳保福利。1985年，审查一部、复审委和出版社在五孔桥租用仪仗队兵营上班，地处偏僻，条件艰苦，后勤保障尤为重要。

1985年，全局一盘棋，三种专利审查程序依次有序启动，专利申请受理、IPC 分类、初步审查、公布、打头项目实质审查、专利权授予一气呵成。1985 年 12 月 28 日，我局在人民大会堂小礼堂举行隆重仪式，颁发首批中华人民共和国专利证书，专利权人代表接受党和国家领导人颁发的中国首批 143 件专利证书。

对于经受了专利制度创建洗礼的全局人员以及为此贡献了心智和帮助的所有中外朋友而言，那是何等激动人心的时刻！

采访人：1989 年 1 月，您调到专利局办公室工作，请谈谈局办公室的机构设置、人事安排、从事什么具体工作？

宋小逸：1985 年至 1988 年，我局顺利度过了专利制度初创阶段，《专利法》规定的后续程序均已陆续启动，审查业务逐步进入了发展阶段。1989 年 1 月，我局决定成立"业务协调处"，设在局办公室，负责管理我局审查业务工作，调我担任该处处长。当时办公室下设 5 个处：秘书处、政研室、宣传处、计划处和业务协调处。办公室主任是王亚轩同志。

1989 年 1 月，创建"业务协调处"时，包括我共有 2 名工作人员。当时审查及流程各部门由多名局领导分别管理，局长划定业务协调处职责范围为主要针对审查业务，并希望适当关注涉外专利申请的代理和审查问题。这是一项全新的工作任务，宏观、上位，需要逐步、探索性推展。

业务协调处具体工作是这样的：

一是明确审查流程部门，树立全局整体意识。根据《专利法》规定，我局审查流程涉及部门除审查部和复审委外，还应包括出版社和自动化部，以及财务及后勤保障部门，制订计划及实施措施时不应漏掉它们，这样才完整。

二是改进工作方法，创新工作模式。比如，我们通过开展业务协调工作，加强对全局审查业务的管理：对于重要问题或事项，先在部门沟通基础上，上报相关局领导研究，然后召开业务协调会，形成"业务协调会议纪要"并报局领导审批，最后以文件形式印发执行。再如，通过制订审查业务协调计划，合理调控年度工作，提高了效率，达到人少也可办大事的目标。此外，还编发《局内简讯》，及时通报审查业务进展。

三是重点抓审查业务建设。制定了《中国专利局专利审查办事规程》，于1992年印发第1版，后继续修订，对引导审查人员依法合规、缜密工作起到了潜移默化的作用。编辑出版了《专利审查表格汇编》，进一步提高了工作效率和质量。尽管目前表格已电子化，但其对代理和审查规范化的实质性作用并未发生变化。初建了我局审查质量管理体系，组织流程部门开展跨部质量检查工作，组织二、三、四、五部联合制定《实审部质量管理办法》《质量检查标准》及《质量检查评定标准》，开展实用新型质检活动等，为我局审查工作的进一步发展作有益探索，打下了良好基础。通过"专利审查与涉外专利代理业务协调"解决外国申请问题，先后组织专利局审查部与涉外专利代理机构开展多次业务协调会，有效解决了突出问题。逐步理顺了专利收费在审查程序中的法律地位。1988年，吴伟成同志领队去德国专利局学习流程管理，当时我担任翻译，回国后，我局建立了费用管理处，将其纳入审查程序管理。组织我局启动并实施了PCT程序。1993年9月13日，中国政府提交《专利合作条约》（PCT）加入书，我局于1994年1月1日正式成为PCT国际申请受理局、国际检索和国际初步审查单位。受局领导委托，业务协调处开展了PCT程序筹备规划及组织实施，获得圆满成功。

四是加强服务，保证流程畅通。《专利法》实施初期，档案库面积的改善常常跟不上申请量的增加。为此，业务协调处召集专门会议，请各部领导去档案库实地考察，推动问题的快速解决，并在之后将此纳入全局计划，以保证业务需求。还曾呼吁并帮助协调改善复审委的办公条件。1985年至1991年，由于审查结案量波动，案件量突增，出版社屡屡出现印刷跟不上的问题。1992年，业务协调处提议，专利收费增加"印刷费"项目，每件收费40元，获国家物价局批准，并列入修改后的《专利法实施细则》。从此，出版社每印刷一件，局付40元工本费，不仅理顺了流程，也从根本上保证出版社具有稳定收入。此外，还于1989年成功筹办"二十一世纪国际专利制度世界讨论会"，这是中国建立专利制度以来，首次由中国专利局与世界知识产权组织联合举办的专利制度国际研讨会。党和国家领导人出席了开幕式，来自世界各个国家和地区代表250余人参加，其中包括各国专利局局长30余名。

采访人：审查业务管理部是在何时、何种背景下成立的？审查业务管理工作如何开展，您主要负责哪部分工作？

宋小逸：20世纪90年代，我国专利事业进入大发展时期，专利申请量以年均14%的速度增长，其中发明专利申请量年均增长15%。为此，1991年我局制订了10年内实审人均年结案能力达50件的计划目标。为早日进入世界一流专利局行列，与美国专利商标局、欧洲专利局、德国专利商标局、日本特许厅比肩，首先需从加强内部建设入手，在这样的背景下，我局于1994年6月成立了审查业务管理部。

1994年6月，审查业务管理部成立时，经与局领导研究，拟包含以下职能：计划制订实施、业务协调管理、质量体系建设、《审查指南》修订、业务研究培训及流程均衡生产等。为此，当时设立了综合处、业务协调处、审查指南及质量处、研究室、实审流程处及培训处6个处室。我于1994年6月至2000年12月担任审查业务管理部副部长。当时部领导工作采取大致分管，合作不分家方式，我参与了部门的创建和许多工作。

采访人：请谈谈您在检索中心工作的经历。

宋小逸：专利检索咨询中心是国家知识产权局直属事业单位，于1993年由中编办批准建立。2000年12月28日，局里任命我为专利检索咨询中心主任，在我之前，曾有两任主任，我为第三任。

此前，从1981年至2000年，20年间，我曾在中国专利局4个部门工作过。对我而言，检索中心与前4个部门有两点不同：一是在前4个部门，我肩负的任务都是开创性的，而来检索中心时，我的前任已经打下了一个很好的基础；二是在原部门主要从事业务管理工作，而检索中心属于管理经营性业务单位，具有独立的人事权和财政权，所以，需要努力学习才能胜任。

我在检索中心工作了5年，返聘1年，要说变化，可能有以下几点：

首先是重视并加强组织建设。建立并明确处级机构，严格按规定原则培养任命干部，将"三定"方案中规定的处级机构及干部职数用满；加强党支部建设，积极培养发展党员；创建团支部，将35岁以下青年组织起来；任命工会、妇女干部，鼓励青年和全体职工积极参与各项文体活动；事实证明，将党、政、工、青、团、妇组织团结调动好了，何愁中心的业务工作搞不上去呢？

其次是狠抓中心业务建设。举两个例子，一个是学习国外专利局经验，成立了"国家知识产权局客户服务中心"，编辑出版了《专利政策与事务咨询问答》一书，包含近500条问答，提高服务法律内涵，将"电话咨询""当面接待""书面回信"及"网络答复"等多种形式结合起来，提高咨询服务水平。另一个是为实施国家知识产权战略及探索拓展检索中心业务领域，积极开展专利项目分析工作。例如，曾为国务院领导委托的我国创新通信项目出具检索报告及专利前景分析报告，受到局领导的肯定。

再次是积极服务审查工作。2003年，在检索中心组建我局实审辅助文档队伍，规范了实审程序管理，提高了效率和质量，为缩短审结周期作出贡献，受到审查部门的欢迎。

最后是加强制度建设和科学管理，为中心发展提供持久动力。例如，重视人性化管理，不断完善干部聘用、劳动保护、福利、工资制度；注意从政策制定、职工收入、环境及办公软硬件建设、人文关怀上拴心留人；重视中心自动化建设及投入，委托专人管理；建立中心专利信息网站，定期升级换代，为社会公众服务；建立财务及业务内控制度，规范管理。2003年，我被国家知识产权局评为直属单位优秀领导干部；2004年，经国家知识产权局党组研究同意，中纪委派驻纪检组和直属机关党委决定授予我"国家知识产权局廉政勤政先进个人"称号，这是我本人和专利检索咨询中心的共同荣誉。

回首往事，感慨良多

采访人： 请谈谈您对局里工作的体会？

宋小逸： 我在局工作期间，先后在文献部、审查一部、办公室、审查业务管理部及国家知识产权局专利检索咨询中心等多个部门任职，亲身经历专利局从筹备、创建到发展壮大的历史性重要时期，这些离不开国内政策允许、党和国家培养、驰骋空间较大、个人学习努力等因素。体会较深的有几点：

一是学习是搞好工作的前提和保证。

无论是1981年筹建专利文献对外服务、1983年参与筹建审查一部，还是1989年创建业务协调处和1994年创建审查业务管理部，我们都曾面临很大挑战。1981年至2000年，我从事专利业务管理工作20年，通过大家不断学习、团结进取，大面积、多侧面学习借鉴外国专利局的管理理念、方法和经验，得以完成我局的审查管理和业务建设任务。

二是重数量更应重质量。

数量与质量的关系是我国专利始终面临的一大问题，小则涉及专利局建设，大则可能关乎我国能否早日建成创新型社会。

对此，需要所有工作人员树立认真负责和以德为先的理念和作风；建立完善的质管体系及制度；质量管理的理念和方法是互相制约，但工作方式和工作艺术应是非对抗性的，是业务培训的一部分，目的是共同提高。世界各大专利局虽然采取的方法有所不同，但没有不重视质量管理的。比如，有的局不设质量处，但质量有口皆碑。

申请进入我局前的文件撰写、翻译、答复及之后流程均十分重要，绝不可忽视。专利代理机构建设及质量管理必须同步狠抓，有条件时应鼓励申请前先检索，杜绝垃圾申请。

三是早日建成我国自己的专利文献检索系统。

30多年来，我局人才队伍及检索系统两大支柱建设取得很大成绩，目前仍在努力探索中前行。关于审查员，可否考虑提高有工作实践的人员的招聘比例，可能对事业发展更有利。争取早日建成中国基于审查用的专利文献数据库及检索系统，做到不仅利于审案快捷、检全查准，而且使企业和公众也能使用到同样的检索文档，这将是一个长期的过程。

忆苦思甜，寄语未来

采访人：建局初期局办公条件如何？您在局工作二十余年间，发生了怎样的变化？

宋小逸：1980年建局初期，我局的创业者们采取借或租房办公的形式，例如，曾在和平宾馆、工人体育场租房；1981年5月至1989年，租西八里庄玉渊潭人民公社的一座三进小院，虽条件有限，但工作照常开展。为了解当时情景，请允许我摘抄一段本人往日的记述：

"1981年那个冬天，北京异常寒冷，由于有的阅览室是平房，没有供暖设备，需要生煤炉取暖。如美国专利阅览室是由旧礼堂改造成的，屋顶较高，空旷且窗户漏风，里面安装的是北京老式高筒大煤炉，一旦火烧旺了，熊熊的火焰还能带来温暖，但远一些地方就不行了，工作人员全穿上厚厚的军大衣值班。每天下班后我们都要仔细检查火炉是否都封好了，确定没有安全隐患才敢离开，毕竟火灾是纸件文档最可怕的敌人。有时火没封好，半夜灭了，早上要赶紧现生火，碰到刮西北风煤烟一时排不出去，缭绕于屋顶的青烟要近10点钟才能散尽。尽管条件艰苦，我们的工作人员满腔热忱，不顾自己受冻，却心痛宝贵的专利文献不要落上灰尘，可以说，篇篇文献都凝聚了大家的心血！"

若干年后，变化即使不是天翻地覆，也是巨大的。你们都看到了。

采访人：现在知识产权面临何种机遇和挑战？您对其发展有何见解？

宋小逸：在党和政府将建成创新型国家作为国家发展战略的大背景下，知识产权工作将面临重大机遇期，也必然面临挑战。对此，国家知识产权局党组早有清醒认识和周密部署。前30年在那样艰难的条件下都取得了辉煌成就，今天，在各方面已取得巨大进步的高起点上，我相信，我国的知识产权事业一定会再创新的辉煌。

目前，我国专利申请和专利授权从数量上已跻身世界前列，在这样一个好的基础上，还应更加注重创新性和质量的引导和提高，争取早日成为知识产权强国，为国民经济和中华民族复兴作出更大贡献。

采访人：您对青年人成长成才及我局青年工作有何建议？

宋小逸：知识产权事业面临重要机遇期，从事这一事业的人们，特别是青年，自然面临难得的机遇。知识产权是朝阳行业，需要成千上万的人才。今日青年，与数十年前相比，起点更高，信息更广，能力更强，可以做到长江后浪推前浪，青出于蓝而胜于蓝。

成才之路非只一条，每人可选自己的路。面对浮躁、腐败之风，有为青年应与其保持距离，牢记"天下兴亡，匹夫有责"；心态平和，踏实做事，要认识到千里之行，始于足下。

回顾往事，专利事业创业虽艰，但得到锻炼和提高，也伴随自豪和喜悦。与友共事，点点滴滴，令人怀念。感谢专利检索咨询中心团支部受国家知识产权局机关党委、团委委托采访我，给我重温往事的机会。

祝国家知识产权局日新月异，蒸蒸日上。

愿我们祖国坚持改革开放，不断完善进步，不辜负中华民族百年来仁人志士和亿万民众的殷切期望，走在希望的康庄大道上。

（与采访人合影，左起依次为：安琛、马丽丹、宋小逸、孟庆薇、李曦）

白手起家 专利事业困境中崛起

——专访原国家知识产权局秘书长陈仲华

● **个人简历** ●

　　陈仲华，1946年7月出生，汉族，上海人，中共党员。1969年8月毕业于同济大学工业自动化专业，1970~1973年在贵州水泥厂、贵州省建材局任技术员、干事；1974~1982年在贵州省建筑研究所任助理研究员、工程师；1982年6月进入中国专利局，先后任专利审查部审查员、副处长、处长，中国专利报社副社长、副总编，综合计划部部长；1998年任国家知识产权局规划发展司司长；2001年任国家知识产权局秘书长兼规划发展司司长。其中1984年10月至1986年1月在德国专利商标局和专利法院学习专利审查和复审业务；1994年在德国马普所做半年访问学者。2007年3月退休。

被访人： 陈仲华

采访人： 田伟成　刘文晶　董　鑫（规划司青年工作组）

采访时间： 2013 年 8 月 8 日下午

采访地点： 庚坊国际大厦 1105 房间

编者语： 陈秘书长 1982 年入局，先后任职于局内多个部门、单位，见证了中国专利事业从无到有、从弱到强的整个发展历程。特别是作为综合管理部门的主要负责人，出色完成了建局初期的基建、规划、经费、贷款等多项重要任务，有力保障了局内各项工作的顺利开展。两个多小时的采访，在陈秘书长饱含深情的讲述中，我们仿佛又重新回到了那个白手起家、艰苦创业的年代……

赴报社的三大任务

采访人： 陈秘书长，您好！目前我局正在开展局史整理工作，需要各部门分别采访离退休干部。由于对以前情况不是特别了解，所以我们想请您谈一谈以前的情况，以及您对局里和年轻同志的建议。我们看现在的条件，包括办公环境都不错，与之前相比有很大变化。您能讲讲当时的环境是什么样吗？

陈仲华： 刚开始时很艰苦，我局在地下室、和平饭店、工体都待过，当年我们没有地方办公，都是租的。1982年我入局时，在八里庄西钓鱼台白民公社租的房子，与现在情况完全不一样。那时候是8个人一间办公室，工位是敞开的，之间没有隔板，空间很紧张。虽然是从公社租的房子，但大家工作劲头都很足。没有文档怎么审查呢？我们就自己建。对比文件，美国的、日本的、德国的，全是纸件，大家把文档按序分类，分头整理出来，放到小盒子里，有时搞不好手上就划个口子。当时我们什么也没有，没有审查指南，自己先小范围地请国外专家讲课，慢慢做起来。当时总听到一些相反的论调，说可能不搞专利制度了。

采访人： 1982年局里大概有多少人？

陈仲华： 1982年大概有300人，局档案里肯定也有记录。当时大家天天自学，学习国外专利法，搞翻译，非常热闹。

采访人： 专利局1980年成立，到1982年才两年时间，就有这么多人了？

陈仲华： 我局是1979年筹备的。

采访人： 当时大家住在什么地方？

陈仲华： 我住的是两居室，两家人合住。当时也没有买房这一说，都是租住的公房。

采访人： 条件挺艰苦的。根据局里给的简历，您1991年至1993年在专利报社。

陈仲华： 对，叫中国专利报社，也就是现在的中国知识产权报社。我们是一报一刊，一报是《中国专利报》，一刊是《世界发明》，后来《世界发明》停掉了。我1991年5月去的时候，领导给的任务很明确。第一个任务就是转亏为盈，当时局里每年给报社36万元，每年都亏损。第二个任务是从"周一"的报刊变成"周二"的报刊，就是一周出两次。报社从36个人扩编到60个人。第三个任务也很明确，当时报纸在河北廊坊发行，领导说"中"字头的报纸，怎么跑到河北去了，要弄到北京来发行。这就是我当时去报社时要完成的三大任务。之前我在审查一部分类审查室当主任，到报社以后，让我主持工作，任副社长兼副总编。工作了两年多，在全报社同志共同努力下，完成了任务。当时报社实际上并没有增加人员。第三年就调我回局里了，让我筹备中国专利局综合管理部。

综合管理部的三大任务

采访人： 综合管理部包括财务、资产、车队……

陈仲华： 那时叫综合管理部，主要负责局发展规划、计划财务、自动化和基建等工作。调我回来时，领导跟我讲了三个明确任务。

第一个任务是拿下德国贷款项目。自动化项目上不去，根源是没钱，这项目讲了三年，还是拿不下来。

第二个任务是宿舍楼基建项目。当时很多人都没房子，包括有的副局长只住二室一厅，50~60平方米的房子，所以房子问题是我们局迫切需要解决的。当时局里好不容易弄了块地，北京市却置换掉近一半地作为支藏项目用，这就非常难办了。本来宿舍楼有17000平方米，规划得非常好。原开发商又想让我们退出来，说你们付过多少钱，都还给你们。局长一方面和北京市沟通；另一方面要新的部门具体办好这件事，既要支持北京市援藏项目，又要把职工宿舍楼建设好。

第三件事就是资金。我们局的收入，当时是3000万元多一点，财政部再给我们大概1200万元，加起来就是5000万元，一直是这个水平，需要改变这一状况。

我一件一件任务介绍吧，讲讲这三件事是怎么完成的。

我们的宿舍楼建设当时是没有国家指标的，这是一个很大的问题，所以我们只能采用市场化运作。专利局作为一个国家机关，尽管是事业单位，也是国务院直属事业单位，没有宿舍楼的情况在中央国家机关中是没有的，所以就得跟国家计委谈。当时，局里很重视这件事，由后来成为副局长、当时任局秘书长兼办公室主任的杨正午同志牵头成立基建指挥部。我们跟财政部的同志也反映了具体情况。开始时，国家计委的同志说他们也没办法把我们列到国家计划中去，我们就讲，你们是这方面的主管，教我们应该怎么做。当时他们的司长和处长也帮我们做了大量的工作，第一、第二年把我们局的宿舍楼基建计划列在国家基建计划的备注里，第三年把我们列为正式的，每年600万元。

地块的问题，我们也只能找市政府。当时市政府也挺好，说要加强对国家机关的服务职能,并指定一名副秘书长和我们联系,商定他们拿掉我们多少土地,就补给我们多少。这里面,高卢麟局长也做了大量的工作。接下来就是做规划,我们把人数增长等情况列出来,跟北京市规划局谈,他们也实事求是给予解决,最后同意我们扩大面积,本来土地少了将近一半,但建筑面积从原来的17000平方米一直扩大到将近36000平方米。剩下就是钱的问题,是这样解决的,财政部当时给我们的资金按7∶2∶1的比例划分,其中7属于事业发展费用,2是作为福利的,1是作为奖励的。福利加奖励有30%,之前好几年都没怎么用过,再加上上面所说的国家给的基建费用,还包括以土地换的房子。最后,我们除小营外,还在三路居有一处,学清路有一栋楼,健翔桥有一栋楼,这样当时局里所有人的住房问题基本就都解决了。

贷款项目,有一半是德国政府贷款,一半是商业贷款,而且除了国家局以外,还有5个地方局参与,工作量很大,做下来不容易。我记得从1993年夏天开始,贷款项目花费了很长时间,又要国家计委批准,又要财政部担保,高卢麟局长带着我到各个部委去跑,最后也总算是办成了,这才有了现在的EPOQUE系统。具体执行时,由副司长张习义同志负责。

采访人: 目前我们正在做政府性债务检查,现在局里已经没有政府性债务了。

陈仲华: 我当时做了几个预测。第一,与其他国家相比,我们的收费标准太低了,应该调整收费标准。第二,我们在1993年做了申请量预测,即使不调整收费标准,预计到本世纪末,也就是1997年、1998年的时候,专利收费肯定会超过1亿元。因此,从整个盘子来讲，债务不高。后来专利收费调整得比较合理，虽按日、美、欧标准，我们还是较低的，但还是前进了一大步，同时，也调整了有经济困难专利申请人基本费用的减缓比例。

采访人： 实际上，2000年调整之后，专利收费几乎就没怎么调整过。

陈仲华： 确实没调整，调整很困难。2001年专利收费由预算外纳入预算内管理，相应的预算要求更加规范。当时我们在培训中心开了好几次会，又是请会计事务所，又是请财政部，由3个不同事务所前后一共做了3次测算，才把专利审查等预算科目定下来，包括专利审查费用因成本增长而按年提高机制，另外，考虑到刚列入预算内，专利申请等受市场波动大，有年末按专利事业发展情况的预算追加机制。

采访人： 今天上午，国家发改委来初审及流程管理部检查收费项目，查了一上午，说咱们局很规范。

陈仲华： 这和我们过去做了大量的工作，而且始终按照规定做是有很大关系的。

采访人： 陈秘书长，建党90周年的时候，田力普局长在座谈会上说，他当时工作的时候没房没车。现在流行所谓"裸婚"，他那时才真叫"裸"，什么都没有，但现在都有了。

陈仲华： 我也有同感。我结婚的时候在贵州，我的爱人在湖南，不仅是"裸婚"，还分居两地。

采访人： 陈秘书长，听了您今天的讲述，我们收获很大，也非常期待以后还有机会向您学习、请教。最后，祝您身体健康，生活愉快！

(与采访人合影,左起依次为:田伟成、刘文晶、陈仲华、董鑫)

我的专利生涯

——专访国家知识产权局条法司原司长尹新天

● **个人简历** ●

尹新天,1950年1月出生,1977年重庆大学本科毕业,1981年中国科技大学研究生毕业。1982年进入中国专利局工作,曾任专利复审委员会复审委员、专利复审委员会物理申诉室主任、审查业务管理部副部长、国家知识产权局条约法规司司长,曾担任国家知识产权局新闻发言人。2005年获得国务院颁发的有突出贡献专家津贴。曾出版《中国专利法详解》等著作,总计超过400万字。2010年3月退休。

被访人： 尹新天

采访人： 董　涛　范继晨　邱福恩（《知识产权青年》编辑部）

采访时间： 2015 年 11 月

采访地点： 国家知识产权局 1 号楼

编者语： 与尹司长约定采访的过程十分顺利，采访地点定在尹司长工作多年的局 1 号楼。第一次近距离接触尹司长，其务实、质朴的作风深深地感染着我们，在与相熟的同事和下属寒暄叙旧过后，我们开始了此次访谈。谈起中国专利制度的建立，《专利法》的制定以及每次《专利法》的修改，尹司长如数家珍，侃侃而谈，我们也随着他的思绪，能摸到那个为中国专利事业奋斗的峥嵘岁月。

机缘巧合走上专利之路

采访人：尹司长，专利制度是改革开放之后才引入我国的，那时国人对其一般都鲜有所知，请介绍一下您当时是如何与专利工作结缘的。

尹新天：我1966年初中毕业。就在毕业之际，文革不期而至，停课闹"革命"，直到1969年1月下乡插队，再也没有获得重返教室进行学习的机会。可以说，我是背负着一张初中文凭步入社会的。插队时条件异常艰苦，前途渺茫，但我坚信此后的人生道路需要靠自己来创造条件。怀着这样的信念，插队期间我自学了高中代数、三角、解析几何、物理等课程。回想起来，深感自学能力的形成使我受用终身。

"文革"后期，国家尝试部分恢复高等教育，开始招收所谓"工农兵大学生"。1973年夏天，全国举行了"文革"以来首次工农兵大学生入学考试。我受所在工厂推荐参加此次考试，并取得了成都市青白江区考场第一名的成绩。然而，"四人帮"认为举行这样的考试是企图否定文化大革命的成果，利用"白卷英雄"张铁生的鼓噪掀起了一股全面否定该次考试的风潮。尽管如此，我仍然被重庆大学自动化仪表专业录取，从1973年10月至1977年1月度过了3年半的大学学习时光。当时的大学氛围仍然充满扭曲，各种折腾连绵不断，正常学习屡屡受到诸如"批林批孔""反资产阶级右倾翻案风"等政治运动的干扰，整整3年半时间没有进行过一次考试，教学质量可想而知。然而，我们这代人有下乡插队、进厂学徒的经历，深知学习机会来之不易，学习仍然十分刻苦，自学了不少大学课程。当时重庆大学没有开设英语课，我一直坚持自学英语，到大学毕业时已经能够自如地阅读英语科技书籍，这对我后来从事专利工作发挥了巨大作用。

"文革"结束后，党中央作出了从1977年起恢复高考、从1978年起恢复招收研究生的决策。我当即决定参加研究生考试，报考中国科学院北京自动化研究所的研究生。在报名人数众多、竞争十分激烈的情况下，经过初试、复试后被录取，数学复试成绩为全班第二名。1978年9月入学，1981年年底毕业，3年学制分为两个阶段：前一年半在中国科技大学研究生院学习基础课程，后一年半在中国科学院北京自动化研究所学习专业课程并撰写硕士毕业论文，专业方向为数字信号处理。

70年代后期，我国开始从无到有筹建自己的专利制度。1980年1月，中国专利局正式成立。建局伊始，各方面工作可谓千头万绪，局领导十分清醒地认识到其中最为紧迫的是培养专利局日后开展业务工作所需的各方面专业人才。我国建立专利制度的努力得到了世界知识产权组织以及许多国家的专利局的大力支持，世界知识产权组织从1979年开始资助我国选派人员前往一些发达国家的专利局进修，当年派出的人员包括田力普、马连元、乔德喜、文希凯、郝建芬等同志。1980年年中，世界知识产权组织资助我国选派第二批人出国进修。当时，中国专利局还只有几十名正式成员，一时难以找到足够的符合外语要求的人员，于是决定从当时正在就读的研究生中临时借调一批学生出国学习，我有幸成为其中一名，还包括杨采良、胡一鸣、陆式敬、陈祥坤、孙振铎等同志。我于1980年9月至1981年4月前往美国专利商标局进行了6个月的进修。这些早期出国学习的人员后来大多成为我国专利工作的骨干力量。

出国之前，我对专利制度可以说一无所知，完全是一片空白。此前，我一直从事技术方面的学习和工作，从小的理想就是成为一名科技工作者，从未设想过从事法律工作。因此，应当说是一个很偶然的机遇彻底改变了我的人生道路。记得那时中美刚刚建交，还没有直接通航，我们去时辗转卡拉奇、沙迦、巴黎、纽约数地，耗时两天才抵达华盛顿，一开始还下榻在中国驻美使馆。虽然经过30年的隔绝，但美国民众对中国来访者十分热情友好，美国专利商标局专门为我局派遣的4名人员开"小灶"，举办了为期3个月的专利培训班，先后有100多名美国专利局的法律及专利审查专家为我们授课。我对讲授的课程兴趣很高，深感受益不浅。培训班结束后，还在美国专利商标局进行了模拟专利审查实习，并前往华盛顿地区的有关专利律师事务所实习，较为系统全面地掌握了专利方面的知识技能，为我后来的专利生涯奠定了坚实基础。

1981年4月，我们结束在美国的进修回国。我与来自中国科学院北京自动化研究所的几位同学回到自动化所继续完成研究生学业，于1981年年底通过毕业论文答辩，获得中国科技大学研究生院颁发的硕士学位证书。1982年年初，被正式分配到当时的中国专利局、现在的国家知识产权局工作，直到2010年退休，整整从事了30年专利工作，可以说将毕生精力奉献给了我国的专利事业。

在专利复审委员会的工作

采访人： 田力普局长和您都是我局最早从事专利复审和专利无效

工作的人员，请您谈谈这方面的经历。

尹新天： 中国专利局建局之后人员不断增加，审查队伍也不断扩大。在制定《专利法》之前的两三年时间内，从各国学习归来的人员忙于交流学习经验，翻译有关资料，编写培训教材，起草《审查指南》，演练专利模拟审查，此外还承担了在全国各地宣讲专利知识、培养专利代理人的工作。

1984年3月12日，我国第一部《专利法》颁布，在我国专利制度的发展历程中具有划时代的重要意义。《专利法》自1985年4月1日起施行，这意味着专利局紧锣密鼓进行的长达数年的各方面准备工作进入了倒计时阶段。

《专利法》规定，中国专利局设立专利复审委员会，申请人对中国专利局驳回其专利申请不服的，可以请求专利复审委员会复审；任何人认为被授予的专利权不符合《专利法》有关规定的，可以请求专利复审委员会宣告该专利权无效。《专利法实施细则》规定，专利复审委员会由中国专利局指定的有经验的技术专家和法律专家组成，其主任委员由专利局局长兼任。在专利局所有各部门中，专利复审委员会是《专利法》中唯一提及的部门，充分显示了其重要地位。

《专利法》颁布之后，局领导发现此前已经选派人员出国学习了专利制度的方方面面，却未曾派人出国进修有关专利复审委员会的业务。客观地说，这并非是由于疏忽大意，而是与《专利法》直到1984年3月才出台有关，因为世界各国的复审程序和无效宣告程序有不同模式，何去何从国内一直有不同观点，在《专利法》正式出台之前尚难以预料我国采用何种机制，因而也就难以预作准备。《专利法》定格之后，为了弥补这一缺失，局领导紧急安排当时在法规处工作的田力普同志和在审查部门工作的我前往德国进修专利复审委员会的业务。当时我局尚未组建专利复审委员会，但是我们两人今后要在专利复审委员会工作已确定无疑，可以说是专利复审委员会的开路先锋。

我们两人于 1984 年 9 月至 1985 年 4 月前往德国专利局和德国联邦专利法院进修。德国联邦专利法院的职能与我局专利复审委员会基本相同，其早先也是隶属于德国专利局的申诉委员会，自 20 世纪 60 年代起才改为独立于德国专利局的专门法院。我们分别从德国专利局和德国联邦专利法院的角度出发，较为系统地学习了解专利复审和无效宣告的工作原则、工作性质、流程程序、工作方式等知识。进修期间，还安排我们前往位于德国卡尔斯努尔的德国联邦最高法院旁听专利无效案件的开庭审判，并与该法院当时负责专利审判工作的第八庭首席法官 Bruchhausen 先生会谈，他是当时公认的知识产权权威，在德国乃至整个欧洲都享有很高的声誉，我阅读过不少他的著述，有缘面谈很是荣幸。

回国时，我国《专利法》已经开始施行。由于专利复审程序和无效宣告程序属于在后程序，实际案子的到来相比于专利审查程序要滞后一段时间。在等待专利复审请求和无效宣告请求的期间，我回到原先所在的物理发明审查部完成了不少发明专利申请案件的实质审查工作，为日后在专利复审委员会开展工作做好了准备。

我国《专利法》和《专利法实施细则》的规定都比较原则性，具体如何施行还需要制定更为明细的部门规章予以规范。当时，我局已经完成了《审查指南》初稿的起草制定工作，然而其中缺少与专利复审和无效相关的部分。为确保专利复审委员会能够正常规范地开展工作，制定相应的部门规章必不可少，这项工作自然而然地落在田力普同志和我肩上。我们两人快马加鞭，只用了不长时间就依据我国《专利法》和《专利法实施细则》的有关规定，借鉴德国和其他国家的有关经验，起草了《专利复审请求审查规程》和《专利无效宣告请求审查程序》，并绘制了复审程序和无效宣告程序的流程图，经大家讨论、领导批准后予以试行。起初这两个规程是独立于《审查指南》的，后来修改《审查指南》时一并纳入其中。

我在专利复审委员会从1985年一直工作到1993年，专利复审委员会最初作出的审查决定有不少是我撰写的。1989年，我担任了专利复审委员会的物理申诉室主任。

在专利复审委员会工作期间，局领导安排我于1992年前往德国马普学会的专利与版权研究所进行了为期半年的研究工作。马普学会相当于我国的中国科学院和中国社会科学院的总和，闻名遐迩，拥有众多知名专家学者，是从事研究工作的理想去处。专利制度主要由两大部分组成，一是专利权的授予；二是被授予专利权的法律保护。两者相比，《专利法》及《专利法实施细则》对后者的规定更为原则。对专利权人的保护是专利制度极为重要的环节，如果不能提供有效而又合理的保护，前面的授权工作做得再好也失去了意义。当时，我局人员普遍将注意力集中在专利授权环节，对专利权保护环节的关注相对较为薄弱，因而亟待加强。同时，搞清楚专利权的保护机理对完善授予专利权的原则和做法也有很大意义，因为两者之间要有统一协调的关系。基于上述考虑，我将自己在德国马普学会的研究方向放在专利权的保护方面，为此阅读了大量著作和文章。回国之后，我开始撰写自己的著述，于1998年出版了《专利权的保护》一书，大约25万字，这是我的第一部专著。其后，我又投入很大精力对原著做了补充完善，于 2004 年再版了《专利权的保护》一书，由原来的 25 万字增加到 70 万字，受到当时我国专利工作者，尤其是审理专利侵权案件的法官的普遍欢迎。

在审查业务管理部的工作

采访人：您还在审查业务管理部工作了数年，能不能谈谈这方面的情况？

尹新天：随着我国专利制度的不断完善以及专利申请量的持续增长，专利局的审查部门也不断扩大，局领导越来越感到需要成立一个负责协调管理全局审查工作的部门，于是 1994 年新建了审查业务管理部，当时由胡一鸣同志担任部长，我和宋小逸同志担任副部长。

我上任之后的第一件工作就是起草专利审查人员培训大纲，以规范我局新进局审查员的业务培训工作，这对统一我局培训标准，提高我局审查员的业务水平产生了积极推动作用。

《审查指南》是规范我局审查工作的重要法律文件，内容十分翔实丰富。经过几年的审查实践，我们已经逐步认识到其中不少内容需要更新完善、与时俱进。修改《审查指南》的工作由审查业务管理部牵头负责，我具体主管此项工作。我在该部门工作的 4 年时间内，总共发布了十几份《审查指南》修改公告，对原有规定作了不少改进。从事这项工作对我以后从事条法司的工作，完成对《专利法》的两次修改有很大帮助作用。

我国《专利法》规定对发明专利申请要进行实质审查，实质审查的质量是衡量一个国家专利局能力和水平的重要标尺，在国际上格外引人注目。一开始，我局的实质审查工作由各实质审查部门负责，在很大程度上由承担个案审查工作的审查员说了算，缺少必要和统一的监督核查制度。按照局领导的指示，审查业务管理部建立了实质审查质量检查制度，当时由我具体负责，从各实质审查部门抽调有经验的审查员组成质量检查小组，定期从文档库随机提取经过实质审查的案卷，经认真阅读分析，每周举行合议会议，对发现的质量问题和不足之处进行集体讨论，形成书面意见反馈给各实质审查部门和具体审查员。审查员有不同意见的，则进一步做分析研究。质量检查小组每季度写出一份质量检查报告，汇总较有代表性的问题进行分析，供局领导和各实质审查部门参考。后来审查业务管理部一直坚持开展此项工作，对统一我局审查标准，提高审查质量产生了重要作用，也得到其他国家的专利局的好评。

我在审查业务管理部还启动了一项工作，即编辑发行名为《审查业务通讯》的我局内部刊物，使之成为我局审查人员研究学术问题，展开学术讨论，活跃我局学术气氛的园地。一开始为双月刊，得到大家欢迎后改为单月刊，每年汇集成为一卷。当时审查业务管理部从事此项工作的只有我和武晓明同志两人，由武晓明同志向局内征稿，我来确定需要刊登的文章，再由武晓明排版印制，整个项目没有动用我局一分钱资金。该局内刊物的编撰发行一直延续到今日，成为我局的重要档案，是我局审查水平不断提高的见证。

在条法司的工作

采访人： 您在条法司工作了较长时间，完成了《专利法》和

《专利法实施细则》的两次修改工作,对这段经历大家很感兴趣,请您给我们介绍一下。

尹新天: 1998年4月,局领导对局内一些部门的领导进行调整,将我调到当时的法律部担任部长。同年7月,国务院将我局更名为国家知识产权局,成为直属国务院的专利行政主管部门,我担任条法司司长,在这个岗位上干了12年,直到2010年退休。

我在大学和研究生期间都就读工科专业,从来没有专门学过法律,或许当时一些人会感到意外,然而我自己对担任这一职务并不感到发怵。通过早期的出国进修和潜心研究,我已经对世界各国的专利制度有相当的了解;通过在实质审查部门、专利复审委员会、审查业务管理部的工作,已经逐渐积累了较为全面的实践经验,对我国专利法律法规存在的问题有亲身体会;通过参与各种与制定、修改法规有关的工作,已经初步懂得了立法的规则和技巧。有这些作为基础,我有信心能将条法司的工作做好。有一次,我遇到英国专利局法律部门的领导,交谈之后他得知我也是技术人员出身,很高兴地对我说:"终于遇到一位专利局同行是 engineer 而不是 lawyer。"

我到条法司后的第一项工作,就是于1998年5月启动我国《专利法》的第二次修改程序。在充分听取各方面意见建议的基础上,我亲自起草了修改《专利法》的征求意见稿,经反复讨论修改,国家知识产权局于1999年6月25日向国务院上报了《关于提请审议专利法修订稿的请示》。此后,条法司全程参加了国务院法制办公室、全国人大常委会法制工作委员会对《专利法》修改草案的审议过程。2000年8月25日,第九届全国人大常委会第十七次会议表决通过了《关于修改〈中华人民共和国专利法〉的决定》,同日江泽民主席签署第36号主席令，公布该决定并明确修改后的《专利法》自2001年7月1日起施行。随后，我们立即启动《专利法实施细则》的相应修改工作，2001年6月15日朱镕基总理签发第306号国务院令，公布了修改后的《专利法实施细则》。至此，我们仅仅用了3年时间，就完成了我国《专利法》和《专利法实施细则》第二次修改的全部工作。

2005年初，根据局党组的要求，条法司适时启动了我国《专利法》的第三次修改工作。随着我国综合国力的不断提升以及我国专利申请数量的快速增长，专利制度的作用为越来越多的国内民众所知晓，我国专利制度的发展动向也受到外国政府和企业越来越多的重视，国内外对《专利法》修改方案的关注程度明显高于以往。为了适应形势变化，条法司于2005年3月发布了《专利法及其实施细则第三次修改研究课题指南》，就修改可能涉及的4个方面共18个主要问题公开向社会招标开展研究。同年6月，就上述研究课题成立了36个课题研究组，对其中一些争议较大的课题，我们重复设立三至四个由不同人员（例如政府部门、司法部门、公司企业、专利代理行业等）组成的课题组就同一课题展开研究，意在广开言路，听取不同意见。在此基础上，经汇总各方面意见，反复斟酌研究，国家知识产权局于2006年12月27日向国务院上报了《关于提请审议专利法修订草案送审稿的请示》。国务院法制办公室将送审稿再次向社会公开征求意见，并组织了多次研讨会和调研活动。2008年8月5日，国务院向全国人大常委会提交了《关于提请审议专利法修正案（草案）的议案》。全国人大常委会快马加鞭，抓紧进行审议。2008年12月27日，第十一届全国人大常委会第六次会议第四次全体会议表决通过了

《全国人大常委会关于修改〈中华人民共和国专利法〉的决定》，同日胡锦涛主席签署第八号主席令，公布该决定并明确修改后的《专利法》自 2009 年 10 月 1 日起施行。此后，国务院第 95 次常务会议于 2009 年 12 月 30 日通过了《国务院关于修改〈中华人民共和国专利法实施细则〉的决定》，同日温家宝总理签署第 569 号国务院令，公布该决定并明确修改后的《专利法实施细则》自 2010 年 2 月 1 日起施行。自此，《专利法》及《专利法实施细则》第三次修改的工作全部完成，历时共 5 年多。

回顾这段经历，我 1998 年就任条法司司长时，正值《专利法》的第二次修改工作启动；2010 年退休时，恰逢《专利法》第三次修改工作完成，12 年中能够两次完成《专利法》的修改工作，组织带领条法司同仁全程参与，为完善我国专利制度略尽绵薄之力，我深感荣幸。

为了将修改中遇到的问题、修改方案的形成过程、讨论研究的焦点所在记录下来，帮助公众理解，在完成《专利法》的第二次修改后，我组织条法司人员于 2001 年 8 月撰写出版了《新专利法详解》一书，共 54 万字。该书问世之后深受广大专利工作者青睐，出版后的 10 年中 9 次重印，成为知识产权出版社印数最多的专利书籍。在完成《专利法》的第三次修改后，我于 2011 年 3 月撰写出版了《中国专利法详解》一书，共 120 万字，是迄今为止我国知识产权法律逐条解说中最为翔实的一本。值得一提的是：在知识产权出版社李琳编辑的操持以及钱孟珊同志、姜建成先生和其他多位中日专利工作者的辛勤付出下，《中国专利法详解》一书已被译为日文，并于 2015 年 10 月由日本久负盛名的出版社有斐阁在日本出版发行，这是我国学者撰写的知识产权书籍首次在国外出版发行。

在第三次修改《专利法》的过程中，为了展示立法透明、公开的气度，我们遵照田力普局长的指示组团前往美国和日本征求意见，由我带队，除条法司有关人员之外，还包括全国人大常委会法制工作委员会、国务院法制办公室和最高人民法院的有关人员，阵容整齐，受到美、日当局和业界的高度重视。尤其是在日本，进行了整整一周的讨论交流，每天从上午9点开始，中午吃便餐，一直到下午5点才结束。日本方面针对不同内容组织不同专家与我们交换意见，话题十分广泛，诸如修改的必要性和理由，修改草案存在的问题等，日本人做事的认真态度由此可见一斑，我方主要由我回答解释，形同车轮战，有人将其比作"舌战群儒"。在我们到达东京的当晚日本特许厅为我们举办了招待会，日本特许厅长官、副长官、各部部长全部出席，此外还有日本最高法院的法官，东京高等法院知识产权法院院长等。在我方仅由司长领衔的情况下，安排如此高规格的接待实属罕见，充分显示了日方对此次访问的重视程度。

专利代理是专利制度的重要环节，发挥了无可替代的作用。条法司除了负责修法的工作之外，还承担了全国专利代理的管理工作。在条法司工作期间，我先后组织了8次全国专利代理人资格考试，从安排报名、确定考点，到出题印卷、阅卷判分，包含大量工作。为了提高全国专利代理人资格考试的水平和质量，条法司于2006年重新制定了考试大纲，并建立了考试题库，并对考试制度进行改革，调整了考试科目和内容，将原先两年一次的全国专利代理人资格考试改为每年举行一次，以满足社会的需求。

2006年5月，我局承担了一项由中共中央办公厅交付的特别重要的工作，这就是为中央政治局举行的一次知识产权集体学习做准备工作。按照中央政治局集体学习的规则，需要事先指定一个国务院主管部门承担任务，但具体讲解人不能是该主管部门的官员，而必须是从有关大学或者研究机构聘请的专家学者，讲解内容须经该主管部门把关并报请中央办公厅审核，讲解人届时只能按照经过审核的讲稿进行讲解，不允许脱稿临时增加其他内容。经研究，田力普局长决定聘请知识产权界的知名专家郑成思、吴汉东担任讲解人，并请二人准备讲解材料。然而，在两位专家完成初稿并由我局呈报中央办公厅审核后，却未能获得中央办公厅同意，责成我局负责对初稿进行调整。这让我局十分为难，众所周知，改别人的稿子难，改知名专家的稿子更难，但是按照上面的意见又非改不可。为此，我局安排由原局长王景川同志、现任副局长贺化同志和我组成三人小组进行研究，由我执笔作具体修改。为以示尊重，还需将修改后的稿子再交两位专家学者过目，结果几经反复，加班加点，最后才获得中央办公厅的认可。2006年5月26日，胡锦涛总书记在中南海怀仁堂主持召开中央政治局第三十一次集体学习，田力普局长和我列席了该次会议，在两位专家学者进行讲解后，胡锦涛总书记就知识产权工作发表了重要讲话，对促进我国的知识产权工作产生了重要影响。

参加世界知识产权组织的有关国际会议

采访人： 您在条法司期间，在对外协调、参加国际规则制定等方面的工作情况如何？

尹新天： 世界知识产权组织是负责管理协调各国知识产权制度的

联合国专门机构，每年都要召开许多各种类型的国际会议。我国是一个发展速度很快的大国，自然需要参加这些国际会议。世界贸易组织于1995年形成了TRIPS协议，大幅度提高了知识产权在全球的保护力度，要求其所有成员都必须限期调整本国知识产权制度，向该协议设定的保护标准靠拢，这对世界各国的知识产权制度产生了极为深远的影响。在TRIPS协议的推动下，世界知识产权组织随后也十分积极地开展新的一轮知识产权国际协调工作，致力于形成新的知识产权国际规则。总的说来，以美国为首的发达国家在协调过程中占据主导地位，总是从更加有利于发达国家的角度出发推动协调工作的进展；其他国家的话语权相对较弱，许多时候都不得不被动地接受发达国家推动形成的新规则。因此，参加这些国际会议的意义不仅在于参与知识产权的国际协调，更在于声张自己的观点，维护本国的正当利益。国家知识产权局王景川局长在任期间为我局提出了三项转变目标，其中之一就是要实现由知识产权国际规则的被动接受者转变为负责任的主动参与者。我参加过很多次世界知识产权组织举办的国际会议，深切体会到王局长提出的这一要求的正确性和紧迫性。

从20世纪80年代初期开始，我局一直不断派人参加世界知识产权组织的各种会议，然而在多数情况下与其说是"参会"，不如说是"听会"，因为参会者很少发言表态。有人说中国人参加国际会议有三个"S"：一是通常不发言（Silence）；二是态度好总是笑眯眯（Smile）；三是听不懂时打瞌睡（Sleep）。究其原因，一方面是许多参会者外语能力有限，不熟悉国际会议的议事规则，难以发言；另一方面更为重要的是当时出国机会较少，将出国参加国际会议视为一种待遇，往往采取轮流派人参加的做法，然而世界知识产权组织的会议多半是序列性会议，前后会议的内容有连续性，如此选派的参会者对所议事项的前因后果均不了解，自然插不上嘴。针对这一状况，我向当时主管国际事务的马连元副局长建议，对此种序列性会议不宜采取轮流派人参会的方式，应当固定专人持续参会。这一建议得到局领导的赞同支持，因此在条法司工作的 12 年中，我参加了世界知识产权组织专利法常设委员会和 PCT 条约改革工作组的所有会议，总共达 30 多次。

为确保参会效果，我们形成了严格有效的制度，包括：每次参会之前，事先认真阅读分析会议文件（其数量常常相当可观），对会议议题形成我们自己的立场，撰写参会对案，上报局领导审核批准；会议过程中集中精力，全力以赴，需要表态时坚决表态，同时注意发言的分寸语气，努力学会以"外交语言"说话；遇到突发情况，及时向局领导汇报请示，绝不擅作主张；回国之后及时撰写参会总结报告，形成完整的参会记录，做到凡事有案可查。这样，中国在世界知识产权组织这两种序列会议上的被动处境逐步得到扭转，到我退休之前，中国在这些会议上已经成为可与美国、欧洲专利局、德国、日本、澳大利亚相比的发言最为积极的四五个国家之一，我本人也多次被推举担任专利法常设委员会会议的副主席。每当中国代表团举牌要求发言时，会议主持者都会很关注，及时安排我们发言；每当我们发言时，不论是发达国家还是发展中国家的代表都会认真聆听，中国在会议上的话语权明显提高，初步实现了王景川局长提出的该项转变。由于保持参会的连续性，我们对会议议题的来龙去脉熟稔于胸，发达国家的提议但凡有不合理之处或者损害发展中国家利益的，都难逃我们的反驳。

世界知识产权组织的专利法常设委员会的会议规格较高,每次都配有同传翻译,所有发言都会被翻译成为英语、法语、西班牙、阿拉伯语、汉语这5种联合国工作语言,同传人员由世界知识产权组织聘请。多语言同传需要采用一种"接力式"的翻译方式。例如,中国代表团发言时,首先要由中文同传人员将其翻译成为英语,然后再由其他同传人员从英语接续翻译为其他语言。因此,如果中文同传人员的英语翻译质量较低,其他同传人员的接续翻译质量就会更低,甚至会一塌糊涂。一次会议休会期间,一位法语同传人员找到我,抱怨中文同传人员的英语翻译质量不好,她很难接续翻译成为法语。这引起了我的高度重视。怎么办?既不宜直接转告中文同传人员,也不能听之任之,不予理睬,最后我采取了这样的做法:凡是有比较重要的发言,我就抽空提前去中文同传人员的工作间,将发言内容告诉行将担任翻译的人员,让他事先有所准备,这样翻译起来效果就会好得多;对于特别重要,需要做到翻译绝对准确的发言,我会事先写好英文发言稿,提前交到中文同传人员手上,届时我以中文发言,他照着英文发言稿念,这样就更不会出现差错了。当然,需要即席发言的时候也不少,这时就不可能采取上述方式,我作即席发言时总会顾及便于中文同传人员进行翻译,尽量避免采用翻译起来较为困难的表述方式。几年下来,中文同传人员都十分感谢我采用这种与他们充分合作的态度。

担任国家知识产权局新闻发言人

采访人: 您后来担任了我局的新闻发言人,这个岗位也很重要,请您回忆一下有关情况。

尹新天： 我国政府部门的新闻发言人制度是改革开放以来逐步推广施行的一项旨在增强政务公开的重要制度，涉及政府的重大事项、重要活动、公共政策、公共服务、政府决策、社会关注的热点问题、海内外关注的问题、重大突发事件等所有与公众利益直接相关的政务内容，接受公众公开咨询、质询和问责。1983年4月，中国记者协会首次向中外记者介绍国务院各部委和人民团体的新闻发言人，正式宣布我国建立新闻发言人制度。最早实行新闻发言人制度的国务院部门是外交部，国家知识产权局从2007年开始实行新闻发言人制度，我担任了我局的首位新闻发言人。

我经历的新闻发布工作主要包括：数次在国务院新闻办公室的新闻发布大厅举办有关我国知识产权制度现状的新闻发布会，由国务院新闻办公室的官员主持，发布人除了我之外，一般还有国家工商行政管理总局、国家版权局的有关负责人；在国家知识产权局数次举办通报我国专利工作状况的新闻发布会；前往中央电视台、央视网站接受其采访。新闻发布会通常由我先作简短介绍，其余大部分时间是回答记者和其他新闻工作者提出的问题。

在国家知识产权局工作期间，外出讲课是常事。我讲课经常感到有些困惑的一件事情是内容很多，不知道听课者想知道哪些内容，所以最欢迎听课者提出问题，然后有针对性地讲述有关内容。新闻发言人的新闻发布方式正是我欢迎的方式。我国改革开放以来经济发展势头十分迅猛，知识产权保护多年以来一直是公众关注的热门话题，尤其是发达国家的政府和公司企业对我国知识产权工作常有不满，颇有微词，有时会在新闻发布会上提出一些比较刁钻的问题。对此我并不惧怕，总能娓娓回答，问题提得越难我就越是欢迎，从来没有被中外记者提出的问题难倒过。

青年同志要胸有大志、腹有良谋、脚踏实地、埋头苦干

采访人： 这次采访是我局团委组织安排的，重点是采访建局初期的老同志，希望我局年青人能够更好地继承你们开创的事业。借此机会，请尹司长对我局的年青人讲一点希望。

尹新天： 专利制度在我国改革开放之前完全是一张白纸，毛主席说过："一张白纸好画最新最美的图画。"前面所述的我所从事过的工作基本上都是开创性工作，可以说都是在这张白纸上添枝加叶，我为能亲力亲为而感到自豪。人们常说"万事开头难"，我的认识是此话固然不错，但也唯有其难，才能给创业者提供一展抱负的机会和舞台，这也是当初我毅然放弃科技工作，投身专利事业的原因所在。

斗转星移，岁月悠悠，当初我涉足专利工作时刚刚30岁，现在已是廉颇老矣，目前在国家知识产权局工作的是越来越多的不认识的年青人。我想告诉你们的是：千万不要认为专利制度的江山已被前辈开创，你们只需按部就班走前辈已开创的道路即可。要不断建立完善符合中国国情需要的专利制度，打造知识产权保护的未来世界格局，仍然有许许多多具有开创性的工作在等待着你们。"长江后浪推前浪"，这是亘古不变的真理，我们寄希望于你们，也坚信你们只要胸有大志、腹有良谋、脚踏实地、埋头苦干，就一定能够做出超越前辈的业绩。

采访人： 今天听您聊了这么多，受益匪浅，再次谢谢尹司长。祝

您身体健康、生活幸福!

（与采访人合影，左起依次为：董涛、尹新天、范继晨、邱福恩）

记忆中的那些人、那些事

——专访人事教育部原部长郭凤久

● 个人简历 ●

郭凤久,1934年9月25日出生,祖籍河北。1960年2月参加工作,1980年3月借调到中国专利局,负责招聘人员、培训业务骨干,1982年10月正式调入中国专利局工作,先后在机关党委、人事教育部、专利管理部工作,历任中国专利局党委办公室主任、人事教育处处长、人事教育部部长、专利管理部部长。1995年3月退休。

被访人：郭凤久

采访人：李是珅　陈世华（《知识产权青年》编辑部、条法司青年工作组）

采访时间：2015年11月20日

采访地点：郭老家中

编者语：郭老已经年过八旬，听说我们要求采访非常高兴，早早就打开房门等着我们。在郭老家中，我们看到了一系列照片，从结婚照、工作照、晚年生活照，到与儿孙在一起的照片，记录着老人一生的轨迹。由于做人事工作的缘故，在采访中郭老对于我局历任局领导、各部部领导以及很多同事的名字如数家珍，记忆犹新，看到今天我局发展壮大后郭老也十分欣喜。

采访人： 郭老，您好！感谢您能接受我们的采访。听说您 80 年代就来到专利局了，当时是什么情况？

郭凤久： 我是 1980 年从国务院科技干部局借调到专利局工作的。刚到专利局的时候，我任党委办公室主任，咱们的机关党委书记是田巨生。后来我被调到人事教育部任职。

采访人： 那时候专利局的办公情况如何？

郭凤久： 最早咱们是在和平饭店租房办公，原国家科委九局局长赵石英作为局的主要负责人。不久又搬迁到工人体育馆办公，再后来又搬到八里庄，都是租房办公，大楼盖成后就搬到现在办公的地方，蓟门桥。

采访人： 您一直在人事部门工作，能给我们详细说说在 1985 年前后，专利局的人事情况是怎样的吗？

郭凤久： 最初的机构设置很简单，是国家编委批的。有审查一部，李富英同志任部长，包括初审流程和外观设计；审查二部也就是机械部，林锦澜同志任部长；审查三部也就是电学部，贺儒英同志任部长；审查四部也就是化学部，刘同文同志任部长；审查五部由胡一鸣同志任部长。专利复审委员会的主任由局长兼任，副主任赵元果同志主持常务工作。出版社社长为雷激同志。局办公室副主任有王亚轩同志、王振新同志。后来又分出专利管理部，王振新同志任副部长。王文光同志后来任管理部部长。外文部李春富同志任部长。报社成立后，郭玉绮同志任社长。还有一点，中国知识产权研究会挂靠专利局，其秘书长刘激扬同志也明确为部长级。

谈到机构设置，还有一点需要说明，中国专利局原归国家科委代管。后来归国家经委管理。归口管理的国家局有两种，一种为局级国家局；另一种为副部级国家局，国家科委代管时一直属局级国家局。其内设机构只能为处级。归国家经委管理前，黄局长也作过努力，想升格，但终未解决。高局长接任后经多方努力，人事教育处也多次跑国家编委，国家经委也支持，最后升格为副部级国家局。我们的内设机构也成为副局级，各部下设处，干部的待遇也相应提高了。后来随着业务发展，又成立了文献部和行政部，文献部负责人有杨采良同志、林炳辉同志、张习义同志；刘祖林同志任行政部部长。

专利局第一任局长是武衡同志，他是国家科委副主任兼专利局局长。那时专利局调入干部是由武衡局长批准，人事部门负责具体工作。当时领导班子成员有赵石英、蔡立珩、安玉涛、关文魁、宋永林、钱传炳、戈泊、高阶平、田巨生等同志，第二任局长是黄坤益同志，副局长有田巨生、安玉涛、沈尧曾等同志。第三任局长是高卢麟同志，我记得那会儿是国家经委的一位人事处长陪同时任国家经委副主任朱镕基同志在咱们局的小六楼的会议室宣布任命的。副局长后来又增加了姜颖同志。还有一件事，是在1988年国务院机构改革时，中央决定蒋民宽同志兼任中国专利局局长（时任国家科委常务副主任），高卢麟同志为副局长。过了一段时间，蒋民宽同志不兼任了，又明确高卢麟同志为局长。专利局开始受理专利的时候是黄坤益局长在任。那会儿专利局在上海设有分局，专利局的编制是1000人，上海分局编制500人。后来局里决定撤销上海分局，我也多次前往上海办理撤销工作、安置相关人员。上海分局撤销过程中，时任上海市市长的朱镕基同志曾在有关文件中作过两次批示。上海分局撤销后，改为上海专利开发公司，当时隶属于上海科委，后来发展为企业性质，由上海市工商管理部门登记在册，归上海市中小企业办管理。但有几个无处安置的老同志，仍由局老干部部管理。

采访人： 上海分局的招聘工作也是您负责？

郭凤久： 我负责专利局的招聘工作，上海分局的招聘工作由分局自行管理。处级以上的人员的任命报总局批准。

采访人： 当时的专利管理部是怎样的情况呢？

郭凤久： 我大概是1992年到专利管理部的。当时的专利管理部主要负责与地方联系和专利纠纷的调解。当时，各地方的专利局级别也有所不同，如湖南、上海、四川、广东、陕西、山东的专利局局长都是副局级，其他各省市大都是处级。处级机构的省份希望局里帮助解决机构升格问题。我到了专利管理部以后，也跑了一些地方，为各省市区专利局的级别问题争取省里支持，但中央有规定，下面省市区的机构设置由地方党委自行决定，我们只有建议权。只有辽宁省专利局，局长为副局级，机构为处级，当时去见过该省主管人事的副省长闻世震同志。他听后，似有松动。后来他升任省委书记来北京开会，我抓住这个机会请他来局里。高局长正在三楼报告厅开全国小型会议。他也坐下来听会。休会中间高局长与他简短会面。之后不久辽宁省专利局升格问题得到解决（之前只有局长由科委副主任兼任，其内设机构仍为科级建制）。

采访人： 咱们局是从什么时候开始考虑单独设立审查员的职称？

郭凤久： 具体年份记不清楚了。应该是在浙江省召开全国的职称改革会议之后，当时是国家科委副主任也是职称改革委员会的主任郭树言同志曾表示，各省市、各部门凡成熟了的，就可以评定，凡不成熟或新设立的，待做国内外调研后再定。随后我向黄坤益局长和戈泊副局长建议，为争取单独设立审查员职称系列，做一些国内外调研的准备工作，局领导很支持。

后来，我们去了德国、奥地利、罗马尼亚等国家考察。其中，我们了解到德国专利局和奥地利专利局都有一套高级的职称评定体系，在罗马尼亚则没有收获。考察回来后还专门写了一份报告，上报国家职改办。可惜最终还是没能批准专利局设立专利系列职称的评定，同意靠用科研系列，像助理研究员、副研究员、研究员这种。

采访人：说到这里，向郭老报告一个好消息。国家今年公布将专利审查专业人员认定为一个正式的国家职业，属于"经济和金融专业人员"分类下的知识产权专业人员。

郭凤久：那太好了，我那时专利局刚刚建立，局里人少。现在咱们队伍壮大了，非常好。

采访人：您在局里工作的时候年轻人多吗？局里如何进行招录和培养呢？

郭凤久：做审查的年轻人相对多一些。局里当时有一个不成文的规定，50岁以上的同志就不往局里调了（业务骨干除外）。实审部门调人的专业性要求比较强，要求是大学毕业或者是研究生毕业，主要还是理工科的，对外语的要求也高。应届毕业生也招，但都要经过考核。至于每年招录的人数，则根据各部门上报后汇总。原则上也不从外地调，因为需要进京指标，手续办起来很麻烦。我记得只有几位老同志是从外地调入的。最初新招录人员的培训主要靠"请进来，走出去"的办法，所谓"请进来"就是请外国专家来局里讲课；"走出去"就是送到国外去培训。我局的主要业务骨干和业务部门的主要领导，甚至是主管业务的局领导大多数都去国外学习过，主要是德国、法国、日本。如姜颖、田力普、戈泊、沈尧曾、马连元、杨正午等领导都曾去国外学习过。当然，局里自己也给审查员办学习班，培训有关专利方面的业务，老人就可以上台讲课了。

采访人：感谢郭老接受我们的采访，祝您身体健康，晚年幸福！

郭凤久：谢谢你们。顺便说一句，由于时间较长，个别内容可能有误，还请谅解。

（与采访人合影，左起依次为：李是珅、郭凤久、陈世华）

服务知识产权事业 创新进取 青春无悔

——专访中国专利技术开发公司原总经理胡一鸣

● **个人简历** ●

胡一鸣，1944年12月5日出生，祖籍江苏无锡，1981年参与中国专利局筹备工作，先后在中国专利局物理审查处、专利审查一部、审查业务管理部、中国专利技术开发公司工作，历任中国专利局专利审查一部部长、审查业务管理部部长、专利局秘书长、中国专利技术开发公司总经理，2002年正式退休。

被访人: 胡一鸣

采访人: 金 焱 周海滨 马 捷(开发公司团总支)

采访时间: 2013 年 8 月 13 日

采访地点: 北京市北四环小营局宿舍老干部活动站

编者语: 在短短的一个多小时里,胡老向我们回忆了他初入局工作的情形、审查业务管理部的创建、中国专利技术开发公司的发展,使我们了解了他在知识产权系统丰富的工作经历,也向我们展现了他对知识产权事业的高度责任感与敬业精神。胡老说,我国知识产权事业发展的历史,同样也是一代青年筚路蓝缕、创新进取,付出无悔青春的历史,年轻一代的知识产权人应当传承老一辈工作者勤勉奉献的精神,扎实做事,为知识产权事业贡献青春与智慧!

审查六部还是专业化一些比较好，太庞大不利于管理

采访人：胡总，感谢您接受我们的采访。从最初参与建局筹备，到后来担任中国专利技术开发公司总经理，您在知识产权系统的工作经历很丰富，请问您当年是出于什么考虑到专利局工作的？

胡一鸣：1980年时我是中国科学院自动化研究所在读研究生，也是"文化大革命"结束以后招收的第一批研究生。研究生基础课读完，要准备专业课和论文的时候，正值国家筹建中国专利局之际，包括我在内的7个同志就办理了借调手续，借调到专利局来了。为培养第一批正规的专利审查人员，1980年9月我被局里派送到加拿大学了半年专利审查。1982年初我正式到专利局报到，1983年专利局初期建设完成，1984年，我筹建了物理审查处，招聘培训人员，同时还参加了《专利法》编写和修改，我还记得《专利法》从起草到最后定稿一共修改了19次。1985年，我审了第一个案子。1986年被调去审查一部担任部长。

采访人：当时的审查一部都有哪些业务呢？

胡一鸣：当时的审查一部包括了现在的初审和流程管理部、实用新型审查部和外观设计审查部，还包括现在的分类处，相当于除了实审以外，几乎所有业务都在审查一部了。我到审查一部后整理了分类制度，后来又制定了裁决制度，最重要的是推行了计算机管理系统，实现从卡片管理向计算机管理的转变。当时没人敢用计算机管理系统，大家用了好几年卡片觉得也习惯了，怕用计算机万一出了事呢。

所以，当时我们就让卡片管理和计算机管理并行了一年，事实证明没有问题，后来就用计算机管理系统了，这也是必然的发展方向。

采访人：这期间令您印象最深的事情是什么？

胡一鸣：那就是我在一部做的一件难事，把外观设计审查部和实用新型审查部分了出去，这在当时争议非常大，好多人来做我的工作。但我觉得审查一部还是专业化一些比较好，太庞大不利于管理。当时做这件事是千头万绪，但是现在看来还是对的，根据我们自己的国情，做一些适当的调整是必需的。

后来我又参加了几次外观设计审查部的会议，发现这里面有很多问题值得去研究，但这项业务要是放在审查一部，恐怕作为一个部门，没有更多的精力去深入细化研究这些问题。

采访人：后来您参与筹建了审查业务管理部，您能介绍一下审查业务管理部成立的契机吗？

胡一鸣：当时是姜颖同志提出希望成立一个审查业务管理部。因为专利局审查部门越来越多，4个实审部门，加上一部、六部和七部3个初审部门，每个部门都有自己的规定。对于申请人来讲，无法适应不同部门的不同规定，所以就有些工作需要进行协调和管理。

于是 1994 年局里开始筹建审查业务管理部，当时筹建主要是考虑到管理、协调审查业务，具体要做哪些工作局里也没有完整的思路。后来实际上是我们筹建的，具体到要设几个处，包括哪些业务。

采访人：您认为审查业务管理部成立后最重要的工作是什么？

胡一鸣：我认为是制定规程指南，对每个审查员的审查质量进行控制，对工作量进行统一规范。

为充分调动审查员的积极性，我们把工作量分成两个点，案子一审出来给一个点，结案了再给一个点，然后给一个指标，一年多少个点算完成工作量，超了就有奖励，不超就没有奖励。这等于规定了任务，这一规范让我们摸清了审查员的审查能力情况。

1994年年底在局党组扩大会上，我们审查业务管理部提出到2000年年底审查员倍增计划。当时审查员有200多名，我们建议到2000年增加到500人，这就是我们根据申请量逐年变化情况和审查员审查能力情况提出来的。

> **希望大家学习老一辈工作者勤勉奉献的精神，扎实做事，不要被社会上浮躁的气息感染**

采访人： 您后来又到了中国专利技术开发公司工作，能介绍一下到开发公司的工作内容吗？

胡一鸣： 2002年我从审查业务管理部调到中国专利技术开发公司。当时开发公司有几个同志做了一个网站，我觉得网站还行，把它做好可以为企业服务。后来林局长同意了我们的申请，批了30万元，让我们对网站进行了扩建，成为对外服务的平台。

此外，我们跟韩国人合作搞了个软件平台叫专利分析系统，开展专利分析工作，这是国外的概念，当时国内还没有，很新鲜，所以我们很看重这块工作。专利分析系统做得还是不错的，也办了好多学习班。另外，我退休后把数据加工工作拨到开发公司，开发公司的发展方向就转变了。

采访人： 最后再占用您几分钟，想请您对我们这些青年员工提出希望和寄语。

胡一鸣：现在专利局年轻人挺多的，怎样给年轻人进行思想教育工作非常非常重要。20 世纪 80 年代初开创知识产权事业发展的历史，同样也是一代青年筚路蓝缕、创新进取，付出无悔青春的历史，正是他们的不懈奋斗，才为我国知识产权事业取得今天的成就奠定了坚实的基础，希望大家学习老一辈工作者勤勉奉献的精神，扎实做事，不要被社会上浮躁的气氛感染，致力于服务知识产权事业。

采访人：我们会将您的期望传递给广大青年员工，再次感谢您接受我们的采访。

（与采访人合影，左起依次为金焱、胡一鸣、马捷、周海滨）

三十年梦想与实践
献给中国知识产权事业

——专访机关党委原常务副书记张云才

● **个人简历** ●

张云才，1950年3月出生，汉族，河北丰南人，中共党员。1976年加入中国共产党。1968年赴黑龙江建设兵团，1972年进北京化工学院学习，毕业后在原四机部北京环保监测站工作。1983年12月进入中国专利局工作，先后担任专利文献部副部长、人事教育部部长、机关党委常务副书记。2008年6月25日，经中国知识产权研究会第五次全国代表大会选举担任秘书长至今。2010年4月从国家知识产权局退休。

被访人： 张云才

采访人： 林声烨　苏志兵　梁晓凯（机关党委青年工作组）

采访时间： 2013 年 8 月 14 日

采访地点： 中国知识产权研究会办公室

编者语： 张老在我局有着非常丰富的工作经历，20 世纪 80 年代从专利文献工作起步，后来又先后在人事教育部、机关党委工作，2008 年至今担任中国知识产权研究会秘书长。在两个多小时的采访中，张老向我们讲述了他 30 多年的工作经历，与我们分享了他在每一个岗位上的思考与收获，他对中国知识产权事业热诚的信念、十足的干劲深深感染和鼓舞了我们。

> 中国知识产权研究会稳步发展，是建设中国知识产权事业的智库。

采访人： 您自 2008 年来到研究会，到现在已经满 5 年了，您能否给我们介绍一下研究会的基本情况？

张云才： 研究会成立于 1984 年 12 月 12 日，是由中国专利局、国家科委、国家工商局（那时候不叫总局）、贸促会等几家单位共同倡议建立的。当时的名称是中国工业产权研究会，1990 年更名为中国知识产权研究会。在研究会的历史上，很多领导都担任过研究会的名誉理事长，比如武衡同志、科协主席周光召、最高人民法院院长任建新等。去年 5 月研究会换届改选，时任全国人大常委会副委员长路甬祥担任新一届理事会名誉理事长。专利局的历届局长，像黄坤益同志、高卢麟同志、姜颖同志，都曾担任过理事长。去年，时任国家知识产权局局长田力普当选为第六届知识产权研究会的理事长，甘绍宁副局长任常务副理事长。

为什么要建立中国知识产权研究会呢？这个道理也很明白。我们国家的专利制度以及知识产权制度都是改革开放的产物。许多西方国家的知识产权制度有着上百年的历史，理论和实践都非常成熟。当时的中国虽然引进了专利制度，但在理论探索方面还相差很远。我们对于什么是专利，知识产权局要干什么，都所知甚少。原中国专利局副局长马连元，毕业于哈佛大学的高材生，他曾告诉我，当年他考中国科技大学研究生院研究生的时候也不知道什么是专利，他同宿舍的同学则认为专利就是情报。由此可见，当年我们对专利制度一知半解，更别提进行理论研究和探讨。中国知识产权研究会就是产生于这样的背景。国家迫切需要这样一个平台，凝聚中国知识产权界的有识之士，通过科学、民主的方法，共同开展学术讨论与交流。

回顾历史，研究会凝聚了中国法学与知识产权领域的很多专家学者，像郭寿康、汤宗舜等老先生，为中国知识产权事业的发展发挥了智囊团的作用。我相信，中国知识产权研究会也将成为中国知识产权事业的智囊，或者叫智库。

经历这些年的发展，研究会在制度、人才队伍和工作内容等方面进步很大。目前，研究会的工作主要有：一是开展学术研究，为中国知识产权事业的发展建言献策，提供有影响力的一些决策。二是通过出版《知识产权》杂志等载体开展理论宣传。《知识产权》杂志作为国家三个知识产权方面的一级核心刊物之一，在中国国内知识产权理论学术刊物中最具权威。研究会通过《知识产权》杂志这个载体将国内一流的专家学者凝聚起来，为中国的知识产权事业建言献策。这是研究会最大的优势，也是研究会最重要的工作。

据我所知，《知识产权》杂志在国际上影响力也很大。记得2009年，我和张勤同志去拜访台湾地区"智慧财产局"局长王美花，特意将《知识产权》杂志作为礼物送给她。王美花局长当时就笑了，她说每期《知识产权》杂志都会摆在她的工作台上，方便她关注研究大陆的知识产权理论和政策。田力普同志也曾经批示过，一定要让《知识产权》成为世界必读。除了《知识产权》杂志，研究会还出版了《中国知识产权研究会通讯》和《知识产权竞争动态》，及时报道最新的知识产权发展态势。

我一直认为研究会是中国知识产权学术理论的象牙塔，因为研究会自成立之初就是为专家、学者服务的，但这几年我们思路有所转变。随着国家知识产权局提出知识产权战略要为创新主体服务的目标，研究会也更多地面向基层、面向企业，所谓"一头牵学者，一头牵起广大的企业"。通过团体会员这种方式，提升企业团体的理论认识和学术水平。目前，我们的团体会员已经达到500多家，每年为团体会员组织的培训有近20个班。

与此同时，研究会还加大了对全国地方研究会的帮扶工作，依据研究会的章程，对全国47个省部级和副省部级部门中已经成立研究会的34家单位开展帮扶工作。研究会还开展知识产权司法鉴定，设立司法鉴定中心，满足了知识产权诉讼的需求。在国际合作方面，研究会也一直保持着良好的传统。比如，每年举办海峡两岸论坛，与美国知识产权法律协会、日本智财协会、韩国财产法学会等一直保持着友好合作关系。

采访人：您对研究会的工作有哪些体会？

张云才：我是2008年机关党委换届改选后来到研究会的，这五年来的体会主要有两点。

第一，一定要准确把握知识产权事业发展的大势。首先要清楚国际国内知识产权发展趋势，尤其是国际。如今，知识产权在国际上的斗争和摩擦非常激烈，无论是301条款、TPP，还是中日韩自贸区谈判，都说明知识产权与国际贸易紧密相联，已经成为国与国之间争斗的重要领域、一块前沿阵地。

第二，一定要把握住研究服务这个宗旨。研究会最大特点是凝聚国内一流专家学者队伍的智慧，服务于党中央、国务院重大决策，服务于知识产权事业和广大的创新主体。所以，研究会要立足根本，抓牢自身特色。

艰苦创业，认识专利文献的情报价值。

采访人： 您在1983年入局时，专利局刚成立3年，您对那时的专利局有什么认识？

张云才： 入局那年我33岁，正值壮年。入局之前，我原来在第四机械工业部，也叫电子工业部下属的环境保护监测站工作。1983年专利局登报公开招聘审查员，凭借在原单位取得的科技成果以及自己对环境保护领域的熟悉，就来应聘了。刚入局那会，局里不足300人，办公条件也不好，工作地点先在玉渊潭公社后搬到了八里庄。

我最初来专利局就在专利文献馆，那时的文献馆已经开始对外开放。很多人可能不知道，我们国家20世纪50年代就开始在中国科学院下设专利情报收藏组，从香港购买专利文献。像周竹英同志、申嘉廉同志都是老一辈专利情报人员，也是我来局后的老师。通过阅读大量专利情报我熟悉了什么是专利，通过阅读美、英、法、德等国家的专利情报，熟悉了这些国家的专利制度。工作初期，很多人都误以为文献馆相当于图书馆公众阅览室，文献馆的工作就是帮助大家检索。但我认为，专利情报其实是一份份的法律文件，了解这些文件就是了解一个国家的专利制度。比如，你了解了美国专利说明书，就知道了它的种类、分类方法，以及如何查找和检索，也能清楚了解专利情报提供的全部信息。至今我都认为，专利文献馆和专利情报收藏组是非常长学问的地方。

半年后，我成为公众阅览组的组长，接替原来的组长宋小逸（宋小逸后来担任审查一部副部长）。当时，公众阅览组不到30人，但文献馆1981年就开始履行服务公众的职能，所以多数人是1980年、1981年入局，资历比较老。也正因如此，专利局建局之初三分之一的人员都在文献馆，文献馆就像一个学校，为专利局培养出很多优秀的人才和司部级领导，像孙可、伍正滢、张清奎等同志。

早期专利局的目标就是审批专利，所有的工作都是围绕着审批专利服务的。在文献工作也好，在其他部门工作也好，大家都是为审批专利做好服务。我曾经打过一个比喻，文献的工作就是提供弹药，审查员工作在一线，就是拿枪打仗。拿枪打仗离不开弹药，弹药就是我们文献中心提供的流水号文档和分类文档。应该说，我那会的专利局是国家机关里一个很朴实、职能目标较为单一的新机构。这个新机构在初创时期也处处显露出艰辛，办公条件和生活条件都十分简陋。田力普局长在跟青年座谈的时候说道，他曾住过露天的板棚，晚上是可以看见星星的。还有已经去世的林炳辉副局长，入局时住的是玉渊潭公社主楼后面的平房，相当于半地下室，东北人叫"地窨子"，非常潮湿，容易得关节病。那时候，虽然条件很简陋，工作也比较累，但同志们的精神状态都非常好。一方面怀揣着对事业的追求，另一方面，局里也提供了很多的学习和培训，经常邀请来自瑞典、英国、法国、奥地利等国家的专家在八里庄院里举办各类讲座。

在专利局工作的岁月是我一生难忘的，也可以说是历史的机遇。如果有机会，希望你们多和局里的老同志聊一聊，他们身上有着许多故事，许多回忆。

采访人： 您刚入局时是在文献中心工作，具体负责什么工作？那时专利文档都是纸件,文献中心的工作量大不大?

张云才: 在文献中心工作的这段时期在体力上是最累的。那时我还年轻,33岁,带着一批十八九岁的年轻人,工作主要在德温特馆。专利局很多老审查员都能记住我:文献馆一个穿蓝大褂、高高的同志。我还辅导过1983年、1984年入局的大学生们。

在文献中心工作期间,我对文献工作的重要性有着非常清晰的认识。一个国家要想科技进步,就必须了解国际上现在发展的科技情报信息,而专利情报披露的科技信息量是最多的,根据当年的世界知识产权组织报告,专利情报可以披露90%的科技信息量、可以节约40%的科研经费,这些数据直到现在仍在被人引用。所以,我觉得文献工作特别重要,对文献工作也有着非常深厚的感情。

但是,当时的专利局还没有实现自动化,专利文献基本上全是纸件。而同时期的美国局、欧洲局和日本局,都在着手准备自动化项目。那时,我们的黄坤益局长是很有眼光的,他看到了自动化的发展,也认识到纸件迟早要被取代。再后来,田力普同志在担任自动化部长期间,下很大决心购买了一批电脑,专利审查工作开始慢慢走上自动化的道路。

我还记得那时专利局的大楼,一半是为文献设计的。而审查员的房间是一人一间,四周都是分类文档,可谓是专利局的独特一景。国家领导人来专利局参观,比如温家宝总理,都要参观文献馆。而专利局文献的数量是非常壮观的,是中国唯一的一套从1920年以来包含"七国两组织"收集最全的专利文献,也正是这样一套文献在支撑着专利局的审查工作。后来文献中心一分为二,建立了信息中心和文献部。信息中心的主要职能就是加强自动化建设，这些珍贵的纸件文档则留在了文献部。

说到文献部的工作，我印象中的文献工作在体力上是最累的，最重要的原因就是赶上搬家。早年专利局在玉渊潭的时候就经常搬家，那时候没有搬家公司，全靠我们自己搬。但最困难的一次搬家就是从玉渊潭往蓟门桥大楼里搬，整个搬家工作时间紧、任务重，既要在限定的时间内完成，又要确保文档不遗失、不遗漏，不影响审查员的审查。搬家的过程要精心组织，不能出差错。专利文献搬完了，还要从测绘局往大楼里搬分类文档。你们可能想象不出当时有多困难，比如说，就专利局1号楼在当年是北京最高的，但是这么高的楼，当时并没有安装电梯。而需要搬运的分类文档有几百吨之多，搬运过程的辛苦可想而知。

这些纸质文档在很长一段时期内支持了专利局的审查核心业务，发挥了不可替代的重要作用。曾经有人向我征求意见，想把这批文档送去造纸厂。我当时坚决反对，因为这些文档在中国就这一套，是唯一的一套，如果毁了就没了。最近听文献部的同志讲，这些纸质的分类文档已经被转移到北京郊区，从文献收藏的价值来看，这批文档已成为孤本，价值不可估量。

人教工作，经历发展与变革。

采访人：您1994年去了人教部，主要做哪些工作？在人教部的4年有什么感受？

张云才：从1994年1月到1998年11月，我在人教部工作。最初我从文献部到人教部是有些不情愿的,很舍不得离开业务工作,是姜颖局长亲自把我送到了人教部。在人教部近4年10个月时间里,有两件事让我印象特别深。

第一件是1994年在专利局实行公务员制度,这也是我来到人教部的第一项工作。专利局从国务院直属事业单位转变为实行公务员制度,需要做很多适应性调整,人事部和中编办是我们当时跑得最勤的地方。尽管当年就是否实行公务员制度,专利局内部也有过争论,但最终大家还是达成共识,就是先"上车"。

这是我初到人教部经历的第一件大事。如果说在文献中心工作是体力最累的时期,那么在人教部是精神最累的时期,因为你只有熟悉国务院不同部委的政策,才能制定出符合专利事业发展和队伍利益的政策。

我还记得专利局第一批公务员考试招了97名同志,这些同志还有三分之二仍在专利局工作,其中很多人还记得当年我给他们上课的情景。

另一件大事是在1998年国务院人事制度改革,专利局正是在这次机构改革中更名为国家知识产权局。你们可能没注意,这次更名在国家知识产权局的前面还加了"中华人民共和国"这几个字,这可是来之不易的,只有名称中带中华人民共和国的机构才有涉外权限,比如,外交部、商务部。这也从一个侧面反映了国家对专利局的重视。

总体来说,我在人教部工作时间不长,主要就完成两件事:公务员制度改革和机构体制改革。

党务工作，围绕中心服务大局。

采访人：1998年至2008年您在机关党委工作，这10年全局职工人数大幅增加，党委的工作是否也有相应调整？在服务全局职工方面采取了哪些措施？

张云才：我在党委一干就是10年，占我在局里工作时间的三分之一。在党委工作也是我最年富力强、精力充沛，也是人生经历、阅历比较充实，富有积淀的一段时间，也是我最有激情的10年，因为直接为党工作嘛。1998年到党委时，整个局人少，才一千来人，编制是1180人，真正才八九百人，后来就突破了，职工人数越来越多。

刚到党委的时候，党委办公室大概就3个人，我、刘洁和张志成。那时候还没监察办，在党委底下叫监察处，有2个人，工会人数最多，有4个人，总共9个人，机构等各方面比较弱，经费也很少。我印象中，党委一年也就开展一两项工作，"七一"或者搞个报告会，影响力不是很大。后来，随着人员队伍的壮大，党组对党委的要求也就比较高了，要在思想上、组织上起到保障作用，围绕全局中心任务服务。我在党委其实也有一个重新学习的过程，边干边学。现在党委人比较齐了，建立了组织部、宣传部、党委办公室、工会办公室、团委、党校办公室，当时党校就是张志成一个人兼顾。我到党委做了几件事：第一，机关党委是咱们局党的一种组织机构模式。按照党章规定，机关党委是全局基层组织和党员代表选出来的，而党组实际上不是咱们选的，是党中央国务院派的，但它是咱们党建工作的核心领导力量。所以，机关党委首先要保证党组的意图，要服务党组，从而服务全局的党建工作。所以，机关党委最重要的工作就是每年要协助党组制订好理论学习计划，现在局党组的学习都由党委办公室来做，机关党委副书记要作为党组中心组学习的秘书，因为理论学习、中心组学习是局党组的一项很重要的工作。

第二，要抓好"两委"建设。"两委"就是机关党委委员会和机关纪委委员会，这两个工作必不可少。这个应该是机关党委书记来抓，咱们局机关党委书记一般都是副局长兼任。原副局长林炳辉同志当机关党委书记时非常认真，抓"两委"学习制度化，理论学习、两委委员调研，对委员们触动非常大。每4年换届，选"两委"时大家都愿意被选上。

第三，就是抓基层党组织、基层党务干部的培训学习。每年都要组织组织委员、宣传委员、工会干部、团委干部的学习，以前这些都是很薄弱的。我来了后发现必须要加大基层组织建设，通过谁，抓手是什么，就是要抓这些党务干部的培训学习，把他们抓住了，基层支部就活了。以前当然也受经费影响，但不要怕麻烦，我在党委的时候去办公室争取，要把道理说清楚，后来我赢得了很多像办公室主任王亚仑同志那样的支持，如以前青年人没有机会出去考察国情，后来我给王亚仑举个例子，说我带了咱们局的团委书记、青年骨干到咱们桑植扶贫点，到那儿去看一看穷困，最后小学校里边用大概一天的油的钱积攒起来，中午让咱们团委干部在那儿吃了一顿饭，大家感动得不得了。那时很多青年人对集体宿舍有意见，但是看完了这个贫困的地方不闹了，对咱们局安排的青年宿舍、集体宿舍很满意了，给办公室也解决了难题。所以我认为抓这些党务干部的培训，是非常对的，这是很强有力的抓手。

第四，党校建设。当年党校的最大特点是走读，每天早上集合起来乘车，然后去上课，下午4点来钟就走，不能够保证教学。现在党校建设在国家机关里算是比较好的。当年在硬件环境上、在软件上、在制度上都不完善。咱们局是业务干部扎堆的地方，大家不愿意上党校，最后，我们建立了关于加强党校建设的意见，第一条就是不上党校不提拔。但是这条取得共识不是那么容易的，争论非常激烈，当然咱们也有一个灵活性，根据实际工作需要，提拔之后一年内去补，这样方方面面照顾到。最后通过实践，凡是上过党校的处长们，感慨体会都非常深。党校真正是求真务实，实事求是，改革思想交锋很激烈的地方，确实成了一个大家获取最新信息的地方。后来党校也扩大，扩大到非党干部。现在又开设了科级班，就是有创新了。咱们局的党校工作从提出到改变，到现在继承、扩大、提升，我觉得非常好。

另外一个是开辟了井冈山革命传统教育培训基地，我去挂的牌，这是给广大党员一个机会。党员们去完以后，经过传统教育、红色教育给党员一个非常宝贵的精神财富。后来随着网络建设开辟了红色家园，后来我还搞了局史馆。局史馆也是咱们党委力争搞起来的。我当时找了文献部部长李建蓉，当时也有阻力，有的部门不同意，说咱们局现在基建房间面积紧张，还给你们拿一间当展览室。后来林炳辉副局长管，他说咱们退而求其次，选在文献馆旁边，就现在那个位置，大概八九十平方米吧，不是很大。现在也很遗憾，许多史料囊括不进去，但建起来以后大家也很赞同。实际上局史馆作用非常大，弥补了一个缺憾，因为咱们局从1995年实行公务员制度以后，我们一直给新人讲局史，但是讲了大家也看不到，没有感性认识。一个国家不能没有历史，一个民族也不能没有历史，所以咱们局也是这样，一个局不能没有局史。

后来又开辟了文化大讲堂，请名人，像何振梁讲申奥，文化大讲堂效果也不错。后来也举办各种文艺活动，十二楼多功能厅虽然面积不大，但经常也搞一些文艺活动。还搞过运动会，今年是第二次，第一次也是下了很大决心的，田力普同志也很支持。咱们局最难难在人太多，怎么把大家能够凑在一起。现在看来，我们只要下这个决心，相信大家，就可以实现。大家参加完以后，那种爱局、爱事业的感情就培养起来了。

我还曾经组织过登蟒山活动，大概组织了两次，后来人太多就不敢组织了。每次都十几辆车，甚至二十几辆车，所幸是没有出过任何事情。后来考虑到咱们队伍现状，就化整为零了。

这些工作措施有的是抓手，有的是搭建一个平台。我感觉在机关党委这 10 年，大概也是我最有激情、也最有感情的时光。我在党委工作有三点体会，第一点就是要归功于我们整个全党党建工作的大形势，没有这个大形势，任何一个部门的党建工作都搞不好，也体现不出什么。第二点是得益于咱们党组的高度重视。因为我在党委工作期间，正好赶上了王景川局长，接下来是田力普局长。对景川局长我最感动的，也是印象最深的是他到我办公室不止一次，一个党组书记能够亲自到党委，坐到我的桌对面聊党建工作，不是 10 分钟 20 分钟，不是跟你敷衍了事，能聊半天，我深深感受到党组书记对党建工作的重视。而且大家看在眼里，党组书记景川来党委谈党建工作，对大家触动很大。那会景川同志对我讲在党委工作要做几件留有痕迹的事。但是党建工作要想做到留有痕迹，需要下工夫、动脑子，要琢磨、要抓准。后来在党组书记的支持下，感觉党委工作有地位，党委工作莫过于得到党组书记一把手的支持，这是最大动力，这是我一个体会。

一把手对党建工作的重视程度确实是一个单位党建工作好坏的重要标志，重视了，那就好办了。力普同志是 2005 年接任了局长和党组书记，当了党建第一责任人，提出了知识产权战略和强局是两大历史任务，真正的核心是队伍建设。力普同志最大的特点是突出以人为本，所以现在的关注点就是咱们这支队伍的思想、组织建设。我现在还留着一些力普推荐的好文章，在红色家园上、网络上让司部长学。我离开以后仍然有这种作风，而且有的推荐文章比较偏远，说明他的涉猎范围很广，力普也很爱学，这都是值得咱们学习的，这无形中对党委工作的同志都是一种激励。另外考虑咱们局青年人多，成立了局青年工作领导小组，召开了第一次青年工作会议。把有关部门的领导都请来，不是党委一家在单打独唱，而是要赢得各有关部门的支持。青年工作是咱们局的一大特色，党建工作也要有特色，包括红色家园，国家机关工委的期刊《紫光阁》曾刊登过。青年工作成为中央国家机关中的佼佼者，这是一个渐变过程。以前中央国家机关单位对咱们并不是很了解，我到中央国家机关工委开会，前几排都是外交部、公安部、发改委，咱们都排在最后面，因为咱们是副部级的机关，要想在国家机关里崭露头角，没点特色根本不可能。我们的青年工作跟外交部有一拼，人家外交部是公务员制度，才 2000 人，公安部当年也 2000 人，咱们才 80 人，人家就觉得国家知识产权局不就是一个小局吗，但是他们没想到背后有个专利局，专利局实际上和国家知识产权局是一回事。说到这儿，有一件事必须得提，那就是吴仪副总理给我们局青年写了一封信。这件事当初是有策划的。力普同志准备借向吴仪汇报工作时，想请她对我局青年写几句话，团委准备了稿子，但吴仪没有采用，而是亲笔写了一封信，向青年提出"好好做人、扎实做事、努力学习"。这封信充满了感情,许多年轻人听传达时热泪盈眶,非常激动。吴仪的信不仅激励了年轻人,也激励了全局所有干部、职工,"好好做人、扎实做事、努力学习"已成为座右铭。后来许多国家机关的副书记来考察、调研,同时也跟他们建立了非常好的关系。第三点是我个人的体会。我在离开党委工作岗位的时候也很留恋,很多人还能记得我,包括我现在回到局里,大家都叫我张书记,我也很欣慰。有些人说:"张书记你讲过的话我们还能记得。"但是我自己记不住是哪次讲了,但他们还能记得我曾经说过什么,就说明我们党建工作有些时候真正贴近人心、贴近党员的心。我觉得党建工作真正做好,还是蛮有意思的。党建工作想做得一般,应付也是可以的,尤其是国家机关,但是你要想把它做鲜活了,做到真正让党员认可、领导认可,就真的要花点力气,要带感情。我觉得我自己通过做党建工作,也产生了感情,总觉得咱们是共产党员,入党,光热爱党不行,还要把党建设好,让老百姓满意。我感觉要想真心实意地把我们党建设好,还要有激情,把党的工作当作自己的生命,要能舍弃自己的时间和精力。回报也是非常让人欣慰的,做好了党员、老百姓认可你,他能记住你讲过什么,这就是一种非常好的回报。我离开党委的时候就开玩笑,我待了10年,干了两届,如果大家选我再干我也不后悔,还可以继续干,当然党章已经规定了只能干两届。我觉得现在的党委也不错,机构很健全,人员都很好,我很欣慰。

青年强,知识产权事业强。

采访人: 我局青年人多,您对青年人有什么期望?

张云才：青春是人生甚至是艺术永恒的主题，青春是非常美好的一个词汇。对咱们局的青年，我有一点是非常肯定的，也是很自信的，我们现在的国家知识产权局青年人肯定会比我们这一代更强。"少年强则国强"，我也引用一下"青年强则国家知识产权局强"。我觉得国家知识产权事业在你们手中会更强盛，发挥它更大的作用，这一点我丝毫都不怀疑，这是历史规律。十八大提出创新驱动发展战略，还有我们的知识产权战略，这些工作对你们提出的要求、目标更高，历史任务和使命更高，对你们的能力要求也更高。现在全国知识产权战略看咱们局，说到底保护协调司就看你们这些年轻人。

采访人：习总书记提出，每个人都要有自己的梦想。您作为工作满30年的知识产权人，您对知识产权事业的梦想是什么？

张云才：我看过一篇黄永玉的报道，问他有没有什么梦，他说我平时忙忙碌碌哪有什么梦，我也没工夫做这个梦。实际上作为个人来讲，我们很多人可能年轻的时候有过梦，到中年、老年可能也有这样、那样的梦，因人而异。我来到研究会平常确实也是工作很忙，没有什么时间做什么梦，无非就是把研究会的工作做好而已。

既然你们提出了这个问题，就像我之前提到的，有一个话题始终可以作为梦，也可以作为个人的一个愿望或是期盼。我希望有一天，我们局能够真正成为整合中国知识产权各种力量的、真正的管理部门，能够真正地把国家的知识产权事业高效率地搞好。我想，如果大家真正没有私念，都为中国知识产权事业着想，才会有共识，才会让国家知识产权局真正地凝聚起力量，真正成为一个主管部门。王岐山同志分管国家知识产权局工作时，他认为中国特色的知识产权制度恐怕需要几代人的努力，我感觉再需要30年，恐怕下一个30年才有可能实现。

国家的知识产权事业确确实实很宏大,事特别多,干不完,这些事情将来就都由你们做了。

采访人: 感谢张书记!

(与采访人合影,左起依次为:林声烨、苏志兵、张云才、梁晓凯)

历史的回望　专利情深

——专访离退休干部部原部长廉莹

● 个人简历 ●

廉莹，1950年12月出生。1968年11月参加工作，1983年12月进入中国专利局工作。先后任职于计划组织办公室、综合管理部、综合计划部、专利局办公室、离退休干部部。2011年退休。

被访人： 廉　莹
采访人： 赵宇楠　周　倩　王晢倩（专利局办公室团支部）
采访时间： 2013 年 8 月 1 日
采访地点： 中国知识产权研究会办公室

编者语： 初见廉莹主任是在水房，她正忙着为我们准备茶水，看到我们后，立刻热情地把我们迎进房间。站在我们面前的不仅是一位老领导，更像是一位慈爱的长辈，儒雅端庄、亲和温情。在交谈中，让我们印象深刻的是廉主任对知识产权事业的热爱，对工作严谨细致的责任心和对生活积极乐观的态度。谈及年轻人，更是让我们深深体会到老一辈知识产权人做事的恪尽职守、做人的胸怀坦荡，更感受到岁月银发下那颗赤子之心。廉主任那种对事业的执著追求和对生命淡然优雅的姿态，时刻使人心生敬意。

建局前扎实的准备工作

采访人：廉主任您好！非常感谢您百忙之中接受我们的采访。您是 1983 年就来到了专利局，亲身参与并推动了专利局的建设和发展，请您给我们介绍一下建局之初的情景。

廉　莹：专利局是 1979 年开始筹备的，1980 年由国务院正式批准建立。能够加入一个新建的单位并参与一个全新的事业，我认为自己非常幸运。关于如何确定建局初期这个时间段，局里曾经有个划定，即从开始筹备到局内工作和专利业务流程试运转直至进入一个相对稳定正常的状态，这个阶段都算作是建局初期。

当时考虑建立专利制度主要缘于国家改革开放的大形势。改革开放以后，国家要引进国外的先进技术和资金，没有专利制度，外国企业会担心技术得不到保护。技术拿过来，虽然签了合同，但缺乏法律制度的保证可能还会发生侵犯其权利和市场，合作过程中就会有很多顾虑。况且，专利权利在国外本来就是私权。出于更好利用外资、引进技术的考虑，所以必须在我国建立相应的专利制度。

采访人：从履历上看，您参加工作的时间特别早，在入局工作前大概还有 15 年的工作经历。成立专利局不久后，您就投身到专利这项崭新的事业之中，而且一干就是一辈子。当时，很多人对专利都没有认知，是什么原因使您选择了这项事业呢？

廉　莹：我之前在××工厂工作了 8 年，从建厂之初就在，对工厂特别有感情。但是由于当时所在的工厂在通县（现通州区），离市里太远，有了孩子之后还是回到市内比较方便。我是 1983 年进入专利局，当时专利局是新建单位，我跟一些当时一起进专利局的同志一样，对专利法以及专利工作的内容都不了解。1983 年底我来的时候，《专利法》还没有颁布，1984 年《专利法》颁布后，确定于 1985 年 4 月 1 日开始实施，从那时候开始，开张前的各项准备工作就提上了工作日程。其实，在这个时期进入专利局的同志有很多学习和实践锻炼的机会，这个过程及这种系统的积累对日后的工作是非常有益的。

采访人：当时办公地点在什么地方？

廉　莹：1980 年应该是在工体（工人体育场），后来搬到了八里庄、五孔桥、测绘局，当时出版社也在八里庄。整个专利局是分散在不同的办公地点。专利局的大楼落成之后，各部门陆续搬进大楼，各就各位，局里逐步稳定，这个时间大概是 1989 年 5 月。

采访人：我们没有赶上那个时代，但是我们经常听说那时候大家都是全身心地投入到学习和工作中，特别有热情。

廉　莹：是的，我可以给大家描述一个场景。在八里庄工作的院子里，经常会看到许多人夹着本、拿着笔，匆匆忙忙的，一见面就会互相询问哪里有培训班、到哪去上课？那时候人事部门下设教育处，大约有四五个人，当时还不具备信息化的手段，不像现在局里有局域网，在部门首页上就能给个通知。那时就靠一张纸或者打电话通知。碰到好的培训课程或好的授课老师，报了名的去了，没有报名的也会赶过去。有时候有名额限制，还得轮着来。这些细节反映当时同志们对学习专利知识的渴望。当时我所在的计划组织办公室，大家都千方百计找资料自学，互相传阅，讨论问题也是争先恐后，与大家分享学习收获。

采访人：您当时参加过哪些培训班？

廉　莹：我参加过入门班、分类班，专利法的培训都参加了，还有德国专家进行发明专利实质审查的培训，当时的培训都特别系统。我进局的时候是在初审部，两周后，人事部门调我到计划组织办公室。当时局里有一个办公室，一个计划组织办公室，办公室主要负责内部运转、政务和事务部分，而计划组织办公室主要负责业务部分。对我来讲，在计划组织办公室工作，搞全局计划必须首先懂得各部门的业务，所以当时大部分的培训我都参加了。

采访人：向国外借鉴学习对于我们从零开始建设专利局发挥了重要作用。当时，国家派遣了很多同志出国学习考察，您也是其中之一。能结合您的学习考察经历，给我们分享一下您的体会吗？

廉　莹：从专利局筹备开始，局里就陆续派人员出国，进行学习、培训和考察。在国外学习可以更直观地了解专利流程，接受系统的专利知识培训，也可以就一些工作中的疑问请教国外经验丰富的老师。1986年，我被派往法国、德国、欧专局学习，让我体会比较深的是国外先进的自动化办公模式。在法国局、德国局，每个审查流程的管理人员早上一上班，打开计算机，就会看到收费到期、审限到期案子的提醒，所有可以由计算机处理的事项都由计算机完成。而当时我们的审查流程管理完全靠审查员自己记录小卡片，通过人工手动翻检，进行期限、费用管理，工作效率、工作强度和国外有着天壤之别。当然，随着我局硬件设施的完善和自动化水平的提高，现在这种情况已经完全不存在了。学习考察过程中，还发现了许多细节，很值得借鉴，比如我看到他们系档案的带子特别好，就要了一个带回来。中德合作最早，悬挂式档案架等都是向德国局学的。此外，日本特许厅援助我局一台计算机专门做培训用，德国援助了我局两台7536、

7570 西门子计算机。这在当时条件下，已经是很不错了，可以说，我局在开张前的准备工作做得非常扎实。

开拓高效的环境，成长了个人，成就了事业

采访人： 我局从开始一直到现在，都非常注重人才的培养，可以说这是我局的一项优良传统。

廉　莹： 对，我局是一个知识分子聚集的地方，比较看重资历和才气。我从事全局计划和审查业务工作，对业务部门比较熟悉，谁是清华大学等名校毕业的、谁读 6 年、谁是研究生，知道一些，很羡慕他们。我觉得书读得好、理论功底扎实的人，在业务问题上会有更独到、更准确的见解，在讨论案子的时候真知灼见也能显现出来。当时专利制度都处于摸索阶段，因此也给了大家很多展示的平台。谁有了新思路、新想法，都可以尽量表达，如果被大家接受，就会很快地付诸应用。所以，在那个时候，大家都纷纷表达自己的想法，贡献自己的聪明才智，形成了人才迸发的局面。那时对于考试成绩大家也非常重视，如果谁取得了好的成绩，也会口口相传，受到称赞。

我想说明的是，一项新的事业就是一个大舞台。在这里，人的才能得以施展，人才也会不断涌现。建局初期在专利局的工作经历，会使一个人对专利工作发展和认识比较深入，同时对个人能力提升和思维方式养成也会产生深远的影响。参加建局的第一代专利人，虽然现在很多人已经退休了，但是他们对知识产权和专利的认识还是很独到和深刻，非常宝贵。

采访人： 您觉得当时还有什么方面让您印象特别深刻？

廉　莹：我总结了两个特点。第一个就是通过业务培训和工作实践，培养了依法办事的理念和思维严谨的作风。为什么这么讲呢？我退休以后和业内人士有些接触，虽然也是从事知识产权方面的工作，但是感觉工作方法、思维方式、严谨程度与在局里工作过的人有一定差异。这一点可能做过审查工作的人会更有感触。举一个简单例子，咱们局里著录项目中的地址一项，在申请表格上一定是从省到市到县，要完整。但是其他系统的文件和印章，可以直接到县，不熟悉的地方你都不知道这个县是哪个省的。而且，从专利申请表格到审查中的各项证明资料都需要非常完整。我们在受理申请的时候，要审核资料是否齐全，如果没有联系人或者是专利代理人都不能通过。这就说明我们的整个工作流程非常严谨，而没有经历过这些训练的人在这些方面可能就会有所欠缺。

采访人：第二个特点呢？

廉　莹：第二个特点就是业务工作开拓高效。印象最深的就是1985年开张后，局里作出当年受理、当年审批、当年授权的工作部署。从4月1日到当年12月底，只有9个月的时间。时任局长黄坤益同志非常有魄力和战略眼光。当年受理当年授权，这就需要申请人提出提前公开的请求，受理后初审、分类，进行公开，发明专利申请进入实质审查，三种专利审查流程都要运转起来。经过全局的努力，12月28日在人民大会堂小礼堂颁发首批143件专利证书，在世界上反响很大。这足以证明专利局的筹备工作非常成功，流程运转非常高效，审查队伍非常过硬。

专利局首日受理，就收到了3455件专利申请。第一天的统计，我拿了一张纸，做一个表格，然后每天也都是拿着表格去受理处进行统计，就跟工厂里的小分析员一样。那时候还没有计算机，只能自己画表格，用复写纸复写若干张，每天下班后做统计报表给局长和有关部门。那时候没有人要求我这样做，但是我觉得，计划统计部门总要报数据吧，总要知道发明有多少件、外观设计多少件、实用新型多少件。后来我们与当时的自动化部一起搞了计算机统计系统，应该是当时第一个使用计算机系统开展部门管理工作的。

我讲的这两个特点，都是源于这样一个新的事业，又有这样一支有基础、有热情、爱学习、能探索的队伍，在这样一个开拓高效的环境里，成长了个人，成就了事业。

每一项工作、每一个环节都是开拓性工作

采访人：您前面提到一开始工作的部门叫计划组织办公室。请问这个部门的主要职能是什么？

廉 莹：当时的计划组织办公室有两项主要工作：一个是宏观管理方面，例如向人事部申请建立地方的专利管理机构，它的行政隶属关系在各省市，编制也在各省市。因为增加一个新的地方机构，需要人事部发文件，各省市才能具体来做，所以计组办的一个主要工作就是协调地方设立机构。另一项工作是组织开张前的业务准备工作，主要是围绕业务工作做计划组织协调。比如，第一步我们要进行专利申请受理。这么一个大环节下要做哪些准备工作呢？首先要了解具体业务部门的各项准备工作，如要有申请表格，设计表格是审查一部的业务，收费系统也在审查一部；再进一步就要考虑受理表格需要设计哪些内容？收费标准要怎么制定？怎样跟《专利法》和《专利法实施

细则》相结合？具体的工作落实在哪个具体的业务部门，但计划部门要清楚有哪些工作要做以及协调工作交叉部门的落实。计划部门要把握每一环节、每项工作、具体落实部门和进度，一项都不能遗漏。通过做这些工作，自己掌握了整体的专利业务流程和相应的工作内容。

当时我还负责专利统计工作。《中国妇女报》来问，申请人里面有多少女性？《农民日报》问有多少农民申请人？什么年龄段申请专利最多？专利申请表的著录项目主要是法律方面和业务程序的需要，与申请和审批无关的项目放在申请表里是不合适的。但就这样的问题，也要进行论证，因为当时专利局业务刚起步，特别需要媒体和社会的广泛宣传。当然像这样一些类似的需求是可以通过统计抽样来完成的。

采访人：所有工作都得从零开始，当时也一定遇到过很多困难吧？

廉　莹：是的，所有的工作都是从零开始，国内是没有现成的规定和经验。当时我在计划组织办公室，每一个环节我都会去询问、去商量，每一个业务点都要了解清楚，因为要知道有多大的工作量，需要多少时间完成。基于我在工厂工作 8 年的经验，我设计了一个开张统筹图，共画了 3 张半零号图纸。按照筹备的业务项目，每一个项目从开始到完成，其间需要的所有环节、主要内容、部门、进度都呈现在图上。图纸做好后贴在了局长办公室，完成一个环节，我就在图上做一个红旗的标记，让局长、各个业务部门以及计划管理部门都可以直观地看到进展，心中有数。

当时的每一项工作、每一个环节都是开拓性的。再举一个例子，初审和实质审查完成后要分别进行专利公开和授权公告，出版社要排公告的印刷计划。如何确定公开、公告的数量，就需要预测申请量、审查量以及最后可能授权的数量。为了做出一个整体计划，当时与审查一部的领导进行了多次讨论。尽管做出的计划感觉很合理，各部门也讨论通过了，文件也发了，但是执行过程中还是很难均衡。原因一是审查工作量的完成与多个因素有关，受理初期，申请的质量差距非常大，要多次发审查通知，往来时间长，授权数量就会不稳定；二是即使文件送到出版社，编辑人员在校对时发现错误，再退回审查部，可能就赶不上出版的日期了。有时发现缺少数据，来不及补充核对，就开"天窗"。所以公报常常印出来一期厚一期薄，在业务工作中经常会面临这种协调的问题。

专利审查流程是一个大链条，需要每一个环节的配合和正常稳定，任何一个环节出现问题都可能影响到全局。那时经常会说工作像救火似的，并不是危言耸听，因为专利审批是有严格的法律规定的，而实践中又会出现问题。经历过这一过程的同事们，看到今天我局在高度自动化、信息化平台上运转的通畅稳定的审批过程都会深知是来之不易的。

采访人： 听说当时外部条件也特别的艰苦。

廉　莹： 拿经费来说吧。专利局从建局开始经费就一直非常紧张，我局在1989年的时候一共才900多万元经费。那时候要开会、购买东西都非常难批。因为这900万元经费中不只包括每个人的人头费、会议费、出国费等，还包含专项资金。当时紧张到什么程度？因为办公室光线不好，老审查员申请购买一台台灯，都要开会研究。当时我局的财政保障条件缺口很大。记得1989年之后我开始申请计划外资金，第一年国家计委拨了130万元，项目是做印刷机械改造，当时出版社印刷厂的设备很落后，使用 1800 的小型印刷机，印公报 24 小时印不出来，因为机器总是出故障，印刷工人经常是满手机油，后来印刷机进行了更新，还使用上德国合作项目援助的彩色印刷机。

真心投入才能有长进和收获

采访人：听到老一辈在如此艰苦的条件下依旧那么有热情，相比之下，我们这代人就显得比较浮躁，会有些抱怨，比如压力比较大之类。

廉　莹：我想说的是，不论做什么，都要真心投入，投入进去你才能知道会有多大的长进和收获。我从工厂来到专利局后，最大的感受是觉得这份工作真的特别锻炼人的逻辑思维能力，所以我一直很羡慕干过实审工作的同事，他们的专业思维能力非常强。

现在年轻人生活在市场经济的大环境里，工作和生活的压力确实很大，要考虑生计、结婚生子、买房买车，将来孩子还要上学，要面对的事情很多。相比之下，我们那个时候真的没有这些压力。其实人到不同阶段都会有不同的任务，同样也会面临不同的压力，但关键是保持好的心态。心态就是智慧，要学会把事情从好的方面来考虑，积极和乐观的来对待，保持良好的精神状态。

采访人：您在生活或者工作上遇到压力是怎么排解的？

廉　莹：别人总说有压力，但是我一直觉得自己还好，有问题的时候你要想会过去的。我从 1984 年开始做全局的计划、写总结，都是在春节前后，春节基本上都过得不轻松。平时加班写材料，回家的路上我就踩着盲道走，闭着眼睛踩着盲道，看能不能走直。累的时候，给自己找点开心的事，松的时候，多想想自己该补充点什么、干点什么，其实这样是很充实的。

有一幅画对我非常有影响。一个瘦弱皮肤黝黑的小姑娘背着一个小男孩在小箩筐里，一个人问她，沉不沉啊？她说不沉。那个人接着问，你这么小，真的不沉吗？她说，因为他是我弟弟。这告诉我们遇到问题的时候主要是你怎么去看待。比如说领导给的工作多了，压力太大了，该怎么办呢？如果是本职工作，咱们就静下心心悦诚服，做完了，活出来了，你也就轻松了，杂念对工作、对个人无益。

更进一步说，我退休以后，有一个最深的体会就是为人和做事，做事要讲究方法，为人要宽厚、大气。所以一个人要是能时刻修养自己的品性，保持一种豁达乐观的心态，自己每天也就会很开心。

采访人：您曾经是专利局办公室的副主任，也见证了这个部门几年来点点滴滴的变化，能给我们讲讲专利局办公室的特点以及工作带给您的最深的感受吗？

廉　莹：1998年两局分开以后，我从综合计划部到了专利局办公室。办公室的工作特别重要，它是全局工作运转的中枢，每一个人的工作好坏都可能影响到局内职工和社会公众对我局工作的信任。比如说我局的政府网站，如果内容丰富、时效性很强、网页美观，公众浏览了后满意，就会直接提升对我局的看法和满意程度。再比如说医疗报销，医疗报销政策、制度好，报销地点和程序也都很方便，大家就会对局里工作很认可、很肯定。办公室采取的每一项措施都需要设计，需要以人为本，最大限度地给职工提供便捷。

但是换一个角度来讲，行政部门的工作相对就会比较辛苦、琐碎，也是容易引发意见的部门。行政工作必须要展现良好的作风，比如效率高、服务态度好，这应该是最基本的，现在各方面都做得非常好了。部门就是在以前全局各部门经常会对行政部门提意见，连局领导也说，没有提不出意见的部门就是办公室和行政部门，其实也是在鼓励我们积极面对问题和更认真履职。

办公室工作，我认为主要有一大一小两个方面。第一个方面是要有全局意识和魄力，做好大事和整体工作的牵头、组织。第二个方面是要听得进职工意见，对于可行的事情，只要符合政策、没有太大成本，能实施就立竿见影。这两个方面都需尽职尽责。大的方面来说办公室的具体工作就是代表专利局的形象，办公室的工作做出成绩了，大家就会对全局有所认可，办公室的每一项工作都要对全局、对局领导负责；小的方面就是代表职工的利益，真心实意地为职工着想。

在人事关系上，我觉得办公室做得也非常好。给我印象最深刻的是办公室上下团结，这也是因为工作的原因经常需要跟人打交道，同事交往起来容易顺畅。我认为身为领导，心胸要宽广，为人要宽厚，珍视同事，让大家都有舞台去展示，让每个人都能做出成绩，聚集人才，凝聚人心。

年轻人要学会用自己的实际成绩去体现个人价值

采访人：近年来，专利局办公室的青年人数不断增加，目前35岁以下青年人数已经接近40人，年轻人在工作上需要注意什么，您能给我们一些建议吗？

廉　莹：我认为，年轻人要对自己的本职工作熟悉、得心应手，要不断开拓进取，时常想想自己的工作还有没有再深入和提高的空间，要拿出自己的成绩，就要思考自身工作岗位的任务及其在整体工作中的作用，整体工作对你的需求是什么？你工作的对象对你工作岗位有什么要求和期望？你的工作能做到什么？实际上就是从需求出发，思考自己的工作岗位能提供什么、做到什么、满足什么？这也是需求和供给的配置和平衡关系。这样你就会明确你的工作要产出什么样的产品。是不是有这样一个思考就能对自身的工作有所促进，对整体工作起到不断推动的作用？年轻人要学会用自己的实际成绩去体现个人价值。

当年我在做专利统计工作的时候，每月出统计月报，每年出统计年报，二三年后，感觉每年只出一本数字报表是远远不够的，社会通过这些数据能获得什么样的理解和分析呢？从1987年开始，每年要写一个分析报告。其实做这项工作压力是很大的，因为你不能就数字来说数字。专利申请数据是经济的"晴雨表"，要与国家的经济、政策相联系，与宏观形势相联系，需要查阅参考资料，了解国内外政治经济状况和影响因素，学习专业以外的知识，而且要随时积累。这个专利统计分析报告就相当于对数据的解读，对专利工作的评价。虽然每年要写全局工作总结、做计划、还要写分析报告，都是在一个时间节点上，但这就是工作、任务，必须完成好。

另外，还要思考工作的规律是什么，安排好日常性工作。比如说咱们局的办公自动化系统不会总是升级改造，一般都是阶段性地进行。所以平时就需要多学习，做技术和方案的准备，这样才能做出最好的工作产品。我觉得年轻人都要常常思考并且在第一时间里把应该做的事情做好。

采访人：最后，请您再给青年同志一些寄语吧。

廉　莹：年轻人踏踏实实很重要。尤其是现在的年轻人，基础很好、学识很好、学历很高，是很有发展、很有前途的。每个人首先应该踏实工作、履职尽责、尽心投入，把本职工作做好，严格要求自己，不能敷衍了事。其次要学习本职工作方面的知识，知道自己缺什么、应该补什么。总结起来就是做人与做事，要学会欣赏他人，看到别人的长处。

最后，我自己体会一个人要珍惜时间，要有紧迫感，在工作中不断提高。人要有真才实学，有上进心，做事一定不能凑合。人与人之间之所以有区别，跟责任心和付出的多少有很大关系。要知道自己该学什么，努力去学习，这样你才会感觉自己做出来的事情有一定水平的，是专业的，自己内心也会感到欣慰。

采访人：廉主任，非常感谢您与我们分享您的感悟，我们深感收获很大。最后祝福您身体健康，生活愉快！

廉　莹：也很谢谢你们，同样也祝福你们！

（与采访人合影，左起依次为：赵宇楠、廉莹、周倩、王皙倩）

专利局发展变迁的乐观见证者

——专访人事教育部原部长由春德

● 个人简历 ●

由春德，1940年8月出生，1958年1月参加工作，1983年3月进入中国专利局，入局时任职部门为办公室行政科，2000年11月退休，退休前任人事教育部部长。

被访人： 由春德
采访人： 王永锋　蔡广宁　孙长秀（人教部青年工作组）
采访时间： 2013 年 8 月 2 日
采访地点： 国家知识产权局老干部活动中心

编者语： 由部长作为前辈，见证了专利事业创业初期的艰难，在讲述中也谈到了许多趣事，这些都让我们感受到他对专利事业的由衷热爱。而从对青年人的亲切寄语中，又看到了他对新一代专利人的殷切希望。退休后，由部长喜欢体育锻炼，因此虽年近 75 岁，依然面色红润、充满活力。采访中，因为都是人事教育部的熟人，由部长显得格外高兴，在让人倍感亲切之余还显出些童真的幽默。

建局初期情况

回顾一下咱们建局 30 多年来从无到有，从小到大。我是 1983 年来的，在当时的 30 多人里面算晚的，但相比后来的人算早的。来专利局的契机是在建立专利制度时。在这之前定不下来，对于到底搞不搞专利制度，举棋不定，从 1982 年以后开始，1983 年就非常明朗了，开始招人了。我就是在 1983 年 6 月进专利局的。

建局初期，人教部大概有人事、劳资、保卫、综合、监察、保密等科室，此外还有一个管企事业单位的，监察也设置在人教部。刚开始在八里庄办公，条件不好，好多部门都在平房，还都是活动板房。虽然条件不好，但大家心情挺愉快的，为什么呢？因为工作忙碌，周边有市场、单位有食堂，伙食还比较好。后来盖前面这个楼了，1985 年那年咱们小六楼盖好了，即现在老干部部所在地，办公室、人事教育部、机关党委几个管理部门都搬过来，那时 1 号楼还在施工。

人员招聘情况

搬到现在办公地点时，局里大概不到 300 人，那时候审查部就叫审查部，就一个部，剩下就叫处了，比如说物理处之类的，大部分人是从科委、中国科学院、科协等单位调过来的，大多有工作经验。最早一届是 1983 年的应届毕业生，里面包括现任副局长甘绍宁同志，他们来时在西三环边上的花园路培训，当时教育处也在那里办公。之后进人就不多了，因为专利申请少。2001 年的时候开始大规模进人，几百人的规模。

2000年前后人员招聘存在困难，也有一些趣事。由于当时局里工资不高，特别是1996年至1998年那几年，因为待遇问题，通信专业没招到一个人。为此，人事教育部专门到北京邮电大学和他们谈，学校说大三的时候毕业生几乎就定了，招不到人。这种情况一直持续到2004年和2005年，待遇不一样了，清华、北大的毕业生都有了，研究生也多了，而且还有博士生。

我记得有一年去哈尔滨招聘，好多学校支持咱们局，在阶梯教室给我们搞招聘专场，那时候不叫国家知识产权局，叫国家专利局招录答辩会。开始介绍咱们局的情况，学生都听得挺好，答疑的时候，就问局里工资有多少？我说刚进局二三千块钱吧，一年以后再增加几百块钱。结果人就走了一大部分。等他们走了，我说，在座的同学都是热爱专利局、专利事业的，我话还没说完呢，除了刚才讲的基本工资，我们还有奖金呢，奖金每月还能拿到2000多块呢，然后大家的情绪就上来了。那时候大学生期望的月薪就是4000元到5000元。我说弄得好的话一年以后就能拿5000多块钱，结果大家都拼命地鼓掌。

专利局体制编制变迁

专利局成立后在1985年左右先归国家经委管理，后来归国家科委管理，几年后升格为国务院直属单位。在更名为国家知识产权局以前，专利局是国务院直属事业单位，在1998年机构改革的时候，成立了国家知识产权局，专利局就成了国家知识产权局专利局，领导班子是同一套，国家知识产权局局长也是专利局局长。

关于编制的问题，1998年机构改革的时候，全局上下都在讨论应该怎么改，改成什么样，人人想办法，人人出主意。当时人事教育部拿了两个方案：一个就是国家知识产权局和专利局一样，都改成公务员，这是我们希望努力争取的；另一个是专利局综合管理部门保留一部分行政编制，其他审查部门都成立审查院，完全按事业单位管理，经费自理。我审多少个案子你给我多少钱，审查有问题，审查院负责，管理部门来监督，现在来看从经济效益可能会比较好，也解决了中编办的编制问题。但讨论来讨论去，多数人的意见还是想进公务员，想着公务员编制比较有保证。我们跑中编办、人社部，中编办表示都实现行政编制人太多了，那时候全局有1000多人。后来就改成全额拨款的事业单位，按照公务员管理。再后来更明确了，参照管理，还不是按照管理，而当时我们讲的应该是按照管理。

在人教部工作期间的感受

我感到，从我来人教部到退休后，人教部都是比较团结的，非常和谐、有朝气、团结合作。而且不管是工作人员还是领导，作风都比较扎实，踏实肯干。在局里反映还是比较不错的。工作不分你我，不分哪个处，队伍也特别好。局里很多同事也非常认可我们这种氛围，这是咱们历任老部长的一些优良传统。

对青年审查员的期望

局里的审查员，整天就搞业务、搞审查，所以和其他部委公务员不一样。就宏观方面来讲，对国家的大政方针没有其他部委公务员掌握得好，观点什么的没有人家宏观。这需要我们青年审查员放宽视野、注重学习、加强交流，像干部交流就是很好的一种方式。还有扶贫之类，最早就在桑植，去外地就两个人，后来咱们拓展挂职渠道，也有人到地方挂职，使我们的干部成长起来，培养出既懂业务又懂管理的人员。另外，加强培训，特别是国外的培训交流，也是一种很好的方式。

总之，不管怎么样，年轻人，踏实肯干才是好同志，在什么时候都是。

让青春在每一个岗位上都闪烁光芒

——专访人事教育部原部长赵春山

● **个人简历** ●

赵春山，1967年毕业于中国人民解放军军事工程学院海军系物理声学（声呐）专业。大学毕业后，在中国科学院声学所工作，曾任课题组负责人、助理研究员。1983年3月，调入中国专利局。历任发明专利审查员，专利复审委员会处长，实用新型审查部副部长、部长，初审及流程管理部部长，机关党委副书记，人事教育部部长（2000~2004年）等职。2004年5月至2008年6月，任中国知识产权研究会秘书长。

被访人： 赵春山

采访人： 王永锋　朱金燕　苏　斐　蔡广宁（人教部青年工作组）

采访时间： 2013 年 8 月 2 日

采访地点： 国家知识产权局 1 号楼 2310 房间

编者语： 赵老师，先后在国家知识产权局多个领导岗位任职，均得到了同志们的认可和肯定。他的这些经历，也折射出我局一些部门成长过程的部分缩影。访谈中，赵老师思路清晰，侃侃而谈，言语间表达出他对我局快速发展的感慨和对知识产权工作的热爱。

我是从中科院调到专利局的。大学毕业后（正处于"文革"后期，1967年毕业留校，1968年分配），我和同期毕业的同学们一起到部队农场接受工农兵再教育。1970年春，分到中科院声学所从事科研工作。1983年，专利局属于初建阶段，吸纳科技、管理等各类人才，因此从中科院调入一部分同志，我是其中一员，在1983年3月底入局报到。

来局之后，先被分到审查部门的电学组（电学发明审查部的雏形），职务是专利审查员。但由于工作需要，报到之后把我留在了人事部门临时帮忙，参与我局第一次面向社会的专利审查人才招聘工作。

建局初期首次公开招聘

1983年夏天，中国专利局第一次面向社会（仅限于北京市）公开招聘专利审查员，招聘对象是年龄45岁以下、懂技术、懂外语的科技人员，专业面很广泛。我们局的特点就是需要机械、电学、化学、物理等众多专业的人才。这件事黄坤益局长十分重视，在当时的北京科技界也引起了一定的关注，电视台还做了采访和报道。这项工作由安玉涛副局长主抓，在人教处（后改为人教部）何文彬同志的领导下有条不紊地逐步推进。第一次招聘方案的人数大约400人，经过考试录取了300多人，1983年年底和1984年年初，大部分被录取的同志陆续来局报到。这批同志是我局开张初期审查工作的顶梁柱，后来成为专利审查工作的业务骨干，也是培养新审查员的老师，他们的贡献不可磨灭。这是我来局后在人事部门协助工作的具体内容，也是我参与局里工作的第一件实事，历时几个月。待这项工作告一段落，我于1983年秋回到审查员的岗位上。

审查部门、复审委员会初建时期

当年工作在专利审查岗位上的同志们主要任务是接受培训并参与《专利法》讨论稿的研讨。当然，首先要接受知识产权基本知识和专利审查知识的培训。因为，那时调到审查部门工作的许多已属不惑之年的老同志在专业方面、外语方面都有相当深厚的功底，所以主要任务就是接受专利法、专利审查业务方面的培训。那时的审查部门分一处、二处，一处的业务范围是初审事务及分类，二处的业务范围是实质审查，在公开招聘之前都是仅有几十个人的状态。我和同志们一起学习《巴黎公约》，德、美、日等国专利法的基本规定、专利审查工作的要点、专利分类的规则、专利文献的作用与检索方法，同时收集整理自己将要负责审查的专利分类号下的重要参考文献等（当时还没有用计算机办公的条件，全部是手工操作）。并且，我还有机会参加了《专利法》草案的讨论。1984年3月12日《专利法》通过了，1985年4月1日中国专利局开始受理专利申请。另外，在专利局开张之前，专利局接收了二三十名1983年、1984年的大学应届毕业生。他们与老同志一起经历了其后的学习过程，现在也已成为我局的栋梁之才。

在这期间，除了局里出国学习过的老同志给审查员讲解有关专利审查的基本知识外，还值得一提的是，局里曾多次邀请外国知识产权、专利方面的专家学者来局进行学术讲座。其中，印象颇深的是来自德国专利商标局专利审查部门的讲师团分别给机械、电学、化学、物理审查员授课，结合他们的典型案例讲授专利审查的基本思路和工作方法，还用大课方式集中讲授了专利分类的原则与工作技巧。有意思的是，许多审查员都感到除了学习到专利审查业务知识外，还实现了思想方法从科学研究人或技术开发人向专利审查人这种思维模式的转换。这段学习持续了两个多月。当时，我在贺儒英同志领导的电学审查部门参加学习，同志们普遍反映受益匪浅。这次学习为以后实际着手专利审查工作奠定了良好基础。

1985年5月，专利复审委员会刚刚组建，局里任命我到专利复审委员会工作，职务是专利复审委员会综合处处长。那时复审委员会包括主任、副主任、业务骨干和一般工作人员总共才十余人，审查方面也是按照实审的机械、电学、化学、物理分为4个处，每个处仅两三个人，综合处负责行政管理以及对初审驳回案子进行审理。起初，我在赵元果副主任（主任由局长兼任）领导下，与有关同志一起参与了以田力普同志、尹新天同志为主进行的复审委员会业务流程设计、复审规程与无效宣告请求审查规程定稿阶段的有关工作。

1985年开张以后，审查部门一马当先，复审委员会紧随其后。专利申请受理之后经审查批准或者驳回。对驳回案件不服的申请人可以提出复审请求；批准成为专利以后，有的专利可能遇到宣告专利权无效的请求。由于我在复审委员会的时间不长，审理和参审的复审、无效的案子屈指可数。但至今仍记得其中有一定社会影响力的案子，比如"电子人体增高器"专利，到底应该维持专利权有效还是要宣告专利权无效，有一定难度；再比如外观设计专利"路灯"，当时是日本人和中国人打官司，结果是中国人赢。这个阶段，由于工作刚刚起步，案件还不多，所以有充分的时间进行讨论，除合议组进行合议外，大家还经常集中到一起，对照专利法规、结合实际案件进行研讨。比较有分量的案件，甚至是全委同志在一起讨论，大家把各人的观点摆出来进行切磋——这个案子的特点是什么，法律要点、技术要点是什么，审查的思路应该是什么等。通过研讨，交流观点、以理服人，对于正确理解专利法规和把握审理案件的分寸十分有益。

这期间，有外国专家来委里讲学，也有复审委员会审查员与我国专利法官进行业务交流。我除了应邀到北京中院给专利法官讲过一次课外，还曾以复审委员会审查员的身份参加过全国专利法官的第一次专利案件审理业务研讨会，我在会上发言的内容涉及复审委员会的工作与专利司法工作的关系，引起不少法官的热议。后来，经我局和法院协商，委里还安排过几次复审委员会审查员与专利法官互相换岗学习。

随着事业的发展，我局业务量逐步上升，人数随之逐步增加。于是，我局规模不断地调整扩大，不时地搬家。当年我来局报到时在八里庄上班，去复审委员会后在五孔桥及八里庄上班，后来我被调入实用新型审查部，又要到五孔桥及蓟门桥上班了。

实用新型审查部工作

1988年的12月，我局进行了一次机构调整，组建了新部门。我被任命为实用新型审查部（亦称六部）副部长并主持工作，同时任命了郝庆芬同志为副部长，说起来我们还是校友，我们共同担负起局里赋予的使命。当时的主管局领导是姜颖副局长。实用新型审查部成立之后，我和同志们一起首先抓制度建设，主要是审查制度，审查案件一条线、文档管理一条线，把这两条线的管理制度建设起来。当我们把管理制度报局备案时，高卢麟局长给予鼓励，批示："六部从一开始就重视制度建设，很好。"依照《专利法》及其实施细则，实用新型专利申请会比较快地得到专利授权，但专利局对它的审查只是初步审查。为了让公众了解中国实用新型专利制度的若干特点，我曾应约在《中国专利报》上发表文章进行宣传。

实用新型审查部比较注意抓审查质量管理，每个星期都要抽查所有审查员做的案子。我作为部领导带领处领导一起组成质量检查小组，进行质量把关。做得不够格、不到位的案子会被退回去，让负责该案的审查员重新处理。许多审查员都愿意配合检查，希望通过研究审查质量问题提高工作水平。可是，另一方面，还要处理好审查质量与数量的关系。实用新型审查员必须确保完成预定的工作数量，如果数量拿不下来，实用新型申请有积压，实用新型制度的优点就丧失了。所以我们抓住这些特点，去做审查员的工作，全面调动审查员的积极性。这期间，实用新型审查部结合审查实践中遇到的问题，多次组织审查业务研讨会，得到审查员的积极参与。

党委工作

1991年的11月对我来说又发生一次角色转换，就是局机关党委换届时我当选机关党委副书记（书记由明廷华副局长兼任）。那时的党委副书记还兼任纪委书记、工会主席，与我合作的是纪委副书记赵淑娴同志、工会副主席刘广赏同志。我们那一班人主要任务是按照国家大政方针，在中央国家机关工委和局党组的领导下，做好思想保障工作，做好局党组的助手。其间，我曾在局务会上以"关于加强我局思想政治工作的若干意见"为题做主题发言，其中谈到，全局各部门的领导同志除了要对完成本部门所担负的业务工作负责外，还应对本部门的思想政治工作负责，注意关心群众、了解群众的思想脉搏、使大家心情舒畅地投入到本职工作中，我的这些观点引起同志们的共鸣。

在廉政建设方面。我们注重"关口前移"、教育为主，并要求各党支部配合行政领导把廉政教育放在重要位置。专利审查队伍廉洁与否，我们在那个位置上有所感觉。有局外举报信，也有局内举报信，涉及受贿问题的、道德品质问题的都有，当然只涉及个别人。我们根据举报情况进行调查核实，经过求证有点毛病的，找当事人个别谈话，进行批评教育。总体上没有发现什么大问题，还没发生过什么大案要案。在机关作风建设方面，我们配合行政部门，通过严格执行各项规章制度营造良好的工作作风；同时比较注意倾听群众意见，并向局领导提出合理化建议，局领导也做了一些相应的工作方面的改进，比如设立局领导接待日等，提高了群众的满意度。

另外，机关党委还每年一度召开局内各民主党派同志（那时全局共有十多名）座谈会，听取他们对改进局里工作的意见，将意见收集起来反映给局领导作为改进工作的参考，并组织了一些社会活动，例如以"今日北京"为题组织这些同志参观北京的新面貌等，均收到良好效果。

此间，机关工会在丰富职工文化生活方面发挥了重要作用，工会组织各种文体活动、举办舞会、举办太极拳培训、组织运动会等，都受到群众欢迎。

专利审查流程管理

　　1994年5月，局组织机构再进行调整，我被调到初审及流程管理部任部长。我的合作者是袁德同志和张晓玲同志两位副部长。初审及流程管理部也称审查一部，是全局审查工作名副其实的"一线"，包括前台受理专利申请、专利申请邮件的处理、专利申请的分类、发明专利申请的初审、流程事务管理、专利证书的颁发、各种专利费用的收缴、依法对专利申请及专利权的各种期限监视等。那时候，发明与实用新型的案卷是经一部做事务处理后再转相关审查部门去审查，而外观设计的所有审理工作都是在一部的外观设计审查室完成。部里一百多人，众多岗位，事务繁杂，可每一桩每一件都要十分严格地按《专利法》及其实施细则的规定办理，来不得半点马虎。这一点是分管一部的马连元副局长经常强调的。大大小小的文档库都塞得满满的，在国家有关部门或外宾来局里参观时，除了参观审查员的工作和专利文献馆，还要参观我们的文档库，这里有国家宝贵的技术档案。

　　这期间有一件重要工作提到我的日程上来，就是参与"中国专利管理系统"的开发工作。那几年，发达国家的专利申请、审查已经率先开始尝试"无纸化"了，比较领先的有美国和日本。我还随同局领导访问过日本、韩国，去看看别人怎么做的。所谓"无纸化"包括申请电子化和审查电子化。当然，这并不意味着不存在纸质档案了，纸件文档还是有的。为了实现我局审查业务管理工作的电子化，中国专利管理系统的自动化课题已经在局里立项，我们一部是参加该课题的成员单位，而我在一部负责此项专题。当时以各处处长为主把每个处的实际工作流程图绘制出来,部里汇总成为专利申请、审查、授权等工作流程图,经过三上三下,反复推敲,最后提供给局课题组,成为设计中国专利管理系统的基础资料。这项工作要求"认真、细致、严谨"。到我离开一部的时候,中国专利管理系统的开发工作已取得了相当大的进展,而且,中国专利申请电子化的试用方案也已呼之欲出。

在工作中,有时会遇到一些工作条件方面的难题,这就要求我们发动群众,集思广益来解决问题。如果需要局里支持才能解决的,我们便及时请示。例如,原来受理处工作空间狭窄、过于拥挤,影响工作效率,局里经深入了解情况后在办公楼的南门开辟了受理大厅,使得工作环境焕然一新。文档库房面积也得到了扩充。

1997年7月,由于工作需要,我又回到实用新型审查部做部长,与高凤鸣副部长合作共事三年,主要是做好组织协调,调动审查员工作热情,完成好审查工作任务,不再详述。但这期间有一件重要事情,就是《专利法》的第二次修改工作,我们部多次组织专题研讨活动,对修改《专利法》提出意见。2000年8月,更加适合中国国情的新《专利法》出台。

人事工作

2000年8月,我被调到专利局人教部任部长。后来,又有甘绍宁同志、高康同志陆续就任副部长。在我就任之前,姜颖局长找我谈了话,要求我尽快熟悉情况、进入角色。

在人教部工作阶段,日常工作是做好专利局的人事管理、干部考核、劳动工资、审查员培训与在职教育以及配合局专业技术职称评审委员会进行审查员的专业技术职称的评定等。其中，为了适应专利工作不断发展、我局人员逐年增加的形势，干部培养、储备、考察、测评、晋升及任前公示工作任务很重，每年至少一次向局领导专题报告情况，以适时任命或调动干部。这项工作政策性强，必须了解情况，广泛听取群众意见，严格执行德才兼备、任人唯贤的选人用人原则。此外，为推进干部人事制度改革，不拘一格选人才，经局领导同意，人教部还曾协同人事司，不止一次在全局范围拿出个别干部职位通过"公开招聘、竞争上岗"的方式（报名者限于局内）选拔副部长级和处级干部，也取得了良好效果。值得一提的是，按照局领导的部署，人教部和人事司配合，经多次与上级有部门沟通协调，落实了专利审查员的岗位津贴，这也是我们为大家办的一件实事。

我印象最深刻的是通过招聘扩大审查员队伍。这与当时的社会背景密切相关：随着我国社会主义市场经济的发展，专利申请量也在快速增长，其中发明专利申请量增长势头最猛（根据实际数据，1990年至1999年的年均增长率为15%，而2000年至2008年的年均增长率则达到了24%）。当时，根据对专利申请量按年度增加情况的预测，以及局里制定的缩短实审审查周期的目标（那时审查平均周期长达4年之久，社会意见比较强烈），局党组提出了"审查员倍增计划"。这里所说的审查员倍增，指的是实审审查员。对此，王景川局长在局党组扩大会议上讲：要倾全局之力，把审查员倍增这件事办好。在党组的高度重视下，全局各个部门通力配合，由人教部主要负责的招聘工作就面向全国展开了。

但是，我们要做的这项工作的前提条件，是必须要有编制，没有编制是发不了工资的。所以人教部和人事司一起做计划，一起向上级主管部门争取增加专利局的编制。编制争取下来后，才发招聘广告。预期增加人员的办公条件，包括办公场所、办公设备，需要行政部门配合、提前安排；还有其他一系列的行政事务，需要全局各有关部门协同配合。

人教部根据各审查部门申报的具体人员需求情况，再综合平衡，最后报局领导审定，形成全局性的招聘工作计划。一般是每年在高校毕业分配之前的一段时间启动招聘工作。届时，人教部以招聘工作为中心，人事处、劳资处、教育处、保卫处、综合处共二十余人拧成一股绳，群策群力：打广告、设招聘窗口、到人才交流会设摊位、轮流值班接待、做报名数据库等。然后，与各个审查部门配合，经过笔试、面试，优中选优，决定聘用人选。其工作量之大，前所未有。在同事们的不懈努力下终于如期完成了计划任务。

每年招聘结束后，都有数以百计的年轻审查员来上班。接下来的工作就是做好年轻审查员的培训、教育、管理，引导他们成为合格的专利审查员，这是我们人教部必须直面的重要课题。为此，我们制订了有针对性的教育培训工作计划，并得到局领导的批准。而在具体进行审查业务培训方面，实审部门投入了大量的精力，吴伯明副局长还对做好这项工作提出了行之有效的指导意见。总之，这项工作为我局审查业务的发展提供了必要条件，是专利局人才队伍建设中的一件大事。经过培训上岗的新审查员也逐渐成为实审队伍的生力军。而且，这是一场持久战。在我于2004年5月从人教部调离之后，为满足岗位需求，招聘工作又延续了几年。到2008年，我局连续8年共招聘录用2000余名实审审查员，发明专利审查能力已经达到年审查结案

14万余件，比2001年提升了6倍，平均审查周期也基本稳定在2年，明显提升了我局发明专利的审查能力。由于我们审查队伍发展很快，也越来越年轻，到后来，一进食堂，就像到了大学生食堂一样，给人的感觉是朝气蓬勃。我们从事的事业是朝阳的事业，我们这支队伍是朝阳的队伍。

这里还要谈及，由于早期投入工作的老审查员相继大批退休，使得实审部审查室的干部职位出现明显空缺，虽然已经按干部选拔程序任用了部分审查员到若干审查室空缺的领导职位上，但按部就班地提拔干部仍不能满足工作需要。经研究，决定顺应形势，从后备干部中破格选拔了几名青年审查员出任审查室副主任，甚至是主任。后来的事实说明他们表现得相当出色，考核结果也证明他们经受住了考验。此外，我们还在实审部设置了"部长助理""室主任助理"，作为培养后备干部的一种尝试，同样取得了较好的效果。

那个阶段还有一件比较重要的事，就是成立专利审查协作中心。虽然经过几年的努力，能够把我们的审查周期缩短到2年，但是预测以后的申请量更大，还有更多申请等在后边，怎么办？专利局的编制多次扩编的愿望不现实，而且审查员队伍过度膨胀亦并非良久之策。经局党组酝酿，明确了一个方案：在国家知识产权局专利局之外，建立一个纯事业单位性质的专利审查协作中心，该中心在承担法律责任的前提下接受我局委托，完成部分专利审查任务。经过再三斟酌和论证，决定试行该方案，派贺化同志牵头去组织这个队伍。贺化同志从局内带了7名业务骨干开始筹备，通过招聘渠道组织起一支百余人的队伍，把第一个专利审查协作中心组建起来了。当然，具体实现这一方案仍然需要全局各部门的鼎力支持，人教部也给予了积极配合。经过招聘、上岗培训以及对审查质量的严格把关，不负众望，审查工作基本达到标准。尽管局内的审查人员是参照公务员管理，审查协作中心是纯事业单位，是"一局两制"的状态，但是通过同时参加审查业务管理部门组织的业务研讨会等活动，把这两方面的审查力量协调起来了。总之，我局的第一个专利审查协作中心的组建是成功的。截至 2004 年我调转中国知识产权研究会任职时，这支队伍已经发展到 300 多人，年审查结案 2 万余件，对提高我局的发明专利审查能力作出了重要贡献。我觉得我们局的这项工作突破了条条框框，体现了制度创新，顺应了我国专利申请量快速发展的形势要求。

现在，我们国家的专利申请量已位居世界前列，专利审查工作的发展态势也很好。不过需要注意，与发达国家相比，我国的专利申请质量还不够高，专利事业需要进一步正确引导才能更健康地发展。

对青年审查员的期望

专利审查岗位技术性很强，审查员在德国被称为"审查皇帝"，是很神圣的。任职审查岗位，除了要求懂技术、懂外语、懂专利法、懂审查指南外，还要注意两点：一是要善于独立思考，二是要善于交流沟通。

在这里，我再向年轻审查员提两点希望：一是要廉洁。审查员这个岗位确实是有一定"权力"的，但要警惕可能遇到的人情问题，这种"权力"应当是有高度责任感的、圣洁的。二是要与周围的同志们友好相处，多参加集体活动，千万不能孤孤单单地闷头工作，长此以往就不好了，要注意身体健康和精神健康。最后，祝愿年轻同志们茁壮成长，将来挑大梁。

当前，中国正处于实现中华民族伟大复兴的重要历史阶段，知识产权也正处于大国向强国迈进的关键时期。我期望着在申长雨局长的率领下，在知识产权、专利岗位上辛勤工作的同志们能够不断创造辉煌的业绩！同时，也为自己有机会曾在知识产权事业中学习工作了25年、以绵薄之力奉献了一砖一瓦而欣慰。

2004年5月，时值我即将退休（2004年11月年满60岁）之际，恰逢中国知识产权研究会换届，我当选为第四届理事会秘书长，在理事长（原副局长杨正午）指导下，与副秘书长马秀山等同志合作，在中国知识产权研究会工作到2008年6月又一次换届时离职。

这里，我想说明的是，即使我在完成局里赋予的各项工作任务中有所成就，也主要是我所在部门的全体同志集体奋斗的结果，本人的工作不过是承上启下，把大家组织在一起，同心协力、和谐共事而已。

专利大观　敬业乐业

——专访机械发明审查部原部长吴观乐

● **个人简历** ●

吴观乐，1940年4月出生，江苏省南京市人，研究员，中共党员。1963年毕业于清华大学，1967年毕业于中国科学院四年制研究生，1985年在德国专利局进修一年，1993年在德国马普所进修半年。毕业后先后在中国科学院力学所和中国专利局工作。曾任中国科学院力学所电弧风洞实验室负责人、中国专利局物理发明审查部副部长、专利复审委员会副司级复审委员、机械发明审查部部长、专利局审查业务指导委员会副主任等职。2000年退休，1993年起享受国务院颁发的政府特殊津贴。

被访人： 吴观乐

采访人： 王夏冰　何　如　范继晨（机械部青年工作组）

采访时间： 2013 年 8 月 15 日

采访地点： 吴观乐办公室

编者语： 8 月的北京，骄阳似火。带着满心的期盼，也怀着些许的忐忑，我们来到了吴老位于中关村某写字楼内的办公室，古色古香的陈设、伴一壶清茶，吴老将他 30 余年从事专利工作的经历与感触向我们娓娓道来。一个下午的时间，我们认真聆听、热烈交谈，仿佛也经历了专利事业从成长到壮大的这 30 年。专利大观、敬业乐业，这是吴老用 30 年时间书写的精彩篇章，也是我们这些专利从业者一生的不变追求！

历经波折，与专利结缘

采访人： 吴部长，您好！

吴观乐： 你们好，欢迎你们。

采访人： 您1994年到1998年一直担任机械发明审查部部领导，您一开始就在机械发明审查部吗？

吴观乐： 我是在1983年专利局建局初期入局的，那时候还没有成立机械发明审查部。

实际上专利局在1980年下半年就开始录用我了，当时我所在单位中国科学院力学所不放，就未能在1980年进入专利局。就在此时，对于在我国是否建立专利制度和成立专利局出现了一次波折，就是在筹建专利局时，有些部委认为在我国建立专利制度为时过早，对此持反对态度，专利局也就暂时不再进人了。

采访人： 他们为什么不同意建立专利制度呢？

吴观乐： 主要是因为当时我们国家有不少产品是仿制国外的，实行专利制度后就不能仿制了，所以他们坚决反对，向党中央和国务院打了报告，表达了不同意见，并请党中央和国务院认真考虑在我国是否在那时就着手建立专利制度，这样对我国是否需要尽快建立专利制度进行了反复研讨和争论。由于出现了这一争论，与此相应就不能确定是否建立中国专利局，因此从1980年底起就不敢再进审查员了。直到1982年底，党中央和国务院最终拍板在我国建立专利制度和专利局，这样专利局从1983年上半年开始又通过考试招录审查人员了。

由于在1980年专利局已决定录用我,因而我在1983年4月未经过考试就进入专利局的审查部门。

进局时,专利局共有两个审查部门:审查一处和审查二处。审查一处主要负责审查流程,相当于现在的审查一部(初审及流程管理部),但那时实用新型和外观设计的初步审查也在审查一处;审查二处主要负责发明的实质审查,下面分成4个组,分别是机械组、电学组、化学组和物理组,相当于90年代初期的4个实质审查部门(机械发明审查部、电学发明审查部、化学发明审查部和物理发明审查部)的前身。我当时进局时并不在审查二处的机械组,而在物理组(后来发展成为物理处,最后在专利局升成副部级时又由物理处升为物理发明审查部),我是在1994年才调到机械发明审查部的。

珍惜机遇,掌握基本功

采访人: 您进局这么早,那时还未制定《专利法》,那么您进局后在审查部门主要做些什么工作呢?

吴观乐: 主要是学习专利基本知识,为发明实质审查做准备。

入局后不久,正好赶上专利局举办的面向全国的专利干部培训班,为期一个月,专利局早期在国外进修的人员向听课的人员传授了专利基本知识,使我对专利工作有了比较全面的了解。

此外,专利局早期录用的审查员中不少被派往外国专利局进修。在这方面,德国专利局最为主动,德国专利局局长比较有远见,与中国专利局签订了中德专利合作协议,允诺为中国专利局培训各类专利工作人员,尤其是培训发明实质审查的审查员,我局每年派一部分人员到德国专利局进修学习。开始去学习发明实质审查的人员进修时间比较长，都在德国专利局进修一年，此外，还先在德国有关语言培训的学校中学习半年或 3 个月的德语。

我入局时，第一批去德国专利局进修的人员已在德国进修，由姜颖同志带队，第二批去德国专利局进修的人员即将准备出发，这两批先在德国学习半年德语，然后再到德国专利局进修一年。我进局时，局内已办了德语学习班，我在自学德语的基础上插入到这个班，学了一年，学完后进行考试，赶上了同班其他人的德语水平，被选为第三批赴德长期进修发明实质审查的人员，这一批共 11 人，其中 5 人进修发明实质审查，2 人进修专利分类，2 人进修申请流程管理，2 人进修专利文献。由于第三批人员已在国内学习了德语，仅在德国语言培训学校学习 3 个月德语，便到德国专利局进修；因为发明实质审查进修内容较多，故在德国专利局进修一年，其他 6 人仅进修半年。

采访人：您在德国进修过，您觉得从德国学到的最精髓的东西是什么？

吴观乐：我在德国进修，除了学习发明实质审查的技能以外，最大体会有两点：高度的工作责任心和严谨的工作作风。就前一方面来说，带我的两位老师十分负责，让我全面地学习了发明实质审查的各个环节：检索、"一通""二通"、授权，每周结合一个实际案例，让我动手练习，在此基础上认真地进行讲解；最后还带我到专利法院旁听有关专利复审、专利无效的案例。而就严谨的工作作风来说，我的第一位老师在指导我进修时讲的一句话给我留下深刻的印象，"对一件发明专利申请进行实质审查时，对于每一项权利要求，应当像平时生活中对待自己的眼睛一样地仔细，要逐字逐句地认真思考，只有在准确理解权利要求技术方案的基础上才能做好检索以及与现有技术的对比分析,以保证授权的权利要求清楚地限定其保护范围,而且所确定的保护范围是合适的";又如,在指导我发审查意见通知书时,逐字逐句地指导我如何撰写,这种严谨的工作作风对我以后的工作很有好处。

勤于思考,做业务骨干

采访人:请您简单地介绍一下从德国进修回来后的工作情况。

吴观乐:我从德国回来时,审查二处已经分成四个处:机械审查处、电学审查处、化学审查处和物理审查处。回国前已告知我担任物理审查处四室(负责热工和建筑方面发明专利申请的实质审查)的室主任,后来专利局升格成副部级时物理审查处就成为物理发明审查部,我于1988年担任物理发明审查部的副部长,1991年调至专利复审委员会工作,1994年又调到机械发明审查部任部长,1998年到审查业务管理部工作,主要负责新审查员的培训工作以及与《专利法》第二次修订相配套的《审查指南》的修订工作,2000年退休,退休后返聘,直到2001年8月完成《审查指南》的修订统稿工作。

采访人:您在专利局的18年工作经历相当丰富,逐渐成为专利局的业务骨干,请您讲讲这些年来如何发挥业务骨干的作用。

吴观乐:要想成为业务骨干,就需要在工作中加强学习和勤于思考。

采访人:请您举几个例子加以说明。

吴观乐:第一个例子是,对于单一性判断的规定,我在1989年通过在处理实际申请案中的思考,认为那时《专利法实施细则》中写明的发明或实用新型专利申请满足单一性要求的 6 种情况并不能概括所有情况,而且还存在一些虽然属于所列举的情况却不满足单一性要求,便主张当时《专利法实施细则》中所提到的 6 种情况是列举,但仍需要通过分析两项独立权利要求特征部分技术特征的相关性来确定是否符合单一性要求,这一主张与当时《专利合作条约实施细则》中所规定的单一性的特定技术特征判断标准不谋而合,所撰写的文章被评为全国首次专利论文竞赛的三等奖,我国《专利法》第一次修订时也根据《专利合作条约实施细则》的条文补充了相关内容。

另一个例子是关于创造性的判断方法。我在德国进修时,德国专利局机械审查部门有一套供审查意见通知书选用的格式语段,当时觉得这一套格式语段比较好用,尤其是关于论述专利申请不具备创造性的格式语段能有助于正确掌握创造性的判断。回国后,正好遇到物理审查处四室的一位新入局的审查员正在审理一件发明专利申请案,鉴于当时的《审查指南》中并未像现在的《专利审查指南2010》那样明确了创造性的判断方法,从而认为两项现有技术披露了权利要求的全部技术特征,就认为该发明不具备创造性;申请人要求会晤,会晤时申请人向该审查员和我说明本发明与最接近的现有技术的区别特征在本发明中和在另一篇对比文件中分别解决了不同的技术问题,此时我就想到若按照德国专利局的判断方法,应当得出本发明相对于这两项现有技术具备创造性的结论,因此改变了观点,对这项发明专利申请授予了专利权,此案例已作为我以后讲课时采用的经典案例。通过这一案例,我感到有必要在我国也建立一套类似德国专利局的审查格式语段,从而根据德国专利局的审查格式语段编制了一套实质审查格式语段,最早在物理审查处四室使用,其中有关创造性的审查语段实际上将德国专利局的创造性判断"三步法"引入到我国的审查实践中来。我当了物理发明审查部副部长后就在物理发明审查部推广使用;后来担任机械发明审查部部长后又在机械发明审查部推广使用;并将此语段推荐给当时的审查业务管理部,在此基础上编制了我局的实质审查语段。与此同时,在1992年第一次修订《审查指南》时,建议引入德国专利局有关创造性判断的"三步法",但该建议未被采纳。随后欧洲专利局(其不少审查员来自德国专利局)总结出创造性判断的"三步法",并于1994年前后介绍到我国,因此在2001年版我负责统稿的《审查指南》中就引入了创造性判断的"三步法"。

由这两个例子可知,为了尽快提高业务水平和在专利事业中发挥作用,就应当在工作中善于学习,勤于思考,不断总结提高。

采访人:看来,您参加过几次《专利法》《专利法实施细则》或者《审查指南》的修改吧?

吴观乐:由于我1983年才来局,不久就到德国进修,因此未能赶上《专利法》《专利法实施细则》和《审查指南》的制定。1990年第一次修改《专利法》时我参加了,但仅代表所在部门对有关内容提出具体的修改意见,没有具体参加修改的撰稿工作。2000年第二次修改《专利法》时,对《专利法》和《专利法实施细则》提出不少合理的修改建议,并具体参与了《审查指南》的修订工作,且负责《审查指南》的统稿工作,为此我在退休后还返聘了一年半,以完成《审查指南》的统稿工作。2008年第三次修订《专利法》时,我已退休,在一家代理机构任高级顾问,领衔参与了《专利法》修订中有关外观设计专利方面的一项课题研究,其研究成果大部分已被第三次修订的《专利法》采纳；此外，对第三次修订《专利法实施细则》和《审查指南》先后向国家知识产权局条法司和审查业务管理部提出了近万字的修改建议。

传承经验，培养好作风

采访人：现在很多青年同志去各京外审协中心当导师，从被培训者成了培训者，您觉得应该注意些什么？

吴观乐：现有的培训模式主要是大课和"一对一"地针对具体审查案件作指导。我认为被培训者在"一对一"结合具体审查案动手做案子的过程中收获更大，因为听课与动手做案子不一样，后者对被培训者能留下更深刻的印象。但是，现在审查队伍发展得比较快，一位导师同时带多个学生，难度就相当大了。

最近我去武汉，在与湖北审协中心的审查员交流时，他们也提出类似的问题。我认为，作为年青人，在传承审查经验时，除了前面所提到的要有严谨的工作作风外，还有两点也是从事专利工作的人员应当具备的品质。

第一点，应当十分熟悉《专利审查指南2010》的具体内容，而且能够很快地找到某一具体内容在《专利审查指南2010》中的具体位置。比如，我对《专利审查指南2010》中关于优先权的内容的印象较深，因为我到专利局发的早期通知书中，其中有不少案件涉及优先权问题。当时我国刚实施《专利法》不久，有部分在我国《专利法》颁布前的外国申请若到我国《专利法》实施时向中国提出申请已过了优先权期限，因此其会在中国《专利法》实施前再在其本国提出一件同样内容的申请，但并未要求前一申请的优先权，并将这后一件申请作为向中国提出专利申请的优先权基础，对于这样的中国申请，由于其所要求优先权的外国申请并不是首次申请，因而不能享受优先权。但我在一件类似的申请案中，未能正确把握享受优先权的条件，在发出的审查意见通知书中以该申请中的某些权利要求的技术方案未记载在优先权文本的权利要求书中而不能享受优先权。通过这个案件使我更正确地理解了享受优先权的条件，因此在修订《审查指南》时建议根据《巴黎公约》的内容将涉及的优先权判断内容补充进去，分别记载在《审查指南》第二部分第三章第4.1.2节第二段（有关可享受优先权相同主题的认定）、第二部分第八章第4.6.2节第二段（有关可享受优先权相同主题的认定）和第四段（有关首次申请的认定）。由于这些内容在《专利审查指南2010》中并不是放在一起的，如果遇到类似问题，应当马上知道去哪一章节查阅相关规定的内容。当然，还有很多涉及同一方面内容的规定位于《专利审查指南2010》的多个章节中，应当十分熟悉这些内容的位置，以便及时查阅到。总之，熟悉《专利审查指南2010》的内容对于一个审查员来说，是十分重要的，这不仅能够提高审查工作的效率，而且也有利于准确把握审查的尺度。

第二点，要有实事求是的作风。作为审查员，对于案件的技术内容，多半没有申请人理解得更准确，尤其现在每位审查员每年要做约100件发明实审案，差不多两天一件。在这两天内不仅要阅读厚厚的申请文件，还要查询外国专利文献，对外国专利文献的内容还要看得准确，因此要求审查员在这么短的时间内百分之百地判断正确并不现实，所以在审查时应当实事求是。我在当审查员时，如果技术问题拿不准,就通过发审查意见通知书与申请人进行沟通,听听申请人的意见,如果申请人的答辩有道理,就可以改变观点。记得有一年,在一次与审协审查员的座谈会上,我讲了上述观点,但他们反映说这样做不行,质量检查时会认定为质量错误,我觉得应当允许审查员改变观点,出现审查员改变观点的情况,应当具体分析,不应当简单将此看作质量错误,也就是说在审查管理上应当允许审查员在审查过程中改变观点,除非审查员未认真完成审查工作。

关怀青年,营造和谐氛围

采访人:您提到了部门领导对于审查员的管理模式和质量要求。在当部长期间,您最关注的是什么?

吴观乐:我最关注的是人才的培养,尤其是年青审查员的成长。

记得我刚从大学毕业参加工作时,并不是像现在年青人那样,每年春节都回家探亲,当时工资低,回去一次要花不少钱,一般两三年才探亲一次。在我未回家过春节的那几年,当时我工作单位所在室的室主任(一位老红军)就把我们几个未回家过春节的请到她家过年,感到很温暖。这样当我担任物理发明审查部四室室主任以及后来担任物理发明审查部副部长和机械发明审查部部长时,不仅注意在休息日进行家访,而且逢年过节时将所在部门的外地年青人邀请到我家里,中秋节都邀请到我家过节,过年时将春节未回家的也请到家里过年。后来有一段时间,局里也在每年中秋节将年青人聚到一起过一个团圆节。

这样关心年青人不仅能温暖年青人的心,而且自己的言行也会对青年起到一定影响。记得有一年局里分房，其他部门年青人都争得很厉害，但机械发明审查部的年青人没有参与。原因在于，我到1998年还一直住在38平方米的单元房里，我请他们到家过年过节，他们看得很清楚，觉得一位部长才住着38平方米的房，就能理解他们为什么暂时还不能分到住房了。由此可知，领导的言行，对年青人是有影响的。

但是，对于年青人，不能仅关心他们的生活，更要关心他们的业务成长。对于年青审查员，业务上的指导对他们的成长十分重要，所以不论我在哪一个部门担任领导，都特别注意带领年青人思考问题、钻研问题，鼓励他们参加业务论文竞赛，不论在物理发明审查部还是在机械发明审查部，与年青人一起讨论如何选题，我所在部门的年青人在业务论文竞赛中都是得奖最多的，且其中的一等奖都在我所在的部门。

为提高业务水平，应当注意积累工作经验，这需要在平时养成习惯，不要将自己当作审查机器，而应当在处理每一件案件时认真考虑一下这件案子有无特殊之处，若有特点，一定要将这件案子的相关材料保存下来（对于现在计算机审查的情况，可以对这件案子的特点作出标示），供以后钻研业务做储备。我在机械发明审查部时，就对本部的年青人提出了这方面的要求，并定期组织年青人举办业务研讨会，年青人参加业务研讨越多，越能促进部门的学术钻研氛围。

总之，在一个部门应当提倡部门文化。通常应当从关怀青年成长着手，营造团结、相互关心的和谐氛围以及钻研、交流讨论的学术氛围。

展望未来，促专利发展

采访人：专利制度在中国已有 30 多年的历史，您觉得亟待解决的问题或以后应当朝着什么方向发展更好？

吴观乐：总的来说，目前我国专利的发展形势还是挺好的。但个人认为这几年申请量增长得有点过快，与我国的科技和生产水平不相适应。造成这种现象的主要原因有两方面：其一，作为高新企业要减税，就得有一定数量的专利申请；其二，对各省市的专利申请量进行考核，各省市对专利申请量都很看重，采取经济鼓励政策促进专利申请，从而出现了一些不是为适应科技发展水平而提出的专利申请。

专利要不要发展，肯定是要发展的，但应当实事求是。由于这种超出科技发展水平的专利申请量会导致审查能力、审查资源以及政府财力的浪费，因此应当正确处理专利申请数量和质量的关系，也就是说，在提升申请数量的同时，更要注意专利申请的质量，并应当将重点转到提高专利申请的质量上来。

采访人：局里今年招录了不少审查员，现在各审查协作中心发展也很快，对此您有何看法。

吴观乐：现在各个审查协作中心已经逐步成立了，我倾向于新成立的几个审协中心，应当逐步推进人员招录。

专利事业要发展，要考虑国情，要有前瞻性。举个例子，大概在 1990 年之前，发明专利申请数量有一个上升期，1990 年和 1991 年开始下降，1992 年第一次修改《专利法》后从 1993 年起发明专利申请量又开始较快速度的增长。在 1990 年到 1993 年，机械发明审查部大约有八九十个人，因 1990 年和 1991 年及 1992 年下半年发明专利申请量的下降，有不少审查员的审查案源不足，不得不帮着实用新型审查部做实用新型初审工作。为此，我在 1994 年到机械发明审查部后，就开始着手查阅机械发明的专利申请量，看到 1993 年申请量再次大幅上升，就决定必须再招录审查人员，使审查员的数量与申请量相适配，建议新招录的审查员人数按照前几年的申请量来计算。现在申请量增长迅速，应当招录较多的审查人员，但我认为这种增长势头不可能永远延续下去，将来会到一个相对平缓期，所以应当关注这种增长趋势，及时作出调整。

寄语青年，望爱岗敬业

采访人：对于年青审查员，您有什么希望或建议？

吴观乐：咱们应当干一行爱一行，爱上专利事业。审查工作的确有些枯燥，不断地阅读申请文件、检索、发通知书以及发授权通知或作出驳回决定。但在完成审查工作的过程中，不要做审查机器，在审查案件过程中要不断思考，对不同审查案件进行归纳整理，总结提高，只要深入进去，就不会觉得枯燥乏味。在平时，可以对专利领域多做一些研究，包括审查实践中的很多问题，比如公知常识的认定，我国在《专利审查指南 2010》中仅明确为技术词典、技术手册和教科书中记载的内容，而在国际上有的国家规定公知常识除了上述内容外还包括申请日前多篇现有技术披露的内容，能否通过一些实审的案例研究一下哪个规定更为合理。此外，研讨可以不局限于实质审查的内容，我在发明审查部门就曾关心外观设计授权标准、外观设计合案申请条件以及可否享受本国优先权的问题，在修改《专利法》时多次提出这方面的修改建议，其中关于外观设计授权标准和合案申请条件的建议已被吸收到现行《专利法》中。又如，目前《专利审查指南2010》第四部分第三章有关"一事不再理"原则，在实践中会遇到不少新的情况，我参加过两次鉴定会，就专门讨论过如何完善这方面规定的问题。再如，侵权判定中对于产品专利的使用是否都应当停止，当然对于个人使用不需要停止使用，但对于企业的使用似乎也应当有不停止使用的例外情况，例如对于计算机产品专利，某个企业在不知情的情况下从市场上买了一批计算机产品，这个企业要不要停止使用再去重买一批呢？所以很多问题在具体实践中并不像《专利法》条文规定得那么简单，有不少研究空间。除此以外，还有许多为专利未来发展需要研究的内容，作为审查员研究这些问题不仅可以提高自我，而且也是自我能力的展示。

最后，请代我向机械发明审查部的老审查员们问好，和他们一起并肩战斗了5年，已有好久未见面了，很想念他们。同时也请代我向认识的和不认识的年青审查员问好，希望他们能够早日成为专利事业发展的中坚力量。

采访人：我们一定带到，谢谢您！

（与采访人合影，左起依次为：王夏冰、吴观乐、何如、范继晨）

坚持做好一件事

——专访外观设计审查部原部长刘桂荣

● **个人简历** ●

刘桂荣，1942年2月出生，1965年参加工作，曾任中国轻工业部设计院轻工业机械及家电制品设计业务工程师，1983年进入中国专利局工作，历任外观设计审查处处长、外观设计审查部部长等职务，2002年2月退休。

被访人： 刘桂荣

采访人： 陈　晓　孟　雨（外观部青年工作组）

采访时间： 2013 年 8 月 21 日

采访地点： 国家知识产权局离退休干部部会议室

编者语： 刘桂荣是国家知识产权局专利局外观设计审查部原部长。自1983年加入专利局，她一直就职于外观设计审查部，直接参与并指导外观设计审查业务，参加了历次《专利法》的修订工作及《审查指南》外观设计部分的编写工作，见证了中国外观设计专利制度从无到有、从弱到强的整个发展历程。在与刘部长的访谈过程中，她用自己的亲身经历，用30多年不曾停止的钻研与思考，告诉我们：年轻人如何从坚持做好一件事到做出自己的成就与事业。

> **中国没有工业设计,这对从事工业设计行业的人来说是极大的警醒。**

采访人: 刘部长您好,很高兴能有机会跟您交流。能介绍一下您入局时的情况吗?

刘桂荣: 入局之前我在轻工部设计院工作,从事的是轻工机械设计工作,主要承担塑料机械、皮革机械的援外设计任务及家用电器产品的设计任务。我们在进行产品设计的时候经常需要到专利文献馆查看专利文献,有几次想查阅关于电风扇的专利文献,结果看到的外国文献都是关于空调技术的,当时就觉得我们与国外在技术上有很大差距,从那时起我对专利工作就有了想法。后来一次偶然的机会,得知专利局要招收新人,我觉得通过专利行业可以了解最新的技术,同时与自己的专业比较对口,就这样来到了专利局。

我是1983年入局,就职于一部的外观室,当时外观室只有两个人。刚来的时候,只知道发明专利,对外观设计并不了解,后来通过出国学习和培训交流逐步了解了,因为自己的专业是机械设计,在制图方面与外观设计的视图规范有很多相似之处,所以与自己的专业知识也比较接近。

入局之初,工作条件比较艰苦,办公地点是租的,还需要找地方存放纸件文档,人多的时候甚至把办公室搬到楼道,在走廊办公。随后办公地点换过几个地方,条件也越来越好了。

当时我局外观设计的审查只有一部的外观室,办公人员也少,后来陆续招收了一些中央工艺美院等艺术院校的毕业生。当时的考虑是他们有绘画基础，跟外观设计专业对口，后来发现艺术设计跟产品外观设计、工业设计还是有很大区别的，招进来的很多人无法发挥自己的特长，最终离开了专利局。1990年之后许多高校陆续设置了工业设计专业，我们就招录工业设计专业的毕业生，这样他们就学有所用了。

采访人：那么咱们外观设计审查部的发展过程是怎么样的？

刘桂荣：我是1983年来到专利局的，当时专利局成立的时间不长，《专利法》也正在筹备中。外观室属于一部的一个处室，办公人员少，与发明无法相提并论，基础非常薄弱。

20世纪80年代初，我国组织举办了一届国际工业设计研讨会，邀请了许多国际设计大师来参加，我们国家仅有少数人参加，外国设计师在临走的时候说，中国没有工业设计，这对从事工业设计行业的人来说是极大的警醒。国家也意识到外观设计专利的重要性，并将其写入了第一部《专利法》。

《专利法》实施后，第一年外观设计专利申请量是600多件，第二年是800多件，不到10年的时间上升到了1万件，虽然申请量比不上发明专利，但也有了非常大的进步。随后我们就酝酿着从一部独立出去，成立外观设计审查部。后来借着一次机构改革的机会，我们向局长提交了成立外观设计审查部的建议，局领导审批同意后上报国家体改委，外观设计审查部就这样成立了。

外观设计审查部成立之初只有两个处室，后来陆续招收新人，办公条件也不断改善，现在外观设计审查部在学院国际大厦有两层办公区域，条件跟当时相比算是有质的飞跃了。

> **我亲眼目睹了外观设计专利制度的发展、壮大、成熟。**

采访人： 您从入局到退休一直在从事外观设计专利方面的工作，能谈谈外观设计专利制度的发展过程吗？

刘桂荣： 是的，我从入局就在外观室，一直工作到退休，可以说我是亲眼目睹了外观设计专利制度的发展、壮大、成熟。起初大家对外观设计专利不了解，没有体会到保护外观设计的重要性，这也是很正常的事情。国家从长远角度考虑，还是决定要跟世界接轨，通过向发达国家学习，逐步建立自己的外观设计专利制度。

制度建立之后，就面临着实施的问题。当时全国广大的申请人对专利制度不了解，更不用说外观设计了。我们就向局里申请给专利代理人授课，讲授外观设计方面的制度和申请文件提交规范，通过专利代理人影响申请人，收到了不错的效果。

在退休之前，我参与了所有关于外观设计专利制度的修改，在退休之后也一直在学习、研究。外观设计专利发展到现在，年申请量已经达到了40多万件。但也存在一些问题，很多申请的设计水平比较低，或者直接抄袭别人的设计。由于外观审查是初审制，导致很多潜在的问题，这就需要我们一起努力去解决。

> **年轻人可以坚持做好一件事情，就一定会有成就。**

采访人： 我们在审查中确实遇到了这样的问题，很多审查员也认为辛苦审查的专利授权后被束之高阁，感觉工作没有成就感，您觉得年轻审查员应该怎样调整自己的想法？

刘桂荣：我们现在面临的问题是由很多原因导致的，这种现状同样也是一个机遇，年轻的同志可以利用空闲的时间多学习、多研究，提出自己的观点，或许不会对制度修改起到很大作用，但也是促进自己进步的好方法。

有一个故事想跟你们分享，我去日本交流的时候，一个参观地点是日本特许厅文献馆，里面很多工作人员都是满头白发的老人，他们都是退休后返聘回来工作的，工作内容就是将最新的专利图片整理成卡片，按序排放，方便审查员检索和查阅资料。虽然日本也建立了完备的电子数据库，但是他们还坚持着这种传统的资料搜集模式，会收到意想不到的效果。所以年轻人可以坚持做好一件事情，就一定会有成就。

采访人：感谢刘部长接受我们的采访。谢谢！

（与采访人合影，左起依次为：陈晓、刘桂荣、孟雨）

后勤非大局但牵动大局
后勤非中心但服务中心

——专访机关服务中心原主任潘志强

● **个人简历** ●

潘志强，1964～1983年在清华大学核能技术研究所工作，1983年调入中国专利局工作，历任专利局综合管理部行政处处长、专利局综合管理部行政部副部长、专利局机关服务中心副主任、国家知识产权局机关服务中心主任，2008年正式退休。

被访人： 潘志强

采访人： 周　华（《知识产权青年》编辑部）

采访时间： 2014 年 1 月 16 日

采访地点： 潘老师家中

编者语： 潘老师的家布置得古色古香、清新雅致，古琴、绿植、鸟鸣，潘老师退休后怡然自得的生活可见一斑。"退休后，人生就翻开了新的一页，清闲多了"，潘老师这样说，但当谈到在机关服务中心工作的许多年，忆起后勤工作中亲历的种种艰辛和变革，潘老师仍不免激动和感慨，仿佛重回那些"激情燃烧的岁月"。

岗位变迁与成长轨迹

采访人： 潘老师，您好，感谢您接受我们的采访。据我们了解，您来专利局之前在清华大学核能技术研究所工作，当时是在什么情况下来到专利局的呢？

潘志强： 那时候清华大学核能研究所在昌平南口，离咱们这儿非常远。我在那里搞后勤维修，负责水暖电这方面的工作。当时家里也有点困难，孩子小，老人老，没法照顾。正好专利局是建局初期，人不多，我经人介绍进来，在局里维修组工作。那时候我们维修组总共才三四个人，凡是后勤工作，像修理门窗、盖板房等，都由我们负责。

我当时学历不高，因为得病休学了，初中没毕业，十六岁就参加工作当学徒，但是我比较爱学习。在清华大学的时候，老师办业余班，经常有开学典礼没有结业典礼。因为开始人很多，教室都坐不下，但很少有人能坚持下来，尽管如此，只要结业的时候有学生，其中就肯定有我！

当时那些教授都很帮助我，就像现在导师带研究生一样。我们一起劳动，他们就给我讲课，遇到什么讲什么，一些图集、资料集都无偿地送给我，在这些著名教授的教导下，我学到了很多建造知识。

到了专利局之后，国家开始实行自学高考了，专利局学习氛围比较浓，我和很多人一起通过自学高考取得了大专文凭。

我入局时，局里搞基建的人才不多，我在清华大学的时候又干过建筑施工、建筑技术、建筑验收这方面的工作，打下了一些底子，所以 1983 年底，我就从当时的局办公室维修组，调到基建指挥部，筹建咱们现在这个办公楼。到 1985 年，楼建成验收之后，我又调到综合管理部下的行政处，我算是第一任行政处长。

当时综合管理部的部长由安玉涛副局长兼任，副部长有三人：王亚轩，分管行政处、秘书处等处室；王振新，负责地方专利管理；李春富，分管外事。综合管理部有三个基本职能，一是地方专利管理，就是内部事务管理；二是国际事务管理，是国际合作部（现在的国际合作司）的前身；三就是行政管理。我过来以后就在王亚轩副部长的领导下做行政工作。后来综合管理部撤销了，新成立了行政部。

采访人： 您在专利局工作期间，我局有没有对您产生影响较大、让您记忆深刻的事情？

潘志强： 我来专利局以后，比较大的变化有两个。一个是办公场所的变化，这使我们的后勤工作也随之发生了很大的变化；另一个就是体制的变化，从过去的行政处到成立机关服务中心，这也是一个巨大的变化。

从八里庄板房到蓟门桥 1 号楼

采访人： 那就请您先讲讲第一个变化。您入局那时候，专利局是不是还没有楼房？办公环境是怎样的？

潘志强： 没有自己的办公地点，都是临时的、租的地方，包括海淀区八里庄的玉渊潭公社，就在现在的玉龙大酒店对面，审查一部在那里。后来地方不够了，又租了五孔桥警卫区仪仗营的一个院子。

采访人： 审查一部，就是初审部吧。

潘志强：就是初审部。审查部，像一部、二部、三部都在八里庄，办公场所在楼房里。但文献部、出版社是平房，设备也很简陋，当时的文献，都放在集装箱里，平房有的没暖气，有暖气的也没有现在这么热。后来一部和出版社大约200多人搬到五孔桥去了。

在八里庄的院子里，我们盖了一排一排的板房，有一层的也有两层的。一些从外地调来的同志，还有一些家属都住在那里，像原来的副局长林炳辉，就住在板房里，田力普局长也在板房里住过。

采访人：那是宿舍吗？

潘志强：算是宿舍，每家有一间房，条件很艰苦。后来建了食堂，供应一顿中午饭，没有桌椅，大家吃饭都站着吃，或者买回宿舍吃。办公环境也特别简陋，我记得几位局长都挤在二楼的一间办公室里，门窗、家具维修都得靠我们自己。盖板房我也参加了，跑规划部门、跑施工队、跑建材，事情特别多。

到了1983年底，我们就开始在现在这个地方筹建办公楼，当时这里还是一整块平地。

采访人：是现在局里的办公地点吗？

潘志强：对，当时还是一大块菜地，准备第一个盖的是检索中心那个楼（现在的3号楼，那时候叫小六楼）。之所以急着盖小六楼，是因为初审部有一部分业务需要搬过来，要开始受理第一批专利申请了，我们希望能在自己的办公地点上受理。初审部受理处在小六楼前面盖了一个两层的板楼，一楼就作为专利受理大厅。专利申请受理的第一天，大厅来了很多人，排了很长的队，全部在板楼那里申请专利。

我来基建指挥部之后首先负责跑建材，像钢筋、水泥等。那时候还有计划经济的尾巴，很多物资都得国家统一调拨，指标都有限，需要厂家、建材站自己挨个儿跑。几个建材站还都不在一个地方，水泥、沙子、石子、砖这些是一个地方，钢材、钢管这些是另一个地方，木材又是一个地方，我那时候就骑着自行车全北京跑。

有一次建材供应不上，马上要停工了，我就找对面的交科院借了二三十吨才恢复开工，现在想想还是挺困难的。当时人手不够，技术方面的人才更少，我们经常自己上阵绑钢筋。

采访人：施工是咱们自己的人？

潘志强：不是，请的施工队，但是施工队完工后需要验收，当时没有工程监理，全部得靠甲方自己去办，包括施工质量的检查，比如挖的槽土质是否均匀，软硬度是不是一样，如果不合格楼就裂了。

采访人：图纸是谁设计的？

潘志强：图纸是找设计院设计的。

采访人：那时候指挥部有多少人？

潘志强：指挥部有十几个人吧，有搞财务的、有搞技术的、有搞材料的，工作也比较困难，我们材料组一共有3个人，全部在跑这个楼的钢材、水泥。

楼验收完成之后，我就调到了行政处。行政处也是负责后勤的工作。过去咱们在八里庄租的房子，房屋的管理就像现在有物业，通电、供水、供暖都不需要咱们管，相对来说，责任比较轻。但是建了自己的楼就不一样了，比如新盖的小六楼，维修、卫生都得我们负责。那时候我在小六楼里没有办公室，还得回八里庄办公，经常来回跑，交通工具就是自行车。这个习惯也一直保持了下来，后来搬到局里办公，上下班也还是骑车。

最大的变化还是咱们局建起了1号楼。小六楼建好以后，就开始筹建1号楼了，这是真正的咱们局的大楼。

采访人：建1号楼您参与了吗？

潘志强：我参与了前期工作，包括跑规划局审批项目，还有初步设计、初步扩大设计和楼的整体设计。楼建多少平方米是按审查员的数量和申请量的多少进行设计的，当时在京丰宾馆，请北京市公安局、交通管理局、环保局等部门对1号楼的初步扩大设计提意见，然后再完善、确定方案，北京市才批复正式立项。

大楼盖起来以后，咱们整个要从八里庄、五孔桥等临时办公场所搬到大楼里来。搬家也是一个特别大的工程。

大楼的管理，包括几条生命线：电、水、暖

潘志强：那时候综合管理部已经撤销了，改成局办公室，又成立了一个行政部，负责全局的财务和大楼的管理。行政部管的第一件事就是搬家。

咱们局最早的办公地点在和平宾馆的地下室，几间房，二十几个人，之后搬到工体，是平房，后来人又增多就搬到了八里庄。在八里庄发展到200多人，又有一部分人搬到了五孔桥。从五孔桥再搬到新盖的办公大楼，这是一个大工程，而且这个大工程不是一次性地搬过来就能完成的。

我们那时候没有什么现成的经验，但一切都要自己来管，比如空调、锅炉，当时看着都很复杂。我们面临的另外一个问题是人员不足，这么大的一个楼，仅仅每层的卫生工作就得多少人啊！

当时我任行政部副部长，主要分管运行处、交通处和行政处。运行处负责水、暖、电、煤气等方面的保障。原先只有三环以内集中供暖，咱们属于三环外，只能自己烧。招工人也是个让人头痛的问题，烧锅炉是季节性工作，人员无法固定，但日常维护工作、带班的都得是长期正式工，而且还得有劳动局颁发的资格证。

那时候供暖，如果在三九天最冷的时候锅炉出了问题是不可想象的。所以我们要提早检修锅炉、检修管道。从9月份开始，一直要持续到11月份，保证整个冬天供暖不出问题。暖气停了以后，还要继续进行锅炉的保养。

除了锅炉工作，另外就是电的运行和维修。咱们局当时有那么多计算机，都是德国生产的，是局里的核心设备。那时候的不间断电源维持时间短，如果停电，必须得在限定时间内恢复供电，否则计算机设备就会出问题，数据也会丢失，所以我们压力特别大。当时配电室24小时有人值班，我经常去突击检查，检查的部位包括高压的运行、低压的运行、低压柜、高压柜等，这些都得严格遵照规定进行操作。

我说的大变化，就是指这个变化：从什么都不管，到时刻监管、督促自己和别人，从不担责任，到自己进行管理、建立各种规章制度。

配电室里有配电室的规章制度，比如很小的一件事，进入配电室工作要戴绝缘手套、穿绝缘鞋。不穿行不行？万一出了事故，后果很可能是机毁人亡。锅炉里面，要注意什么时候加水，要定时地巡查，锅炉如果没水了或者堵塞了，后果也很严重。

再比如交通处，司机在面前时，你可以监督，他载着一车人出去了，就不可能再去指挥他、监督他，就得靠他自己。所以，平时要加强对司机的管理和教育,要立规矩:出车以前,要检查轮胎、方向盘、刹车,收车之后同样也要检查。这些都是坐车的人看不到的。

所以做后勤工作,有时候看上去很简单、很普通,但责任却很重大。我们还要未雨绸缪,一些常用材料需要事先准备,像电工用的闸、空调里的过滤网、过滤筛;消防栓也要定期检查;计算机房要求保持标准的温度、湿度、洁净度等。

后勤改革:机关服务中心的建立

潘志强:第二个最大的变化就是体制的变化。1993年以前,行政部一直是国家机关的行政编制。实际上从1990年起,国务院机关事务管理局就开始提出机关后勤的改革问题,逐步把后勤服务人员从机关行政编制中划出来,改成行政附属编制,然后进一步改成事业编制;经费由行政全额拨款改成差额拨款,再改成独立经营、自负盈亏。相当于从经营方面、行政体制方面、编制方面全部进行了改革。

要改革,一是要立规矩,包括人事、管理、运行这些方面的规矩都要确立,还有服务的条款也要制定。二就是对人的教育,必须要明确自己的职能,必须要通过为人民服务来获得劳动收入,劳动收入和劳动效率挂钩,以服务质量和服务态度来取胜。所以,一方面要从制度上管理,另一方面要从意识上管理。比如对司机的教育,第一是安全,第二就是服务态度,要以方便别人为己任。又比如维修,建立了24小时巡查制度,过去是等用户来电话,现在是主动去巡查。这些制度都是一点一点建立起来,也下了不少工夫。

作为领导,我还要带头适应这个转变,从思想上做起。体制变了，心理落差还是有的，但是为了工作改革，我必须这么做，要求员工服务态度好，就要先从自己做起。

大家知道，现在局里各部门都有审查辅助工，主要负责打印、收发等工作，审查辅助工的名称最初也是我确立的。机关服务中心成立之初，我就想能不能把审查部门从行政事务中解放出来，专心做审查业务工作，后勤工作由机关服务中心负责。于是当时我就到河北招了4个文化程度高中以上的员工，又说服4个审查部聘用他们做后勤工作。这个岗位起什么名字好呢？经过权衡考虑，我感觉叫审查辅助工比较合适，因为实际上很多分检的工作，大部分也都是他们在做。

我后来去一部看他们干活，问他们是哪个部门的，他们说是机关服务中心的。这个队伍后来发展到上千人，现在不仅是审查部，连局机关缺人手时也都通过我们聘用审查辅助工。所以我觉得这也算是为我们局办了一件实事。

采访人：辅助工的作用确实很大。

潘志强：服务中心是1993年11月1日成立的。在成立以前做了很多准备工作，我有时候晚上都不回家，打个地铺在办公室里就睡了。

当时在整个中央国家机关的后勤系统里，我们是走在前面的。机关服务中心跟局里建立了合同制，自主经营、自负盈亏。当时在中央国家机关里，机关服务中心有三种模式，最彻底的就是我们这种，签订合同，按照合同条款办事。

我们一直有一种危机感，有忧患意识，将来成为企业，要能适应环境，要能生存，还要能挣钱吃饭。当时社会上办各种培训班，像物业管理等，我都鼓励职工们去，后来我自己也取得了物业管理经理资格的证书。

从 1993 年到 2008 年，我在机关服务中心一共工作了 15 年，经历了很多。感觉其中两个最大的变化：一是过去后勤工作靠跟人联络、靠外力就行了，现在变成了完全靠自己管理、自己干；二是从体制内变为自负盈亏。

退休生活：翻开崭新一页，与青年人共勉

采访人： 现在局里也面临着比较大的变革，成立了七个审查协作中心，您对青年有什么期望或寄语吗？

潘志强： 现在年轻人工作压力大，但是一定要把工作干好、把身体养好，还要把家庭也照顾好，一好不叫好，要全好才是好。

采访人： 您平时都做些什么运动？

潘志强： 既然退休了，那就是这一页翻过去了，这本书合上了，需要你翻开另一本书，就是新的一页开始了，身体还好，精力也还充沛，干点想干的事，走自己想走的路。因为我做过心脏搭桥手术，就练练太极拳，我现在专打仰式，仰式比较缓慢，又适合我这身体，轻、柔、缓。我一直坚持，基本每天都打一趟。

年轻人将来想练练的话，30 岁以上就可以，受益终身，对身心的调节，对消化系统、神经系统、血液循环系统都有好处。局里应该积极开展健身活动，像现在 30 来岁的年轻人，就有颈椎之类的病，打打太极拳，全身协调，内外综合，我是比较推崇的。

另外我喜欢吹葫芦丝，云南少数民族的乐器，基本上是自己学

的。葫芦丝吹响容易，真正要吹得好听，还是要下一番工夫，练脑练手，手指的动和脑子、嘴的气息运用都要配合起来，这个锻炼也有好处。我觉得不管是老人还是中青年都得有一个锻炼自己的方法，不管是学钢琴、学手风琴还是学小提琴，都可以，不仅锻炼了身体，还可以调节情绪。

另外，我有时候参加局里的摄影班，平常什么花开了我就拍，梅花开了拍梅花，牡丹花开了拍牡丹花，哪有菊展或荷展我都带着照相机去拍，拍完了有时候贴在网上，我比较喜欢上青鸟网。青鸟网有花卉摄影，我还获得过一个三等奖，拍的荷花，有时候把照片往上贴一下，贴完了大家评论，哪个好哪个坏，有时讲你什么曝光度不够啊，提醒应该怎么做啊，获得一些知识挺好。再就是上网浏览一些网页，看看新闻。

我养了很多鸟，看着自己养的小鸟，叽叽喳喳地叫，心里也比较舒服。这些爱好基本上把我的时间就占满了，整个退休生活还是比较充实的，而且还有一些鸟友，摄影也有朋友。退休以前是一个圈子，退休之后去开辟新的天地，和新的朋友一起去外地参加健康大会，也非常不错。

打太极拳有打太极拳站协会、西城区武术管理中心、武术协会等，都是社团组织，跟咱们局审查员一样，也评级，我现在是中级职称，业余爱好，也能得到社会的承认，奥运会一周年的时候有一个太极表演，我在那儿当教练，有几个徒弟，参加比赛也都得奖了，现在感觉精神生活挺充实，生病了，他们都来看望，有什么事他们也帮忙。

另外跟街道关系也不错，我有时候还站岗。退休了，就是一个普通老头，街道开联欢会，我给他们吹过葫芦丝，出个节目，没奢望得到什么物质奖励，但是精神上挺高兴，大家一块唱啊、跳啊，其乐融融。

采访人：看得出来，潘老师您退休后的生活还是非常丰富多彩的。非常感谢您接受我们的采访，祝您身体健康，生活愉快！

（与采访人合影，左起依次为：周华、潘志强）

服从安排 迎难而上
为事业发展尽自己的力量

——专访知识产权出版社原总编辑雷泽朋

● **个人简历** ●

雷泽朋，1940年10月20日出生，祖籍湖南。1960年7月入解放军张家口外语学院（参加工作），1983年3月调入中国专利局，曾在局人事部门、信息中心、出版社工作。历任人事处处长、出版社副社长、出版社总编辑兼任党总支书记。2000年退休。

被访人：雷泽朋
采访人：机关团委
采访时间：2015 年 11 月
（注：雷泽朋老人在上海，故采取了书面采访的形式）

采访人：您是 1983 年入局的，当时是基于什么样的原因来到中国专利局的？

雷泽朋：我是 1983 年初从部队转业到中国专利局的，之前对专利并不懂。当时选择中国专利局，主要考虑到中国专利局专业种类多，可选择适合自己专业的工作；另外，中国专利局是一个新建单位，人事关系不像老单位那么复杂，容易适应。

无论多难，必须要调入一定数量的审查员，这关系到 1985 年《专利法》顺利实施的问题

采访人：建局初期您所从事的主要工作是什么？

雷泽朋：报到上班后，组织上就把我留在了人事部门。当时有些犹豫，因为在部队服役 20 多年一直从事专业技术工作，未做过人事或其他行政工作。但考虑到自己是一名党员，刚到一个新单位上班不好挑选工作，只好服从组织的安排。在人事部门一干就是八九年。头几年我主要负责调配工作，在 1985 年《专利法》实施前，人事部门是最忙的部门之一，而负责调配的工作更是辛苦。在人事部门工作这几年，除了日常人事管理工作外，主要做了以下几项工作：一是不断调入各类专业技术人员。1983 年初全局总共 300 多人，各类人员极缺，特别是审查员缺得更多，如按正常做法是很难在短时期内调入足够审查员的。因此，经人事部批准我局登报进行公开招聘，并成立了专门的招聘接待小组，这个小组人员从上班一直忙到下班，中午也不能休息。来应聘的人员比较多，招聘也未设限制时间，一直持续到 1984 年。期间组织了几次规模较大的外语考试。虽然来应聘的人很

多,但最后调入的审查员不多,因为当时专业技术人员的外语水平普遍不高,经外语考试后,去掉大部分人员,被选中的人员也很难调入,因为当时社会上人才流动没有开始,人才属单位所有。而且这些被选中人员都是年富力强的中青年技术人员,都是单位里的技术骨干,肯定不愿放。我们去商调这些人员时,经常碰壁,不接待我们。即使有的接待,态度也很冷淡,不让看档案。有的单位扣压要求调动的人员档案,甚至给要求调动的人员党纪、政纪处分等。可想而知,当时调配工作是多难。

无论多难,必须要调入一定数量的审查员,这关系到1985年《专利法》顺利实施的问题。因此,局党组要求在1984年底之前必须调入50名审查员。为完成此任务,我们负责调配的同志几乎跑遍了北京市各区县,无论是炎热的夏天还是寒冷的冬天,我们都在外面跑,一次不行,两次、三次,反复与拟调人员所属单位协商,请求它们给予支持,同时也要求拟调人员抓紧和单位领导谈。另外,尽管我们需要人,但当时对调入人员要求必须进行政审。为调一名审查员,我们需要跑几个不同的单位,因为有的人"文革"时在一个单位,"文革"后又换了单位,尽管是远郊区县,我们都要去看档案,了解"文革"时的表现和现实表现。工作量很大也很辛苦。

经过大家的努力,在1984年年底前,完成了局党组交给的任务,为在1985年顺利实施《专利法》提供了重要的保障。此外,不断向当时的国家计委申请大学毕业生、研究生分配计划,因此,在1983年至1985年间,国家每年都给我局分配一定数量、专业对口的大学毕业生和研究生,充实了审查人员队伍,而这些人员现已成为我局各个部门的骨干。

另外，1985 年，国家恢复了专业技术职务的评定，我局是一新建单位，工作较多，专业技术职务系列也较多，我局不可能成立多个职称评定委员会。按照当时的规定，许多技术职务系列要送到别的单位去评，这对我局技术人员很不利。为此，当时我随部长郭凤久同志多次去当时的科干局反映中国专利局及全国专利系统的特殊情况，经过艰苦的工作，终于争取到国家同意单独设立"专利审查"技术职务系列，这样解决了中国专利局及全国专利系统技术人员的专业技术职务评定工作，稳定了专利队伍，有利于专利事业的发展。

配合社长尽自己的努力做了一些工作

采访人： 后来您到出版社工作，谈谈您在出版社工作的情况？

雷泽朋： 1993 年来到出版社工作，当时出版社存在的问题较多，人事关系复杂，干群关系紧张。配合社长尽自己的努力做了一些工作，经过几年的努力，同志之间的关系有了很大的改善，特别是对编辑部加大了改革的力度，充实了编辑队伍，加大了资金的投入，出版的图书种类增多了，为后来出版社的发展打下了一定的基础。

采访人： 您退休后的生活是怎么度过的？

雷泽朋： 退休后做了几届小营离退休党支部书记，主要是休息，参加老干部组织的一些活动，每年外出旅游一两次，生活充实，精神愉快。

采访人： 您对现在的年轻人的成长有何建议？

雷泽朋： 现在局里年轻同志比较多，希望他们努力工作，不断提高技术，为使我局成为专利强局而努力。

传承优良作风　　放眼未来发展

——专访原专利审查协作中心主任张长兴

● 个人简历 ●

张长兴，1945年出生，北京人。1969年毕业于北京机械学院，1983年进入中国专利局机械审查处工作，1985年调入专利复审委员会，先后担任复审委员，机械申诉室副主任、主任，专利复审委员会副主任；2001年调任国家知识产权局专利局机械发明审查部部长；2002～2005年调任国家知识产权局专利审查协作中心主任。曾任中国知识产权培训中心兼职教授、中国工业大奖评审委员会组织委员会委员、中华全国代理人协会企业专业委员会副主任、国家知识产权局学术委员会委员等。

被访人： 张长兴

采访人： 张美菊　杨　倩（复审委青年工作组）

采访时间： 2013年8月

采访地点： 北京市海淀区盈科大厦

编者语： 张主任很热情，很健谈。作为老一辈的知识产权人，专利制度的奠基者之一，张主任同我们分享了很多珍贵的历史记忆。虽然已退休多年，但思维仍然很清晰，跟我们聊起当年的事情神采奕奕。谈到对年轻人的期望，张主任提到，不能光埋头做案子，要适时地抬头，把理念放到宏观的大环境中去看，并给我们提出了很多高屋建瓴的建议。过去很短，未来很长。难忘的一次交流，让我们意识到了自己肩负的重担，看清了前进的方向。

复审委前期的工作是开创性的

采访人： 张老，您好！非常高兴您能接受我们的采访。您是什么时候来的专利局，当时专利局是什么情况？

张长兴： 我大学的专业是机床设计，1969 年大学毕业后被分配到哈尔滨，当了两年的铸造工人。后来因为家里老人没人照顾，1972 年就申请调回了北京，在北京房山的向阳化工厂工作（现在属于中石化）。其间修过两年汽车，当过工人。后来咱们国家从日本引进第一批聚丙烯生产线，那时候没有什么知识产权的概念，为了仿造、测绘，晚上把机器拆了画图纸，第二天早上再装上。后来一直做技术做了十一二年，画了近一万多张测绘图纸。后来碰到当时专利局进行第一批招聘，1983 年 10 月份就到了专利局，第一批应该有上百人，我记得当时的工作证号码是 400 号。当时报到的时候还在西边的八里庄。

采访人： 当时招聘是怎么进行的？

张长兴： 当时招的就是审查员，按照分类号招，要求必须大学毕业。我报的是机械传动方向。当时的招聘已经很严格了，和现在差不多。有笔试，考翻译英文专利文献。笔试过了之后，进行面试。我当时来专利局 38 岁，运气比较好。

采访人： 建局初期的专利审查工作是怎么开展的？

张长兴： 我们国家《专利法》正式实施是 1985 年 4 月 1 日。当时组织了一批打头项目，大概有 50 个专利申请，组织了一些人对这一批打头项目进行审查，我也是其中之一。当时审的专利申请我现在还留着，包括审查意见通知书，都是手写，检索也是手工。那时候，还没有计算机检索，包括国外和国内的审查员，对后来刚出现的计算机检索都持怀疑态度，觉得不可能检得好。但是现在你看谁还手检。科技的发展改变了人们的生活，也改变了人们的认识，所以不能故步自封，要以发展的眼光看问题。

审第一批打头项目的时候审查指南还没有正式出来。80年代的审查指南是之后才出来的，是活页的红本，我都留着呢。1984年的时候，德国专家给我们培训了3个月，包括分类、审查等。现在撰写权利要求的几个步骤，都是几个德国专家介绍的。这与当时国家的情况有关系。当时我们可以学美国或别的国家，如日本。美国的态度是培训很好，但要拿钱，可是我们国家没有钱啊。当时德国有10年的援华计划，该计划结束后，欧洲专利局就马上接手，又是无偿的。所以我国的专利制度受德国和欧洲专利局的影响非常深，且与欧洲专利局和德国的专利制度也很相似。

采访人：您什么时候到复审委工作的，当时复审委的工作是怎么开展的？

张长兴：我初到复审委是1985年的下半年。当时复审委和审查部门对应的有5个审查处，到了1985年年底和1986年年初，每个处都有3个人，可以组成一个合议组，再加上外观设计，再加上初审，一共20人左右。刚开始的时候复审委没有案件审查，直到1985年才开始，所以之前完全都是学习，与德国专利法院交流，所以复审委受德国专利法院的影响很大。比如在口审当中的纠问式，变成控辩式等。特别是对证据的认定，受德国司法的影响更深，现在的审判思想，复审委可能是我们国家的先驱，个人认为，起码比司法早若干年。

采访人：也就是说复审委在最开始的时候完全是学习和搭建制度？

张长兴：对，所以复审委前期的工作是开创性的。其中有一个历史人物是永远不能忘记的，就是赵元果同志，他非常优秀。当时的复审委集中了一批非常优秀的人才，包括田力普等同志。

采访人：您接触复审委的第一件案子是什么时候？

张长兴：复审委最早的时候是在五孔桥，跟专利局不在一起，之后在八里庄，1989年以后就搬到现在专利局的大楼里了。我接触复审委第一件案子时间已记不清了，但我还记得机械处90年代初第一件出庭的复审行政诉讼案，我是第一诉讼代理人。该案例还编到过我的教材里面，叫串联式发动机。咱们局的其他一些教材也用到过这个案例。

采访人：您给我们介绍一下最初复审案子是如何审查的？

张长兴：审查的形式跟现在差不多。当时案子少，一边研究，一边做。主审员看完案件之后，由组长召集合议，各自发表观点，合议之后主审员根据大家的意见撰写复审通知书。当然也有不同的做法，如主审员先把通知书写出来，然后进行讨论。

采访人：当年从接到案子到发出"复通"，大概需要多长时间？

张长兴：怎么也得需要半年以上。那时候的审查周期比较长。到90年代中期，复审委共有七八十人，但是案子受理量已经上去了，积压就很严重了。无效案件就是实用新型积压比较多，这与实用新型不需要实审是有关系的。复审案件积压也相应比较多，但无效的外部反应比较大。全国人大开会要给我们定审限，那压力就比较大了。经过努力，后来也没有定审限，但是给了我们8个字，记不清楚了，好像是公平、公正、及时等。后来我们就想办法，在提起实用新型专利提起侵权诉讼之前，先就该实用新型专利是否稳定做一个评价，告诉专利权人相关情况，如果专利稳定性差，专利权人可能就不提起侵权诉讼了，侵权诉讼量减少了随之实用新型无效量也就减少了。这样无效的量一少，相应的诉讼量就少了，积压也就小了。

当时我们与最高人民法院商量一件事情，希望法院在受理实用新型侵权诉讼的时候，让专利权人先来专利局进行确权，经过检索，如果专利不能确权，就撤诉了。大多无效案件，一般是原告进行侵权诉讼，然后被告提出无效，侵权如果少了，无效也就少了。如果专利没有新颖性、创造性，对法院的受理还是有影响的，主要对专利权人有影响，这样进入无效程序的数量就少了，节省了司法资源和行政资源，后来慢慢就演变成专利评价制度。

采访人：这个制度从建立之初到正式运行大概是哪几年？

张长兴：1998年开始和最高人民法院沟通，到实用新型评价制度的评价职能交给审查协作中心（现审查协作北京中心），大概是2001年。

采访人：您当时在任副主任期间，主要负责哪方面的工作？

张长兴：李政是主管，我主要是协助他，分管一部分领域，除了电学外，其他的都分管过。

复审委除了审查的思想跟理念比较先进之外，还为我们国家侵权判定的标准奠定了基础

采访人：您在复审委工作的感受有哪些？

张长兴：复审委除了审查的思想跟理念比较先进之外，还为我们国家侵权判定的标准奠定了基础。目前的侵权判定标准是复审委首先提出来的，因为法院当时不太懂这些。知识产权的历史任务落在了专利局，历史也给了复审委机遇。复审委负责复审和无效，无效与侵权是孪生兄弟，为了使我国的司法程序能够有序进行，大约1994年在郑州开会，确定了侵权判定的原则。包括怎么认识等同，有没有整体等同等，都是复审委提出来的，但也是从国外借鉴来的。美国的侵权判定理论是很完整的，也是最先进的。

采访人：相当于说，最初我们在知识产权司法领域走在最前面，反过来影响了司法。

张长兴：对，这个是必然的，所以不管是最高人民法院还是高院，基本思路都是这样。当时的复审委相当团结，职工非常有激情，一起学习、一起工作、一起研究，经常开学术研讨会，氛围非常好，这个功劳应该归于赵元果等复审委历届主持工作的负责同志。

采访人：当时的讨论是按照领域的吗？

张长兴：当时的研讨，不局限于一个合议组里，或一个处，研讨经常是全委都参加，都可以发表意见。比如汉字编码，还有一些很重要的案子，大家都在一起讨论，在讨论中诞生了一些良好的作风。

采访人：现在全委人数太多，处室讨论的时候可能最多拓展到相关领域。

张长兴：其实可以参考一下欧洲专利局扩大的申诉委员会。五人合议组仍是一个基本的技术申诉组，还不是扩大的，扩大的是一个组织，但也不是陪审团。从整个复审委遴选出一些德高望重的专家，如果法律和技术，主要是法律上有什么问题，就拿到这个组织，经过讨论形成有约束力的结论，组织的成员类似于审查业务指导专家，但每个人要对整个案卷进行认真审阅，并进行集体讨论。各个技术合议组对同样的事情可能认识是不一样的，不同领域的结论也可能是完全相反的，扩大的申诉委员会的作用就是解决这个问题，审查标准一致，很像审判委员会。之前复审委没有采取过这种形式，因为人少。复审委真正的权力都在合议组，处长和主任是干预不了的，这个制度到现在应当一直传承下去。

采访人： 您认为复审委跟司法之间的关系是怎样的？

张长兴： 目前，中国的行政和司法是互相制约的一种关系，不是司法指导行政的关系，这是我国具体情况决定的，所以要研究这种关系。关于功能性限定，局里采用欧洲专利局的解释，最高法院采用美国的解释，两者没有相容，现在冲突就非常大。结果到法院那边，侵权的反而不侵权，能无效的反而不能无效，标准不一样。

真正高水平的人不是坚持什么，而是放弃什么

采访人： 您和我们分享一下您的工作和人生经验。

张长兴： 人是社会群体中的一员，与人打交道是必需的。像思想工作，都觉得老掉牙的东西，但哈佛大学说沟通真好，其实仔细想想，沟通和思想工作能有什么区别，只不过是名词的不同，都是阐述自己的观点希望对方接受。沟通不是这样吗，思想工作不也是吗？如果要把沟通和思想工作放在完成某一工作上，就变成政治思想工作了，对不对？政治思想工作没有对错，像美国也有政治思想工作，只

不过他们思想工作比较鲜活，我们有的时候比较教条，比较单一，比较死板。认识到这个，你就会认识到我们一定要和人打交道。我们不是鲁滨逊，鲁滨逊可以365天住在一个没有人的荒岛上，我们不可以。给奔驰车，给你多少多少钱，让你住豪宅，吃好东西，就是没人，两个月你就进安定医院了。我们现在不也是交流吗，交流实际上是人的一种本能需要。复审委就更需要交流，因为工作性质决定了不可能个人来完成工作，而是要合议组来完成。合议组应该秉持什么态度呢？我有三方面的体会，供大家参考。第一，善于从不同意见人的角度出发考虑问题。第二，要有求好不行而退求其次的思想。每个人都认为自己是正确的，对一件事物的看法，一百个人可能有一百种看法，而做法只有一个，不能固执己见。我们的很多决定做得不是最好的，但是可以说得通的，大家都能接受就好。所以得有点妥协的精神。但光有这两点就变成尾巴主义了。第三，原则问题要坚持。这是我在复审委工作16年的一点心得和体会，希望对年轻人有帮助。

采访人： 对我们很有帮助。不同的人有不同的性格，有的人坚持提出自己的观点，也是经过深思熟虑的。

张长兴： 真正高水平的人不是坚持什么，而是放弃什么，这才是人的最高境界。因为放弃比坚持要困难得多。当然放弃肯定不会是无原则的放弃，这就需要人的能力和水平。往往放弃有的时候还得不到别人的理解，人家会说你水平不行。但实际上根本不是水平不行，而是别人的认识根本就达不到这个水平。李永红认识吧？现在电学部的部长。她是我们1990年从审查部挑过来的，来的时候，觉得她头脑很清楚。到复审委工作一段时间之后，她想回去，因为她自己认为不是很善言辞。后来就做她的思想工作，留了下来，她的无效决定和论文写得非常棒,是非常优秀的人,再看她现在的水平也相当高。她的优点在于,一旦接受了别人的观点,会毫不犹豫地去办,丝毫没有保留,这都是我们学习的榜样。

要培养人,就一定要给工作做,人是培养出来的,不是培训出来的

采访人: 那么如何对年轻人进行培养呢?

张长兴: 要培养人,就一定要给工作做,人是培养出来的,不是培训出来的。领导一定要爱护自己的干部,因为干部是直接和群众打交道的。当他工作不顺利的时候,领导首先要承担责任。领导就是要有号召力,振臂一呼,别人相信你、跟着你走。不是每个人都有号召力,这是长期积累的,这种长期积累会给人们一种本能的信任。世界就是这么公正,只要你付出,回报是自然的。自私的人也一定爱跟不自私的人打交道,所以我们就做不自私的人。

其实这也是规律。任何事情都得符合客观规律,不按规律办事,一定会碰得头破血流。如果不按规律办事,一定会被社会所淘汰。复审委给我们认识规律提供了一个很好的环境,我们不能仅专注于工作,得把工作放到宏观环境中去审视,这样进步就快,就有能力发现各种事物运行的规律。进一步,对人的认识也就更深刻了,正如练武的人,行家一出手,就知有没有。

采访人: 我们年轻人不能光埋头做案子,也要适时地抬头看天。

张长兴: 对,不过一定要放到宏观环境当中去。举个例子,万艾可的案子,复审委认为说明书公开不充分,认识是正确的,法院不这

么认为，驳回了，复审委没有上诉，这也是对的。这件事就要宏观地去考虑，为了国家的大局，我们应该这么做。如果没有这种能力，今后如何胜任领导岗位。我特别不赞成年轻人的"不在其位，不谋其政"的想法。不在其位，也得谋其政，要看怎么谋，要做到帮忙不添乱。只有这样，人们才能认为你有这个能力，当机会来的时候，就是自然而然的事了。作为领导，不能事事讲条件，也不可以提拔这样的人。所以一定要做无私的人，处处占便宜，只能占小便宜。另外，领导不要与群众争利益，群众的空间就这么大，领导的利益群众也是不可能有的，比如组织研讨，你主持，出国访问，你带团，群众一般没有这样的机会。

一定要研究，跟上最新形势，不能走到人家前头，至少要跟他并行

采访人：您现在退休也有几年了，从局外的角度来看，关于我们从事的行业以及复审委未来的发展有什么可以跟我们分享的？

张长兴：复审委要把好的东西保持下去，自觉抵制不正之风，这是期望。专利制度本身是一种手段，这种手段来源于经济活动，研究表明，专利本身对经济的发展不是起决定性作用的，但有促进作用。要想发挥好促进作用，我觉得是要提高专利质量。前一阶段通过政府激励，专利数量有很大的增长，这在一定程度上是对的，因为数量是质量的基础。个别专利的高质量，起不到决定性的作用。有了数量，在数量的基础上，才有可能使专利质量整体提高。从专利申请的数量来看，已经比日本、美国多很多，别的国家感到很不可思议。所以现

在我们要把工作的重点放到提高质量上来，转移到真正能够促进我们国家经济发展的重点行业上，因此我们资助的重点，也应该有所调整，资助那些真正有创新活力的企业。而且我认为，国家知识产权局一定要研究知识产权，研究专利制度的最新发展动向。我个人感觉，真正专利制度的重大调整，往往都是美国挑头。我们现在很多的专利战略都跟专利丛林有关系，而美国已经认识到专利丛林制约了科学技术的发展，所以要进行调整，不仅调高了创造性的判断标准，而且开始治理专利流氓公司。而我们还停留在所谓的传统专利战略、专利联盟上，所以一定要研究，跟上最新形势，不能走到人家前头，至少要跟他并行。

采访人： 就是说，人家运用知识产权制度的手段也在不断地发展。

张长兴： 美国在垄断与反垄断之间找到了一个很好的平衡点，有专利法，还有反托拉斯法，专利法是垄断的，反托拉斯法是反垄断的，两者的平衡就是法律文化，也是在不断调整。

采访人： 也就是说，审查员除了审案子，还是应该主动关注这些方面？

张长兴： 我是这么认为的，但并一定都对。有时候一本小说、一个文化作品、一个电影，都是可以和日常生活联系起来的。所以我总是讲，创造性的判断就是主观判断的客观化，其结论由客观实际检验。创造性就像足球比赛，有上半场和下半场。上半场是："三步法"判断，主观判断客观化，下半场是：客观事实与主观判断客观化得出结论矛盾的时候，该怎么办。比如，参考性标志就是属于足球比赛下半场。因为它是客观事实，得以它为准，如果没有它，当然就要以主观判断客观化的判断方法得出结论为准。如果用两个字来概括创造性判断的主观判断客观化的精髓,就是"启示"。只要抓住它,一切就会特别清晰地体现出来。

采访人: 感谢张老接受我们的采访,祝您健康长寿!

(与采访人合影,左起依次为张长兴、杨倩、张美菊)

做好专利技术推广任重道远

——专访中国专利技术开发公司原总经理王鸿谋

● **个人简历** ●

王鸿谋,1930年4月15日出生,1952年毕业于北京大学机械系,1953年参加工作,1983年进入中国专利局工作,曾任中国专利局机械审查部审查员、副部长,中国专利技术开发公司总经理,专利复审委员会兼职委员,1990年正式退休。

被访人： 王鸿谋

采访人： 金　焱　韩子丹（开发公司团总支）

采访时间： 2015 年 10 月 30 日

采访地点： 王老家中

编者语： 王老是一位很慈祥的老人，我们去的时候，他怕我们找不到门，就站在电梯口接我们，并热情地把我们引进家门。老人家里的陈设简朴，但却布置得井井有条。采访地点是在他的书房，可以看出，老人对于采访做了很充足的准备，尽管已经 85 岁高龄，但说起自己从入局到退休的每项工作，都如数家珍般地侃侃而谈，而且还向我们展示了当年他担任中国专利技术开发公司总经理时，承办国际专利及新技术、新产品展览会时的宣传材料。近 30 年前的资料，依然保存得完好如新，可见老人深深热爱专利推广工作，对于知识产权事业执著的信仰。

通过我们的实地考察和研究，当时专利局授权的专利质量是很高的

采访人： 王老您好！非常高兴您能接受我们的采访。您是什么时候来专利局的，当时专利局是什么情况？

王鸿谋： 我是 1983 年 3 月份来的。办公地点在西钓鱼台，是从公社的办公地租了一个大院子，有一栋砖混结构的 4 层小楼，其余都是木板房。我们当年的文献大多都存放在这些木板房里，条件比较简陋，时不时还漏雨。

局里职工也少，大概几百人，我的工作证是 300 多号。1983 年的时候局里来了一批大学生，其中就有在日后被大家熟悉的几位局领导。那时候，局里一共 5 个处，一处就是现在的一部，二处到五处分别是现在的机械部、电学部、化学部和物理部。我们二处分来了十四五个大学生，处里的两张办公桌不够用了，只能在办公室和宿舍两地轮流办公，当然在宿舍的时候大部分时间是自学。就这样的环境和条件下，我们学习、工作了 2 年多，直到 1985 年。

采访人： 您还记得建局初期的专利审查工作是怎样开展的吗？

王鸿谋： 我国《专利法》是在 1984 年颁布，专利局在第二年也就是 1985 年正式接受申请，进行审查，给予授权。那时候，为了提升专利在社会上的影响力，我们组织审查员挑选了一些技术含量高、实际经济效益较大的专利申请，并且深入企业去进行调研，了解这些技术的实际用途和实施后的经济效益。我还记得，我当时去了解一种有关齿轮表面强化的技术，技术并非很先进，但是非常实用，效益很

好,最后给予了授权。通过我们的实地考察和研究,当时专利局授权专利的质量是很高的。

成立开发公司在当时是一个开创性的工作

采访人: 您什么时候到开发公司的,当时创办初期遇到怎样的情况呢?

王鸿谋: 我是1987年到的开发公司。那时候,黄局长非常有眼光,看到要有一个机构来提升专利的知名度,进行专利推广,创办开发公司的想法也应运而生。但在当时环境下,成立企业得上级部门批准,非常不容易,前三任负责人都没能成功。我当时是第四任,专利推广的需求愈发迫切,时间紧迫,箭在弦上。大家整天想法子,经过一番努力总算是成了。

成立开发公司在当时是一个开创性的工作,我们也缺乏经验。黄局长给的指导思想就是我们是企业,但不以营利为主要目的,要为社会推动专利技术的开发和推广。因此,开发公司成立之后,首先就是造声势、做宣传。那时得到了戈局长(戈泊)的大力帮助,也得到了安局长、黄局长的鼎力支持。我们首先找到北京工业技术发展中心,共同举办了一个中国专利技术信息发布会,当年这个发布会还在中央电视台晚7点的"新闻联播"中进行了报道。那次活动的社会反响很好,提升了我们的知名度。慢慢地全国各省市都了解了我们,我们也到广东、福建等很多外省市的企业推广专利技术。

采访人: 您还曾经担任二部的领导,后来被调到开发公司,是吗?

王鸿谋：是的。我在二部的时候，林锦澜是一把手，我是二把手。林锦澜先被派去开发公司，他留学苏联，交际能力强。后来考虑到他的身体状况，组织上派我去把他换回来。那时我比较年轻，身体好，而且毕业后就在企业工作了几十年，对企业的技术和管理都比较熟悉。所以，可以说我这辈子基本都是在企业里的。

采访人：作技术推广需要与外国接轨，开发公司当时是如何做的呢？

王鸿谋：当时我们主要是靠办展览会推广技术，也邀请外国企业和专家来交流。说到举办展览会，还有个小插曲。最初我们以专利局和开发公司的名义主办，但是这个活动又是商业性质，与专利局的职责不符。那年会议定在 11 月 18 日在广州举行，直到 16 日还没确定好主办方。为了稳妥我们决定以开发公司名义主办，直到 17 日早上临时通知，要以专利局名义举办，开发公司是承办方。这说明，那个时候整个政策都不太清楚。

1988 年和 1990 年分别举办了第一届和第二届展览会，后来每两年举办一次。这个活动得到了当时的武衡局长、卫生部部长崔月犁、最高人民法院院长任建新、航空工业部部长莫文祥、地质矿产部部长朱训等很多位领导的支持，也让我们的中国专利技术贸易在国内和国际享有了知名度。这些展览会也让我们和各地方局建立了很紧密的联系和非常深厚的感情。

希望你们青年人能接过老同志肩上的担子，把开发公司的业务做红火

采访人：明年是开发公司成立 30 周年，您作为我们公司的第一

任总经理，对公司未来的发展以及对公司的青年人有什么寄语吗？

王鸿谋： 我简单说三点：第一，与专利局不同，开发公司是企业性质，在这里工作的年轻人需要有更多的服务意识和市场观念，对待客户不能端着架子，要学会站在对方的立场考虑问题，替客户解决好问题。第二，公司的经济效益与每个职工的收入息息相关，只有执行好的制度才能大大提高全公司职工的积极性，特别是一线职工的积极性。第三，公司信誉是公司赖以生存的根本，公司目标引领公司发展的方向。公司的盈利要满足公司的正常运转，但是与社会上的一般企业不同，盈利不是开发公司的主要目的，为专利局推广技术，服务社会经济发展才是开发公司存在的目的和意义，这也是我们得到社会肯定和人民信任的重要原因。开发公司的历史还很短暂，专利技术推广工作任重而道远，希望你们青年人能接过老同志肩上的担子，把开发公司的业务做红火，为国家专利事业的发展做好助推剂。

采访人： 感谢王老接受我们的采访。今天我们的收获很大，不仅了解到开发公司最初建立的那段岁月，也感受到您对专利事业的热爱之情，很值得我们青年人尊敬和学习。最后，祝您身体健康、家庭幸福！

(与采访人合影,左起依次为:王鸿谋、金焱)

(与采访人合影,左起依次为:王鸿谋、韩子丹)

春风化雨　知识产权人事人才建设路

——专访人事司原司长肖鲁青

● 个人简历 ●

肖鲁青，1948年12月出生，汉族，广东大埔人，中共党员。1968年12月参加工作，1984年4月进入中国专利局工作。曾任局直属机关党委副书记兼人事司副司长（正司级）、人事司司长，现任中国专利保护协会秘书长。

被访人： 肖鲁青

采访人： 赵　勇　李大宇　李晓明　高小玉（人事司青年工作组）

采访时间： 2013 年 8 月 1 日

采访地点： 国家知识产权局 3 号楼 307 房间

编者语： 肖鲁青是国家知识产权局人事司第一任司长，从事知识产权工作 30 年。在有些同事眼中，她是一位不苟言笑、工作认真的女强人；在有些同事眼中，她是一位坚持原则、令人敬畏的领导；在熟悉她的人眼中，她是关心下属、平易近人的长者，是博闻强识、下笔成章的写作能手，是一丝不苟、精益求精的完美主义者。离开人事司岗位已经 6 年，她在干部人事人才方面仍然保持着惊人的记忆力和独到的见解。对于我们来说，对她的采访既是对干部人才建设的全面了解，更是一次难得的学习和提高机会。

人事司成立的过程

1998年正好是国务院机构改革,中国专利局更名为国家知识产权局,被赋予了新的职能,这是一次重大的变化。那次变化后,原专利局的机构进行了调整,国家知识产权局机关设立了6个司,其中有人事司,但不是独立机构,而是在办公室挂块牌子,内设一个人事处,承担人事司的工作,当时工作人员是从专利局人事教育部调过来的3名干部。我是从机关党委调来的,同时还兼着党委的工作,所以在办公室内还设一个机关党委办公室。机关党委是后来独立出来到专利局开展工作的。人事司成立初期的主要工作是干部、人事工作;因为当时国内的培训工作挺重,人事司从2000年左右开始把知识产权人才培训的工作搞起来。2005年6月,根据干部人事工作发展需要,经批准单独设立了人事司,全面承担人事人才工作的职能。

成立人事司的主要作用

成立人事司主要是适应国家知识产权局系统干部人才队伍进一步发展壮大、干部人事人才工作任务加重的需要。当时正值审查队伍需要大发展,人事司除了承担局干部人事方面的工作,将很大精力放在了专利局人力资源开发上。全局人力资源工作从"十五"规划开始,2002年1月,中编办批准增加专利局事业编制850名;"十一五"期间,又争取到增加专利局事业编制1500名,使审查员队伍从2001年的530人,逐步发展到现在的3000多人。同时结合我国实际,借鉴国外经验，局党组决定于 2001 年 5 月成立专利审查协作中心，为国家知识产权局的直属事业单位。这是解决审查力量发展的一个新途径，当时也是一个必要的尝试，如果没有专利审查协作中心的实践，审查队伍也不大可能有现在的发展。

在扩大审查员数量的同时，还做了一些其他工作，主要是：为稳定审查员队伍，我局向人事部要求建立审查人员岗位津贴的政策。到 2004 年 3 月份，人事部和财政部下发了建立专利审查人员岗位津贴的通知，当时惠及专利局、复审委的大部分审查岗位的工作人员。再就是调整审查部门的机构，解决审查人员多、机构设置少带来的人员管理上的问题。实审部门由 5 个增加到 7 个，干部职数也增加。同时复审委根据《专利法》规定从专利局独立出来。这样就使审查工作特别是实审工作从编制、待遇、机构等方面得到了基本保证。2005 年之前大量的工作是放在了为国家知识产权局专利审查职能提供保障这方面。

还有全国人才培训工作，从 2001 年开始开展了全国人才培训工作，包括对党政领导干部的知识产权培训，比如在中央党校、国家行政学院开设了知识产权讲座，局领导去作报告。还有对国有企业领导干部、知识产权局局长、知识产权师资、知识产权人才培训等，这些工作的开展为现在全国知识产权人才工作奠定了基础。

知识产权人事人才工作的发展

进入新世纪后，党中央召开了人才会议，把人才工作纳入国家经济和社会发展的总体规划，提出了人才强国战略。局党组始终把干部队伍建设和专利人才队伍建设作为事关全局、事关大局、事关长远的战略任务，提出并实施了一系列重大战略举措，现在已经发展形成人才工作的几大体系和几大工程。

人事司在干部人事工作上主要是出政策，出规划，制订计划、措施并组织实施，工作的政策性很强，但实务性也很强，如统计报表、档案管理等。在干部工作方面建立了基本管理制度，如干部选拔任用工作制度，干部交流、挂职锻炼制度，干部参加党校培训制度等。全国知识产权系统的人才工作方面，制定了5年规划，并组织实施其中多项工作，负责大的工程、项目的计划和安排，通过抓重点项目来带动其他计划的落实。企业知识产权人才在企业知识产权人才工作中占有重要位置，国家知识产权局可以在企业人才培育上发挥积极的作用，主要是靠政策来支持，与各个部委一起来做这个工作。现在企业人才的一些政策如人才评价体系还没有落实，对企业人才队伍的培育和发展也产生一定影响。人才库建立后如何发挥作用，知识产权优质人才资源如何为社会所用，也需要不断创新工作思路。这几年知识产权人才工作有了很大发展，人才工作内容也不断拓展，取得了新的进步。

政府职能转变对干部人才工作的现实意义

从制度本身看，专利制度本身就具有科学性和严谨性，但知识产权工作涉及多领域、多部门，专利制度建设需要在战略上、规划上、政策上与各相关部委、与地方相协调。中国正处在转型升级的发展阶段，需要大力发展知识产权事业，为国家创新发展提供支撑。按照党的十八大和十八届三中全会精神，政府要全面准确履行职能，就要最大限度地减少对微观事务的管理，中央政府要加强宏观调控职责和能力，地方政府要加强公共服务、市场监管、社会管理、环境保护等职责。各级政府把该管的事管好，不该管的放开，才能有效履行职责。人事司在履行政府职责方面做得比较好，在这方面可以起到一个把关的作用，同时充分发挥各方面的积极性，推动知识产权人才工作做得更好，为知识产权事业发展提供组织保证和人才支撑。

（与采访人合影，左起依次为：李大宇、肖鲁青、高小玉、赵勇）

秋圃姿容美　黄花晚节香

—— 专访原监察办公室副主任赵淑娴

● **个人简历** ●

赵淑娴，1938年4月出生，满族，北京人，中共党员。1961年8月参加工作，1984年8月进入中国专利局工作。曾任机关党委组织部部长、机关纪委副书记、监察办公室副主任（正司级）。1998年6月退休。

被访人： 赵淑娴

采访人： 贾婧轩　张荣玮　刘惠萍　张　晶（监察办青年工作组）

采访时间： 2013 年 8 月 27 日

采访地点： 国家知识产权局 1 号楼 1310 办公室

编者语： 2013 年 8 月 27 日上午，监察办公室采访小组在局 1 号楼 1310 房间对 1998 年退休的赵淑娴副主任进行了采访。赵主任今年已经 75 岁了，但是精神矍铄，十分健谈。赵主任非常重视此次采访，做了大量的准备工作，不仅按照之前沟通过的采访提纲撰写了材料，还带来了许多老照片，以及当年用于自勉摘抄名人名言的纸条。在两个小时的采访时间里，赵主任回忆起在局内工作的情形，充满了感情，往事故人，娓娓道来，使得逝去的光阴在我们面前鲜活可见；提到对青年人的希望又谆谆教诲、满含期望，令闻者受益。

个人成长环境

我觉得无论是一个人的成长,还是一个单位的发展,都离不开当前国际、国家和社会的大环境、大形势。我出生在日本帝国主义入侵的时候,所以我的童年是苦难的,不单是我,全体中国人民都生活在水深火热之中。

解放以后,我逐渐长大,我的小学和中学生活很幸福,特别是那时候提倡健康第一。我那时在北京最好的女校北京女一中上学,离北海公园很近,一放学就去北海唱《让我们荡起双桨》。所以我的少年时代是金色的,是很美好的。

但我的青年时代是动乱的 10 年。"文革" 10 年之前反右派、反右倾,然后是困难时期,大家都吃不饱、穿不暖,紧接着是"文化大革命"的 10 年,那时候社会动乱、思想混乱,无论想干什么事都干不了。

来局工作时,我已经是中年时期了,40 多岁,却赶上了一个很好的时代,改革开放之后的十几年是一个发展的时期,一个创业的时代。90 年代我退休了,有一个幸福的晚年。可以说,我的所有的经历都是跟时代密不可分的。

局内工作回顾

(一)专利局成立前后的主要形势

专利局成立于 1980 年,诞生在党的十一届三中全会之后。"文革"时期以阶级斗争为纲,但是在党的十一届三中全会之后这些口号都宣布作废了。1978年末,全党工作重点转移到社会主义建设上来。1979年,国家科委负责筹建专利局,举办专利干部培训班,为专利局的成立做准备工作。专利局成立之后,1984年全国人大常委会通过《专利法》。专利局的成立也是跟当时的形势有关,不可能更早成立,不可能在1978年以前成立,那时候还在搞阶级斗争。

我是1984年入局的,1984年前后有这样几件大事。

一是十二大召开。1982年9月,那时胡耀邦是总书记,他做了"全面开创社会主义现代化建设的新局面"的报告。十一届三中全会是工作重点的转移,十二大则是要建设一个现代化国家,而且邓小平提出来要走自己的道路,要建设有中国特色的社会主义道路,所以整个社会的形势又向前发展了。

二是1984年10月份召开党的十二届三中全会,进行经济体制改革,在经济中肃清"左"的思想。那时候不敢提市场经济,一提市场经济就说资本主义。但是从十二届三中全会开始就要求经济上进行改革了,肃清"左"的思想路线,不仅涉及经济,也涉及了科技、文化、教育等方面。专利制度就是当时改革开放的产物,也是适应当时科技发展的一个重大改革,通过对专利成果的推广、技术的推广,来促进经济的发展、促进科技的发展,使整个社会主义经济能够向前推进。

三是党的十二届二中全会作出了整党的决定,要从1983年的下半年开始用3年的时间在全党范围内整顿作风。这个决定与我到专利局工作密切相关。党要求整党中和整党后,要注意吸收愿意为社会主义、共产主义事业献身的优秀分子入党。到了1985年,中共中央转发了中组部《关于大量吸收优秀知识分子入党的报告》，要求大量吸收决心为社会主义现代化建设和共产主义事业献身的优秀知识分子入党，并把这项工作作为落实十二届三中全会的重要组织措施，也是当时加强党的建设、实现党的总任务的重要保证。

（二）机关党委的组织工作

我就是在当时这种形势下来到局里的。当时局内党员人数很少，从建局到 1984 年只发展了 5 名党员，发展速度很慢。1984 年 8 月份我到局党委办公室工作，后来党委成立组织部，我又到了组织部工作。我来局时，专利局正在整党，那时候除了我之外还从局里抽掉了一些党员来组织部工作。我们吸收新党员时抓了 5 个典型，这 5 个人有年轻人，也有出身不好或有海外关系的人。在以前，这些人是根本不可能入党的，但是我们把他们发展到党员队伍里来了。这在当时的专利局反响很大，同时也给大家一个明确的信号——就是知识分子入党的春风吹到了专利局。大家都看到有希望了，这些人能入党，我当然也可以入党了，所以那时候入党的人数就由 1984 年整党前 65 人申请入党到 1988 年的 300 人申请入党，想要加入党组织的人成倍增长。我从事组织工作的 7 年间，一共发展了 100 名党员，这些人现在大部分都成为了局里的中坚力量。我做过一个统计：1984 年到 1986 年共发展了 44 名党员，这其中知识分子 42 名，占总数的 95%，青年同志发展了 10 人，占到了 23%。这 44 名党员当中有 13 人入党以后充实到处级以上领导岗位，10 人被评为全局或部内先进。所以，当时入党的这些党员质量还是相当不错的，能够起好的作用，给党增加了新鲜的血液，增强了党的力量。专利局的组织工作在当时还是比较突出的，在科委系统召开的组织工作会议上也受到表扬，1986 年和 1988

年还做过两次工作经验介绍。

(三) 纪检监察工作

再谈谈局里的纪检监察工作。我是1991年的时候到局机关纪委任副主任。1992年2月20日，党组决定把纪检、监察、审计三个工作合在一起成立一个办公室，就是当时的纪监室，是一个处级的建制，我兼这个办公室的主任。纪监室同时还有内部审计的职能。因为工作内容很多，工作人员很少，所以我到纪监室的最初工作就是选干部，把工作人员扩充到了10人。同时我想我应该充分调动每一个人的积极性，就建立一个制度，每周都碰头，大家汇报自己一周的工作和进展并交流情况，讨论下一步的工作方案。大家共同研究，集体讨论，有时候意见有分歧，争论也很激烈，但最后一般都能达成一致。我觉得个人的力量很渺小，集体的智慧却是无穷的，纪监室的每一点进步、每一项成绩都是靠集体的智慧、集体的力量。

我工作采取的另一个举措是抓学习，学习中央有关文件和其他业务知识，纪工委、审计署定期举办的业务讲座，我们都去参加，在工作和学习当中锻炼、提高干部的工作能力。

还有就是建立一个团结友爱的集体，大家心往一处想，劲儿往一处使，心情舒畅地工作。后来纪监室成立10周年时，我已经退休了，同志们又找到我，大家一起回忆当年工作的情景。

虽然当时我们人手少、任务重，但我们的工作在整个国家机关中还是比较突出的。1992年和1996年，我局在纪工委召开的纪检工作经验交流会上也作了典型发言和经验介绍。

我认为我局的纪检监察工作有两个特色，一是纪、监、审三种工作放在一起集中办公，这是专利局的独创。曾经我在纪工委开会时，其他部委都觉得这事挺新鲜,怎么能把审计和纪检放在一块呢?我的想法很简单,就是查案子时想从经济入手,查清或差不多了,纪委监察再接手,这样操作,程序方面的协调就会很顺畅;还有一种情况是在查办案件过程中牵扯到了经济上的问题,审计也能尽快介入,非常方便,这就是专利局的特色之一。

另一特色是纪检监察工作与专利业务相结合。专利局有专利审批权,经济上的贪污、腐败哪个单位都可能发生,但是专利审批权,尤其是复审无效和撤销方面可能发生的以权谋私情况却只有我们单位才可能有,那么我们就在如何结合专利相关业务开展纪检监察工作方面下了工夫。

对青年人的建议和期望

首先,我想送给青年人4个字——正、干、学、韧。

"正",就是要一身正气。这个比较好理解,没有一身正气如何干工作,如何坚持原则、秉公执法?青年人都要有一些正气,尤其是做纪检、监察、审计工作更是要这样。

"干",就是实干精神,就是任劳任怨、无私奉献、自我牺牲的精神。干纪检、监察、审计工作不见得要牺牲性命,但是受点指责、挨些骂、影响提升的可能性确实是有的,在遇到这种情况的时候我们应该能够做出牺牲。

"学",是指终身学习。不仅学自己的纪检、监察、审计业务,各方面的知识都要学一点,尤其是在局里工作,专利方面的业务知识更要学。学习专利业务对纪检监察工作很有好处,比如找人谈话,如果了解了谈话对象的业务和工作，就容易找到谈话中的切入点。

"韧"，是希望青年人要有一种坚韧不拔、百折不挠的克服困难的信心和勇气。困难、挫折不是青年人的专利，谁都可能遇到，我们老年人也会遇到各种挫折，但是现在的年轻人工作负担比较重、责任大、工作量大，遇到挫折的可能性会更大，这时候就需要有"韧"的精神。现在有些年轻人抑郁、轻生，这都是由于没有处理好自己的困难，遇到问题不知道怎么办，找不到解决问题的出路和办法。我觉得年轻人一定要坚强，不要碰到一点小事就觉得过不去了、没有前途了，有时候塞翁失马，焉知非福。人生不是坦途，可能这个坎过了之后就又是柳暗花明了，又会有一个新天地。眼光看不远，就克服不了困难，或是颓废或是走歪路，这是不行的。内心要坚强，要能告诉自己没有过不去的坎，没有解决不了的问题。

其次是希望青年人能够在紧张的工作和生活中给自己留一些空间。用国画的语言说，就是要给自己留点白。一张国画都画满了并不好，留点白、留点气、留点空间反而更美。青年人的工作和学习也是同一个道理，要注意劳逸结合，在生活当中也给自己留一点白，留一点空闲时间，舒缓节奏，放松自己。

接好最后接力棒　加速专利业务大楼建设

——专访人事教育部原部长李青泰

● **个人简历** ●

李青泰，1935年1月出生，1959年2月参加工作，毕业于吉林电力学校。毕业后被分配到酒泉卫星发射基地工作，作为先遣人员参加基地建设8年，1967年被调到太原卫星发射基地工作17年。任基地司令部工程处处长期间，曾在发射场工程指挥部负责工程指挥组的工作。1984年底转业到中国专利局，主要从事基建工作，作为基建指挥部副总指挥，担负专利业务大楼工程施工阶段的组织协调工作。1991年5月任人事教育部副部长，主持工作，1992年3月任人事教育部部长，1994年6月任党委专职副书记。1996年3月退休。

被访人： 李青泰

采访人： 王永锋　于文波　王　佶（人教部青年工作组）

采访时间： 2015 年 11 月 17 日

采访地点： 李老先生家中

编者按： 李老很热情健谈，神采奕奕。作为老一辈知识产权人、首期专利业务大楼工程的建设者，李老分享了专利业务大楼建设的艰辛历程，我们听后深有感触，不仅感受到老一辈创业者不畏艰难、艰苦创业的精神，也鼓舞和激励我们要意识到自己肩负的重任，将这种可贵的创业精神传承和发扬下去。

26 年的基建工作经历与建设专利业务大楼工作相契合

采访人： 李老，您好！很荣幸能采访到您。您今年 80 岁了，可是看精神也就 60 多岁的样子。

李青泰： 也是老了。高血压好些年了，思考事情也是跟不上了。

采访人： 您来局里工作之前在部队工作了 26 年，能简单介绍一下那时的经历吗？

李青泰： 我是 1959 年 2 月参加工作的，那时候是从吉林电力学校（现东北电力学院）中专毕业。毕业后到了酒泉卫星发射基地工作了 8 年，先后在基建委员会、基建科、基建工程处工作，主要负责电气专业的技术管理工作，后期负责筹建电气安装工程调整实验室。实验室组建后，负责并组织电气安装工程投产前的调试工作。1967 年组建太原卫星发射基地，当时称一工区，我是第一批进场人员。进场时，头几天住村民家里，建好了半地下帐篷，居住办公都在帐篷里。那时没路没电，生活用水同村民在一处露天水塘，就是很大的土坑，冬天在池面凿冰拉回炊事班，放缸里化开做饭，村民放牧的牛羊群也在池塘饮水，边喝边尿。我们喝的开水有马尿味，生水里能见到活的小虫子。那里的基本建设，一切从零开始。那年任命我为司令部设计科副科长，没科长，只有两个副科长。设计科负责民用和一般工业项目设计。我记得第一个设计项目是两台 200 千瓦柴油发电站，先解决驻地用电问题。当年搞大会战，抢建首期工程，铁路、公路、电网、水源地，先工业后民用，一年就大变样了。17 年后，我离开时，基本上都现代化了。

采访人： 您在部队的工作经历还真是挺丰富的，那您当时是怎么来专利局的？

李青泰： 1984 年，太原卫星发射基地转业工作安置组拟定我去华北电管局。这期间，咱们局人事部门工作组到国防科委驻京办选干部，主要招审查员，从有技术职称的干部中选了包括我在内的 10 个人到局里面试。人事部门了解到我在部队有 26 年的基建工作经历，正与咱们局当时建设专利业务大楼的工作相契合，也正逢工程指挥部的组建，便向局领导汇报，就把我留在局里了。

及时解决矛盾，沟通协调，保障工程顺畅进行

采访人： 您来到局里后，第一件大事就是作为基建指挥部的副总指挥参与专利业务大楼的建设。您能简要介绍一下专利业务大楼建设的历程吗？

李青泰： 我是 1984 年夏末秋初来局里的。确定我留局工作后，田巨生副局长要我先帮助工作，我穿着军装去天津落实小六楼急用的配电箱。当返回部队办完离队手续后再回到局里报到时已经年底了。谈到大楼的建设历程，1984 年以前的事情我根据局史料记载说一下大致情况：1979 年 10 月 17 日，国家科委在上报国务院的《关于我国建立专利制度的请示报告》第三部分"建立专利制度必须抓紧做好的几件工作"中提出的，即在北京建一栋专用的办公楼（包括资料库、阅览室、计算机房、印刷车间等）1980 年 1 月 14 日国务院批

转了这个请示报告。同年6月4日国家科委向国家计委报送了专利用房基本建设任务书，8月25日国家计委予以批复，核定建设规模总投资2200万元，总建筑面积4万平方米。所以1980年8月25日应是专利业务大楼工程立项的时间。

立项之后，1981年选址、踏勘、调研、历时一年，在8个方案中初定在黄亭子（现"蓟门桥"）。又经1982年8个回合的征地谈判，定点在黄亭子。1983年委托市建筑设计院开始设计，因设计院任务重，进度太慢，中途改由航天部七院设计。1984年底完成施工图设计。以上选址定点、工程设计是业务大楼建设历程中前期的主要工作阶段，组织协调任务十分繁重，那是在雷激和杨采良同志主管基建时期完成的。之后，1984年12月10日举行开工奠基仪式，时任国务院副总理李鹏参加并讲话。1985年专利业务大楼列入国家重点建设项目。1985年初，城建五公司打桩队进场，进行塔楼基坑周边护坡桩施工，全部打桩工作任务赶在3月30日下午完成。根据基建指挥部与土建公司签订的施工总协议，护坡桩打完，立即开挖基坑土方。对此，土建公司却没有兑现。他们以各种理由拖延至1985年5月22日才开挖基坑。因此，1985年5月22日是正式开工的日子。

1989年1月，土建竣工。1989年9月20～23日，在专利局召开国家验收会议。参加会议的单位有国家计委、劳动部、物资部、建设银行、北京市市属委局包括建委、劳动、规划、工程质量监督总站、消防、供电、电信、电话、市政工程、环保、档案及自来水、天然气、设备成套公司及直接参与工程设计、施工、安装等42个单位150余人。经过对工程实体的检查、检测、工程资料文档的审查。工程预验收通过并形成会议纪要。

1989年11月经过4年多的紧张施工，业务大楼竣工。武衡同志、鲍格胥博士在高卢麟同志陪同下为新落成的专利业务大楼揭幕。

专利业务大楼通过预验收之后，经过一年的运行考验，整改事项，尾工业已完成，1990年办理了国家正式验收手续。至此，投资大包干责任书所承诺的全部任务圆满完成，投资略有节余，基建工作受到奖励。

采访人：作为我局专利业务大楼建设的元老，您和其他同志艰苦创业的精神真是令人敬佩。在列入国家重点建设项目之后，专利业务大楼的建设是怎样进行的？

李青泰：1985年专利业务大楼建设项目被列入国家重点建设项目后，就要充分利用这个优势，强化组织领导，在不同层面上形成保障机制，以切实确保工程顺利实施和如期完成。当时局里成立了基建指挥部、施工现场的工程联合指挥部以及工程领导小组等3个不同层次的指挥机构，解决不同层面上的问题，及时解决矛盾、沟通协调，使施工有序衔接，保障工程顺畅进行。

采访人：您当时是如何推动各项工作的开展，又是如何消除各种障碍的？

李青泰：开工前，我们就面临一个概算修正的大事。因为当时国家政策规定，为了保证国家重点建设项目的工程质量，按合理工期建成，实行投资大包干制度。对于咱们局来说，遇到的问题是什么呢？咱们1979年申请立项，1980年就批了，批的投资规模是2200万元，到了开工时已经是1985年，大包干是1985年开工以后开始实行的。这5年期间，国家的建筑材料、设备的价格大幅度上涨，北京市工程造价的取费标准也调整了，咱们的工程项目中也增加了计算机终端、微缩车间和国外设备配套设施。对于材料、设备价格和工程内容的变化，调整投资规模已不可避免。如果再留有资金缺口，将不可避免为投资大包干带来风险。由于事关全局，因此我们重新核算了工程成本，修正设计概算作为当时工作的重中之重，立即开展。当时我们集中了骨干力量，内外联动、详细调研、深入研究，配合设计院，完成了修正概算书的编制工作。批准后的修正概算是5950万元。也就是说，签订投资包干协议后实行包建，在工期、质量和造价等各项指标全部达到要求的前提下，所有建设资金投入不得超出5950万元这个数。完成这个任务，基建指挥部对局承包责任人的任务就落在了我的肩上。最后，工程结束的时候还结余了200万元，这在国家重点建设项目里还是很少见的。按照当时的规定，这200万元其中1/10作为参与工程人员的奖励。田巨生同志在组织研究奖励办法时，考虑得很全面，奖金主要用在指挥部的集体活动、答谢座谈会、为全局职工订制纪念品，参与过基建工作人员只用了其中一部分。在国家财政困难的状况下，不惜拿出这个奖金，很不容易。对于咱们局来说，投资包干圆满完成了。这要归功于在近10年工程建设过程中，所有参与基建工作的人员，相继接力、共同努力。

采访人：您刚刚讲述的概算修正、追加的事，即使现在国家经济形势好了，也是一件不容易的事情，真令人敬佩！听说您在工程期间累倒了，您能说说当时的情况吗？

李青泰：开工初期事情很多，要捋顺的问题也很多。在一些会议上争论也很激烈，整个上午开会，中间不休息，工地那个房子很黑很暗，又不通风，开到中午快下班了还没开完。因为时间太长，加上我那时候有高血压，所以会议开着开着我眼睛就突然看不见了。当时一个老同志搀着我到医务室去，血压上升到180，又赶忙把我送到了医院，医生诊断为植物神经功能失调，住了半个月的院。

采访人：您在困难多、压力大的环境中和很多老同志一步步走过来，建成了我们现在的专利业务大楼。这种精神很值得我们年轻人学习。

李青泰：工程中不断地遇到的各类问题，例如技术管理、物质保障、行政审批、工程商洽、协调沟通等都是要一道道迈过的坎，不过大家都有一股拼劲，不怕苦、不怕累。当时有好几个同事都因为工作生过病，但是也没有丝毫懈怠，都为了专利业务大楼的落成努力奋斗，这是发展专利事业的重要一环。

采访人：当时为了能在《专利法》实施第一天在黄亭子举行受理专利申请仪式，您和工作团队在短短几十天的时间里抢建了专利受理处小楼，您能介绍一下当时的情况吗？

李青泰：当时，局党组决定，专利受理的第一份专利申请，要在专利局永久性地址受理，受理以后的通信地址不再变动，各方面会减少很多麻烦。虽然是个很小的工程，但主要问题是时间来不及，而且受场地限制，不具备开工条件。当时小六楼（现在老干部部办公那个楼）还在施工建设，施工设施、施工机具和器材还不能完全撤场，承建受理处小楼的施工队作业施展不开，时间和工期矛盾重重。在当时基建指挥部的精心组织下，突破交叉施工困扰，多方面统筹协调，终于完成了抢建任务。距离《专利法》实施那天，也就是4月1日还有几天时，同志们又不分昼夜突击施工，清理场地整理道路，保证了受理仪式如期顺利举行。举行受理仪式那天很热闹，我们也很欣慰，觉得之前的努力都有了价值和意义。

采访人：我们之前也了解到，在咱们专利业务大楼的建设期间，咱们局的住房建设也在同步进行中，这对于您当时的工作一定有很大挑战吧？

李青泰：咱们局的宿舍建设一直是局党组和局领导最关注的工作，局领导经常亲自出马，到国家计委、市建委汇报咱们局住房困难处境和紧迫需求，争取建设指标和资金。当时正值北京市住宅合建大潮，几乎每天都有来自局内各部门同志提供的合建住宅相关信息。作为基建指挥部的一项重点工作，为了找到合适的自建用地，几乎跑遍了整个北京城。经过多方努力协商，克服困难，我们在大屯乡小营解决了用地，为宿舍楼的建设提供了条件。

采访人：听说时任国家经委副主任朱镕基同志也对咱们局专利业务大楼建设给予过肯定和好评？

李青泰：那是1987年，咱们局专利业务大楼正处在施工高峰期。时任国家经委副主任朱镕基同志来专利局宣布高卢麟局长任职的时候，提到了咱们局的基建工作。他说道，基建是一项熬人的工作，他十分理解，非常体量基建工作的艰辛。当时，这对我们基建工作人员是一个非常大的鼓舞。

感谢那个时候一同奋斗的同志们

采访人：听您讲述了基建工作的艰辛历程，我们深受感动，真的十分感谢老一辈创业者在那些艰难困苦的环境中为专利业务大楼的建设倾注心血，你们的创业精神值得我们年轻人学习和继承。

李青泰：如今社会大环境不一样了，各项制度都完善了，也形成了统一监理体制。政府简政放权,多部门联合办公,市场经济改变基建工作,现在所需要的人力已经大大减少。我本人也非常感谢那个时候一同奋斗的同志们,他们抛弃个人利益,克服各种困难,投身到基建工作中来,其中有几个老同志已经去世了,我们永远缅怀他们。

采访人: 1991年业务大楼一期建设工程结束后,您离开基建指挥部后,在咱们局又是怎样一个经历呢?

李青泰: 在基建指挥部工作到1991年左右,基本建设一期工程基本结束,我又到行政部做副部长管基建这一块。2年后,我调到人事教育部当副部长,后来又提到部长,在人事教育部工作了3年,再后来调到了党委任党委副书记,在党委工作了4年,我到了退休年龄就退下来了,我的整个工作过程大概是这样的。

采访人: 再次感谢您接受我们的采访,祝您生活愉快、健康长寿!

(与采访人合影,左起依次为:王佶、李青泰、王永锋)

(与采访人合影,左起依次为:于文波、李青泰、王永锋)

初审部是一支非常能干的队伍

——专访初审及流程管理部原副部长张晓玲

● 个人简历 ●

张晓玲，1948年9月出生，汉族，北京人，中共党员。1968年8月参加工作，1984年2月进入中国专利局工作。曾任初审及流程管理部副部长、副巡视员，专利管理司副巡视员、巡视员。2008年11月退休。

被访人： 张晓玲

（时任初审及流程管理部副部长董马林、施平处长、王薇薇处长陪同接受采访）

采访人： 吴登侣　吴逸超　黄筱筱　陆　瑶（初审流程部青年工作组）

采访时间： 2013年8月29日

采访地点： 庚坊国际大厦501H房间

编者语： 张部长，属于伴随着新中国的诞生和发展成长起来的一代人。她做过知青、当过兵，这些经历磨炼出她坚忍不拔的品格和艰苦奋斗的精神；36岁从部队转业至草创伊始的中国专利局，成为中国知识产权事业和国家知识产权局发展建设的亲历者和见证者。至退休后5年，张部长一共为中国知识产权事业的兴旺发展耕耘奉献了29年。在两个小时的采访时间里，张部长精神矍铄、满面红光，与我们谈笑风生，让我们完全忘记了，她其实已过花甲之年。

青年同志了解部门发展历史，对未来的发展是有帮助的

采访人：今天特别荣幸请到张部长和我们进行交流。今年年初，局里开始进行局史、局情的收集工作，团委做一部分协助工作，要采访一些老领导，安排由我们来采访您。张部长，您是哪一年到部里来的？

张晓玲：我一入局就到部里了，1984年2月来的。

我是从部队转业来的，当时咱们部不叫一部，是一个相当于一部前身的部门，叫"一处"。还有一个"二处"相当于实审部，里面有四个室。都是临时机构，那时专利局还没批准正式建局。不过那时候已经开始陆续进人了。我记得我的工作证号是456，也就是说那时候已经有400多人，当时局里最大的部门是文献部。

林锦澜是最初组建一部的负责人，整个技术力量都在筹备当中。为了1985年4月1日正式开张，当时来了就先进行培训，以培训为主。后来李富英部长接替林锦澜继续负责一部的组建和开张前的准备工作。

当时一部设有综合室，负责受理、收费和发文，室主任是宋小逸；审查室，包括发明、新型和外观，都分为形审和流程两部分；公报室，室主任是庞京禧；分类室，室主任是张乐华。那时候的流程主要是学习德国，按德国的模式来建立。我一开始在公报室，和施平在一起。

后来，宋小逸处长到德国学习，我就从公报室调到了综合室。当

时的文档以纸件为主，不像现在基本都是电子文档了，所以我上任面临的第一个问题就是"如何建立中国的纸件文档"。1984年的时候，中国通用的纸张尺寸是16开，没有A4纸，当时连复印机都不太流行。我参与这个工作之后，坚持向国际标准靠拢，尽管难度很大，但仍然要求申请类和请求类表格必须是A4纸，因为国外除了日本，提供的申请类文件基本都是A4纸。当时和出版社社长雷激争论非常大，因为把16开纸裁成A4纸要浪费很多，成本比较高。局里最后采纳了我们的意见，要求申请类和请求类表格是A4纸，公报纸仍然采用16开。这也是考虑到国家当时的实际情况，虽然买了德国海德堡的印刷机，很先进，但是成本非常高，所以决定公布、授权、公开的文本和审定公告还是使用16开。

由于纸张不统一，以前的档案管理非常困难，档案不能整齐划一，很容易破损；又面临档案夹如何制造的问题，包括哪几个部分，怎么加强牢固性；另外还有申请号贴条的问题，因为申请号是文件进局后唯一的管理标准。我们向德国学习，那时候用的还是德国援助的连续打印的不干胶条，自己打申请号，后来才委托厂家生产。

纸件文档的管理就是这样在不断学习、摸索中逐渐规范、成熟起来的，后来我们制定了自己的纸件文档管理方法。

当时买复印纸，要请别人专门编制申请文件的模板，所以当时综合室下面还有个计算机首采（首次采集），把著录项目中最关键的项目采集进去。

后来随着业务发展，申请量越来越大，咱们的纸件管理方式也在不断调整和变化。那时候机构也开始出现细分，审查部门就开始分得比较细，发明室里有形审和初审两个部分，但是受理、收费和发文在一个室，已经满足不了业务量增长的要求。于是受理首先独立出来，其中包括计算机首采，后来收费也相对独立。

我到综合室之后还有一件事就是组织了1985年4月1日开张前的模拟练兵，当时每个室都在制定自己的审查规程，要对工作的全流程做一个预演。

文档是基础，是命根子

采访人： 您刚才介绍了审查流程的源头和发展，后来呢？

张晓玲： 我讲了刚开始起步的纸件档案的流程。我离开综合室之后到了发明室，负责形式审查部分，当时室主任是刘世行。形审之后，费用管理的任务上升，收费的压力越来越大，局里感觉必须要加强收费的部门，就把收费从局财务交回了一部，我也就到了收费处。那时候工作量非常大，难度在于第一部《专利法》规定是要审查后才能得到申请号。申请人在一个月内缴费，一般都在递交申请的时候缴费，审查费用附带的信息只有申请人和发明名称，没有申请号。哪笔费用是哪个案子的，不好查询，收费要开出票据入档案，同时还要附注申请号。虽然在第一次修改《专利法》的时候提出受理的宽限期延长，申请人可以在得到申请号之后再缴费，但申请号是一个连续号且带校验位，申请人经常写错申请号，导致无法录入。此外，首采的基本信息也没为收费考虑，所以收费的压力一直非常大，必须尽快建立收费查询系统。当时有一台"386"电脑，是收费最原始起步时的一个查询端，也使我局开始有了信息自动化的雏形。可以说，流程管理的自动化是起步于收费的，尽管后来《专利法》又进行了修改，收费查询系统仍然非常重要。

采访人：这些老物件，收费处一期的电脑，硬件还在，还有第二代的小服务器。

张晓玲：当时咱们的数据定期按时按月都在拷贝，第一为了建立查询功能，第二因为费用涉及全程，财务的计算机管理必须提上日程，所以紧接着一代一代地更新。这个系统算管理系统的一部分，但是有一定的独立性，除了把信息交给流程之外，还有财务的管理。所以收费的信息化是发展最快的，也是因为工作需要，把这一块完善了。我在90年代到部里当副部长后，仍然兼管收费处。

受理处的办公地点一开始就确定在蓟门桥，当时只是盖了一个平房。正式受理申请的前一晚，大家都通宵没睡觉，第二天在后面监督，号要进行均匀排序，保证公平，免得有争议。那天局领导亲临现场，新闻记者也特别多。有人在门口打地铺，前一天有一堆人排队。后来排好了座位，但是有人一下子拿了几件，总得有个先来后到。窗口来的优待，但是之前半个月就有申请陆续寄过来，也就都给了4月1日的申请日。

那天全部总动员，大家都来做受理，第一天申请量就达到了3000多件。在我离开一部之前，这个单日申请量记录一直是最高的。

采访人：现在平均一个工作日已经有上万申请量了。当时上海分局和长沙、济南、沈阳三家代办处也同时开业、同时受理，但是没有申请号。

张晓玲：有申请日，没有申请号，号都是咱们给的。人员在增加，需要的办公面积也在增加，八里庄已经没有库能容纳档案，于是搬到五孔桥，给了一个比较大的文档库。那时候处室已经进行了调整，分工比较细了。后来随着咱们局在蓟门桥的办公楼建好，就搬到局里来了。1989年搬家，正好是6月初夏，车不好走，吴伟成部长在五孔桥那边监督上车，我们在这边接收。交通管制，车过不来，又联系不上，大家都非常着急，幸好后来平安运到。文档是基础，是命根子，搬家不允许有任何失误。

一个人不怕换地方，只要重视工作，哪怕很细小的工作，都会有收获

采访人： 当时一共搬了多少文档？

张晓玲： 大概13万件吧。文档对一部压力很大，是全局最宝贵的资料。我到部里后深刻感受到自动化管理的需求。在库量多少、多少未审、哪些未审，在原来查询基础上建立的那一套系统，是以首采为基础数据进行档案管理，但是档案管理是有期限要求的，要想掌握案子在各个程序里如何流动、流动到哪一步了，就必须在各个流程室中都实现自动化管理。什么状态、在谁手里、进入了审查的哪个阶段，都要采集。首采后又补了二采，二采就是IPC分类号的采集。

从我自身来讲，在一部很多室工作过，很难得。一个人不怕换地方，只要重视工作，哪怕很细小的工作，都会有收获。这对我来讲就是宝贵的经验，也为后面的流程化管理提供了一些工作思路。

除了工作的要求，怎么做好自动化管理也是一部领导比较关注的。比如档案管理的过程，我们能进行状态查询了，但是这远远不够，我们还需要知道这一份申请文档的文件内容到底是什么。后来我们提出要扫描文档，因为数据存储量非常大，管理比较困难，但我们

当时做了大量的工作,坚持要做到这一步,我认为这是咱们现在信息化的基础,如果没有这个,咱们现在无纸化、信息化的审查是无法做到的。所以当时顶着压力,硬着头皮也要上。

采访人: 当时的扫描连办公室都没有,都是在楼道里干活。

张晓玲: 对,而且当时扫描是有条件的,只能扫什么,不能扫什么,因为扫描后对存储的要求非常高,面临的就是系统要升级。为了保证审查的使用,后续文件来了也要扫描存储,要能够通过一个申请号调用。扫描工作咱们做得比较超前,如果没有这个,就不会有后面的无纸化系统。这项工作最终也得到了大家的认可,因为后来各国都已经开通了电子申请,反过来国际上对咱们也有类似的要求。所以说这方面咱们起步工作做得比较好。

那时候经历 CPMS2 系统的升级,当时吵架吵得一塌糊涂,因为当时需求由各部门自行提出,如果不统一,各系统的兼容性会比较差,大家就在那争来争去。收费系统那时候做得比较好,对 CPMS2 是个很大的促进。当时收费系统已经完成三期改造,对审查的支撑、相互的数据交流都已经非常好。启动审查程序的要求就是三要素:请求、费用、期限管理,CPMS2 系统就把费用系统作为一个大系统放到里面。每个部门对文档管理的要求不一样,最后平衡各方意见完成了。这方面收费系统是走在前列的。

采访人: 现在收费处有一部分已经实现智能化。比如申请人通过网银缴费,只要是之前填写过的信息,再填写只需要调用就可以了,数据能够共享。收费系统一直比较领先。

张晓玲: 是的。包括邮局费用缴纳、数据采集也是迫于咱们的压力。银行系统是最早上的,走得早一些,邮局比较慢。那是侯薇薇的前任——贾争，跑邮政总局，要求数据的信息化，要求采集附言栏的数据。过去是复印附言栏内容，采集后撕下来，贴在凭证上，后来打过几个官司，就是邮局的错误，耽误了申请人，邮局也知道了数据采集的重要性。真正数据源的提供离不开邮局和银行。

采访人：邮局的数据采集于 2002 年 9 月开始试运行，2003 年 1 月 1 日开始正式全面运行。咱们的自动化，也是帮助邮局推动了他们自动化的步伐。

张晓玲：等于咱们的流程管理、费用信息管理都融合了。咱们的 CPMS 系统从文件、请求、各类信息以及内部的期限和费用管理都及时纳入，带动了全部的自动化，但是改进空间仍然巨大，还需要继续努力。

咱们一部一开始算形式审查人员，收费处、计算机采集等都不参评等级审查员，但是收费实际上对流程管理起着至关重要的作用，审查员负责审查，但一部需要全程进行管理，包括授权后的管理也非常重要。随着咱们成员素质的不断提高，工作地位也在不断提高，局里对咱们也越来越重视，现在已经与其他审查人员一样正常参评等级审查员了。

我到一部来工作这么多年，觉得最大的成绩就是没有按部就班，有创新意识

张晓玲：再有，我感觉到在一部工作很有成就感的地方是我们不保守。当时无论工作方面还是管理方面，都面临巨大的压力，人员队伍不断扩充，办公室总是不够，所以就想到自动化是一个出路。但自动化面临的问题是数据前期处理仍然要靠人工，咱们肩负了一个非常重要的任务就是前期处理。前期处理工作量很多，还要考虑怎么能够

使工作人员不要无限度地增加，因为很多年里我们部都是全局最大的一个部。后来我们采取了"用工机制的改革"。

第一块是把受理的权限不断下放。在管好的前提下，放开代办处的职能，全部代办处都有受理收费的职能。从长远角度来讲，我们这么做支持了地方代办处的发展。权限下放后，对地方局的促进作用非常大，受理处的工作职能使地方局的脚跟站稳，工作积极性提高，也得到了各地方编委的承认，对地方局的升格非常有利。地方局的牢骚明显变少，我们和地方局的往来也越来越融洽。

第二块是数据扫描，这是一项任务量非常大的工作，现在这一块工作划给了出版社。原来是在公布的时候提供数据给出版社扫描，现在将这个任务提到前端，并且是计件有偿的任务，调动了出版社的积极性。大家共同受益，加强了局自身建设，也为我们局将来无纸化工作奠定了基础。另外，数据采集不断放开给出版社，使其也可以做一些受理的复核审查，因此受理处的工作人员没有无限增加。

第三块是收费，大量的数据来源要靠自己转化，压力很大。每年收入的对账记账要不断增加人员，如果再做前期处理，压力会更大。于是我们和国专公司合作，把数据加工的任务交给了国专公司。国专公司因此立住了脚、保住了收入，工作也尽职尽责。主要转化的是涉外代理机构的前期数据加工，通过服务的方式为各涉外代理机构校核和督促，帮助他们来做工作。国专公司服务功能加强，这样收费处就能把中心工作放在"管钱"上。

第四块是发文的自动化，必须取决于CPMS系统，而且有了费用的支持，发文系统就能不断改进和提高。发文系统的工作主要集中在程序管理和流程管理的发文，包括催缴费用、发处分决定等。

所以现在自动化管理有别人的帮助，自身管理也不断地提高。我到一部来工作这么多年，觉得最大的成绩是没有按部就班，有创新意识，也得到了局里领导的支持。

扎扎实实工作，只要付出了，是会有收获的

采访人：刚才您讲了很多整个业务的发展历程，我们以前从来没听说过这么完整的发展历程。我们这边还有个问题，是年轻人比较关心的。不同时期的年轻人精神面貌、所做工作都不同，您刚来那会儿，一部的年轻人是怎样一种工作状态？这么多年有没有让您特别感动、特别怀念的人和事？

张晓玲：可能有人认为过去一部相对在局里的地位不是特别高，得到的重视和认可跟实际付出有一些出入，导致有一些年轻人难免会有想法。但我觉得一部是一个培养人的摇篮，要扎扎实实工作，不小看每一项工作，只要做了、付出了，是会有收获的。

一部输送了很多人才到局里，因为一部打好了一个程序管理的基础。虽然干的面窄，但是眼光可以放得宽一些，是很有发展前途的。你们的基础都比较好，不要放弃努力，特别希望大家不要忽略了外语能力，要保持住外语水平。另外多做程序性工作，会增长很多的才干。如果将来有机会，也争取做个全才。有些人问我意见，出去不出去，我还是建议有机会要出去，因为出去后得到的是一个新的学习环境，可以知道更多的东西。另外在一部流程管理的经验，对于到全局其他地方工作也是非常有利的。

最让我觉得感动的是，一部虽然很辛苦，但一部的人都非常努

力。当时那支队伍非常优秀,是一支非常能干的队伍,大家都把这当成自己的事业,愿意为之奉献。我们局如果缺了这一批人,可能就不是现在这样一个状况了。一部是一个非常团结的集体,互相工作都很支持,尽管会有不同意见,但心能往一处想,劲能往一处使,干部调动也都能服从大局,虽然困难很大,但同志们都非常努力。一个室的室主任的工作作风就是一个标杆,他做得怎么样,愿不愿意付出,对队伍的带动作用非常大,我们一部有一批好干部,高标准、严要求,对业务精通。我没有对哪一件事特别感动,但是一支好队伍、一批好同志太重要了。事业就要靠踏踏实实、努力奋斗有进取精神的人的付出,以及相互配合和支持。一部上系统是最辛苦的,系统并运行的时候,双倍以上工作量,报酬仍然不高。这种奉献的精神,扎扎实实的工作精神是非常难能可贵的。

采访人: 那时上 CPMS3 的时候,又要上新系统,又要按原来模式操作,工作量不增加点数,还按原来工作量来算,大家都是加班干活。

张晓玲: 咱们这一批都是好标杆,领导带头就有劲了。你们叫我来,不能叫采访,一起座谈座谈这种精神,希望一部的年轻人继承我们这些已经退休了或者即将要退休的人的这种精神,扎实做好一项工作,需要大家共同努力和付出,也需要好的领导做榜样。

该工作的时候工作,好好照顾家人,培养自己的爱好

采访人: 最后一个问题,想了解一下您退休后的生活状态。

张晓玲: 退休后的生活特别丰富多彩。我工作时非常倾心于工

作，退休之前在专利管理司工作了两年半，那时候我已经是巡视员，作为马司长的助手，全面协助他工作，所以我接触管理司的工作也比较全面。从试点示范城市、企业知识产权管理，包括执法专项行动等，都做了比较多。后来又到了中国发明协会，干了4年，使我扩大了接触面，接触了更多的发明人。我们总讲，为申请人服务，实际上再延伸，是为发明人服务，因为只有发明人素质提高了，咱们的发明创造才能有源泉。所以我就做了点发明人的工作，给我的收获、感触还是非常大的，我也非常愿意做这个。

我已经65岁，退休后又干了5年，从去年7月开始慢慢准备退休。在退休后的黄金10年当中，我留5年给自己，干点自己业余喜欢干的事。我比较喜欢照相，退休后买了一套摄影设备，现在生活就是摄影加旅游。"人生壮美三极"：南北极和珠穆朗玛峰，北极价格太高，也没有南极美，从摄影的角度讲更喜欢南极，所以去年我去了趟南极。考虑到身体现在还可以，能背得动这些好几十斤重的设备。

今年春天我去了一趟西藏，也想挑战一下自己的能力，因为这个时间是植被覆盖最差的时候，看看自己能不能适应高原。因为这段时间西藏没什么可拍的，只有林芝地区的桃花节，我们就又到海拔2800多米的林芝去了一趟，待了3天。我想挑战人生，也是测试一下自己的能力，准备再去第二趟。因为咱们在一部出去的机会比较少，出去时也不会到处去玩。真正要摄影的，应该去人少、原生态、艰苦的地方，所以我疯狂地跑了一年：南极、南非、贝加尔湖（苏武牧羊的地方），还有咱们中国的新疆、西藏，马上还要去北欧冰岛。

我也希望大家将来该工作的时候工作，好好照顾家人，培养自己的爱好，可以适度地做一点旅游。现在条件都好，散散心放松一下自己,提高一下爱好。我准备先跑远的地方和苦的地方,也是一个锻炼和陶冶,经历一个人生的过程,让自己老年生活丰富多彩。

我这个人闲不下来,摄影是给自己找了一个一辈子干不完的事。我先"发烧"器材,然后就"发烧"计算机,学软件,不断地在"发烧",所学的东西非常多。资料整理也是咱们的一项特长,做了一辈子档案管理,现在分好文件夹,以后再精细地整理并做图片的加工。三分照片,七分加工,但是也必须有好的素材,就像自动化一样,源泉的东西要先拿到,后期再加工。

第二个,要全力以赴照顾好孙女。我孙女已经6岁了,好好照顾孙女,培养下一代,我身上的任务非常艰巨,也在考验我。现在让孙女学钢琴,我得让她不烦、不抵触,没有孩子非常喜欢钢琴,钢琴很难,在某种程度上也是考验家长的,第一要有毅力,第二要有耐心,不能伤害她对学习的兴趣,也是挺难的一件事。最近又带她去滑冰,原来的想法是为了锻炼身体,现在又有个额外的收获,滑冰也可以给特长生加分,当然那是次要的,锻炼身体是主要的。另外就是让她学外语,有人说孩子学外语太累,但是我想我们这一代外语都不行,现在学校提供了非常好的条件,重视听说,全英文上课,可以给她一种语言的环境。

我讲人生要学三样:数字、字母、音符。字母对中国人来讲是两个含义,一个是外语、一个是母语。将来你们要做父母,我也是给这么一个建议。

所以我的退休生活非常丰富,总觉得时间不够用,不亚于上班。主要是心情愉快,快快乐乐地干。包括咱们现在也是要快乐工作,不要认为工作没意思,千篇一律,医生给病人看病也是千篇一律,但是会积累经验的,咱们这个工作也是。

采访人: 今天很难得有这个机会,虽然时间很短,我们也很舍不得打断您。刚才您从业务、人员状况、我们的团队这些角度谈了很多,都给了我们很大的触动,以后有机会我们还想再次与您交流。

(采访时照片,左起依次为:施平、董马林、张晓玲、王薇薇)

学会学习　学会做人　做一名优秀的知识产权工作者

——专访原中国专利局物理审查部部长张祥龄

● 个人简历 ●

张祥龄，1935年3月出生，汉族，上海人，中共党员。1956年9月参加工作，主持研究的多个项目获得国家、北京市及中国科学院的科技成果奖项。1984年4月进入中国专利局工作，曾任中国专利局物理审查部部长。1994年7月退休。曾参与中国专利审查质量控制系统的建立与完善以及中国《专利法》《专利法实施细则》的修订等工作。

被访人: 张祥龄

采访人: 李是珅　董　涛 (《知识产权青年》编辑部)

采访时间: 2014 年 2 月 28 日

采访地点: 张老家中

编者语: 张老已经年近八十,听说我们来采访,连连说自己就是一名普通的工人,不要说采访,就是随便聊聊。短短的两个小时里面,张老语气谦和,思维敏捷,回忆到动情处眼含热泪,是一位性情中人。虽然年事已高,但是张老不仅关注知识产权事业的发展,而且爱好音乐、书法、篆刻……生活充满情趣。对于年轻人,张老也是关爱有加,与我们分享了很多工作、生活方面的经验。

一个人的路是自己选择的

采访人： 张老您好！谢谢您接受我们的采访。您是我们局的元老了，当年是什么契机促使您来专利局工作的呢？

张祥龄： 我的祖籍是乌镇，1952年考取了上海交通大学，所学专业是输配电，当时我国在该技术上还比较落后。毕业之后我被分配到吉林长春的中国科学院机电所。1985年被选派留苏进修。中苏关系在那时还比较好，由于派学生去苏联读大学，效果不是很好。后来主要派大学生留苏研读硕士研究生，当时硕士在苏联称为候补博士。

除了要考哲学和通过基础课考试外，还要做研究，发表论文通过答辩后获取候补博士学位，目的是为了继续读博士做准备，一般要学习4年时间。那时我国正处于大跃进时期，中科院领导觉得4年时间太长，想将时间减到3年。而我的导师是中科院苏联顾问团的团长拉扎连柯教授，经过中苏双方的科学院协商，指定我为这"3年研究生"的试点，由拉扎连柯教授亲自指导。

我导师是学电加工的，就是用电火花腐蚀金属表面，他是该技术的创始人。但我是学输配电的，专业不同，只能边学边摸索。随后又兴起等离子体技术，导师和我都不懂，就一起学习摸索。后来赶上中苏关系恶化，我学习2年多的时间就回国了。在苏联学习期间，我和导师的关系很好，他教了我很多东西。我回国后凭借记忆把所学到的技术画成很多设计草图，我国第一台电火花线切割机床就是根据我画的图纸制造出来的。

从1956年至1982年我一直在中科院系统工作，负责主持了很多科研项目，比如等离子加工、离子束注入等都获得了国家级奖励。但由于各种原因有的项目中断了。中科院开展工作的思路那时尚处于摸索阶段，比如一项技术，是选择引进还是自主研发？引进技术可以马上使用，但是要付费，自主研发也需要启动资金，还不一定能够成功。所以有一些项目研究了一段时间就放弃了。后来我国开始准备实施专利制度，当时反对的声音很多，有人说这是资本主义的产物不能要，主要还是意识形态的问题，最终我国决定还是要实施。作出了正确的决定。我知道这个消息后，觉得我国从头开始建立西方国家已经实施了几百年历史的专利制度，今后发展潜力非常大，所以决定来到专利局工作。一个人的路是自己选择的，当你觉得自己在一条路上发展得不顺利或者和自己之前想象的不一样，那就选择更适合自己的路。从这点讲，我觉得专利局的工作更适合我。作为审查员首先需要知识面广，不断学习，而我正好研究的领域比较多；其次外语要好，所以我刚来专利局时工作适应得比较快。

不仅要精通业务，还要拓宽视野

采访人：当时您在局里主要是负责哪一部分工作呢？

张祥龄：专利局是在激烈的探讨中成立的，这段历史你们要明白。当时很多人在意识形态中认为产权是资本主义的产物，所以关于要不要专利的问题讨论得很激烈。

当时局里只有100多人，《专利法》还没有颁布，专利局也在筹备阶段。办公地点就是在八里庄附近租几间平房，条件非常简陋。那时我住在中关村附近，每天上班很远，还是比较辛苦的。局里刚成立时审查部门共有 5 个处，分别是一处新型初审、二处机械、三处电学、四处化学、五处物理。那时我主要负责培训，后来在五处也就是物理处工作。我在五处工作了 10 年，现在知识产权局有几千人的规模了吧？

采访人：现在局里的审查员和地方 7 个中心的审查员总共有将近 1 万人了。

张祥龄：现在国家大力倡导知识产权，知识产权事业是一个充满希望的朝阳产业，你们一定要好好地把握住机会。当初我来专利局的时候就是坚定地认为知识产权事业是个有前途的事业，国家要改革开放，知识产权一定会大有发展的。

当时我局一名副局长负责抓质量，但是随着申请量的逐年增长，审查工作质量问题就逐渐显现出来，于是我就提议能不能专门成立一个主抓质量的部门，设置专职人员对我局的审查工作进行科学管理，从而保证审查质量。后来局里采纳了这个建议，成立了审查业务管理部，核心工作就是抓质量。所以说大家不仅要精通业务，还要拓宽视野，能够发现事业发展的机会。

现在我国申请量大，科学管理、保证审查质量的压力也随之增大。如果不能保证审查质量，比如漏检造成授权错误，那随后的无效诉讼会浪费更多的行政成本和社会成本。所以你们做审查也好，做管理也好，永远记住质和量都很重要，但要把质放在更重要位置。

知识产权事业是项综合事业

采访人：看来您感触很深刻，一定经常思考我们局的工作。

张祥龄：知识产权事业是项综合事业，最起码要具备四个方面的知识储备。首先要有良好的法律基础，有的人可能技术很好但是法律知识薄弱，有的人可能法律在行但是技术又不行，作为知识产权工作者首先要有很好的法律基础。其次技术知识要强，我当时学的电力系统，后来又从事等离子体、电加工和光机电设备等科研工作相关的专业知识，涉及知识面比较广。再次外语要好，最起码要懂两门外语，你们现在外语能力肯定比我们强。我上小学的时候学过日语，当时是奴化教育，后来基本都忘了。初中的时候学了6年的英语，英语老师水平很高，都是国家教材的编委，我们上实验课，用的是英文教材，写作文也要写英文，所以不努力学的话连书都看不懂。这6年给我的英文打下了很好的基础。上大学时学了一些俄语，但没有正规学习。直到工作之后，派去苏联留学之前，我在北京外国语学院的留学预备班，突击学习了几个月的俄语。因为马上出国就要用了，上火车乘务员都是苏联人，你要是不能和他们交流都吃不上饭，到苏联之后与我导师也是通过俄语交流。开始学习的时候我也心虚，觉得几个月的时间太短。后来发现由于我发音比较标准，和别人交流没有问题，我们去苏联的团就让我当翻译。到苏联之后，有问题想去问导师，都是我自己去的，交流没有问题。我到专利局之后还去美国短期学习过。专利工作者一定要好好学习外语，至少要学会两门外语，不然外文检索都困难。最后就是中文，文笔要好，在写通知书的时候要能够清楚地表达。所以法律、专业知识、外语和中文对一个知识产权从业者来说是至关重要的。

以上这四点是我希望青年人要注意学习的。还有一点也很关键，就是做人。你是不是踏实肯干，你和周围同事的关系是不是很融洽，是不是很快能改正自己的错误。我认为改正自己错误越快的人越聪明。有的人很快能改正自己的错误，那他就能不断进步，有的人知道自己错了，但是仍然不改，下次他还会犯类似错误，还是原地踏步。人无完人，人不可能不犯错误。古时圣人还说：吾日三省吾身。年轻人一定要每天留出时间思考，静下心来仔细回忆一下，自我检查三遍，看看今天都有哪些收获，想想自己有没有犯错，有哪些可以改进的地方，不要像只无头苍蝇一样忙忙碌碌，也没有思考的空间，这样表面上看起来挺忙，实际上你进步的速度并不快。

我爱人之前学高分子的，后来去研究院当全国油品质量检验中心主任，她也在不断学习。因为大学里学的东西很有限，更多的是教会了你学习的方法。真正的学习是在工作中，比如她讲解航空汽油，凝固点高了，使用就会出问题。为什么高了？脱蜡过程没有脱好，为什么脱蜡过程没有脱好？是温度没有控制好。因为油的品种多，所要掌握的专业知识就要去不断学习。经过一两年的积累，她在车间检查油品的时候就可以指导工作，技术人员会觉得你有水平，工作也好开展。

聪明的人，会营造一个好环境。在这个环境里大家相处得融洽，工作开展得也顺利。如果自己所处的环境有问题，那首先就要从我做起，努力改变这样的环境。人不可有傲气，但不可无傲骨，这是自信，也是很重要的。

兴趣爱好能陶冶一个人

采访人：我看您在咱们局举办的全国知识产权书画和歌咏比赛上

都获过奖，您兴趣爱好一定挺多的吧？

张祥龄： 我小时候就喜欢音乐，小学时候家里还买不起钢琴，后来就去学小提琴，还看了很多作曲的书。我上大学的时候，是上海交通大学合唱团的团长，经常担任指挥进行演出，包括在苏联的时候，恰逢新中国成立十周年我们留学生在苏联办晚会，组了合唱团，我还担任了指挥，为他们排了很多歌曲，反响很好。2007年，国家知识产权局举办了首届全国知识产权组歌大赛，国家知识产权局离退休干部处的王文光作词、我谱曲的《知识之光》还获了奖。我也很喜欢书法，包括我的签名章都是自己刻的。有时候朋友和社区找我写一些对联和诗词，我就写了送给他们（张老兴致勃勃地给我们展示了他的很多书法作品，大部分都是自己作的诗词）。书法我一直在写，2012年在"中央国家机关离退休干部喜迎十八大书画摄影展"中，我的《喜迎中国共产党十八大胜利召开》也获了奖。我爱人喜欢集邮，别看是一张张邮票，其实有很多知识在里面，这都是很好的兴趣爱好。她还爱好英语口语，社区里经常请她去给大家上英语口语课，她虽已退休，但现在还在关工委（关心爱护下一代工作委员会）工作。兴趣爱好能陶冶一个人的情操。

一个优秀的专利工作者需要综合学习

采访人： 我们局现在青年人很多，请问您对青年人工作和生活方面有什么建议吗？

张祥龄： 我在中科院工作的时候也遇到了很多的困惑，当时我负责的有些项目由于各种原因没有成功。还有另外的原因，比如劳动，我先后劳动了三次，之前是在东北（半年），后来"四清"去了河南（一年），"五七干校"的时候又去了湖北（10个月），都是最穷的农村。在湖北，我们去的地方是个山坳，是当年劳改犯劳改的地方，环境非常艰苦。武汉又热又爱下雨，当时是汗蒸上去然后雨又冲下来，衣服基本一天都是湿的。吃的就更差了，天天喝粥。这些经历看似没用，其实是有意义的，因为不经历这些你就不了解国情，不了解中国底层人民的生活。中国农民真的很苦（眼含泪水）。当时在农村什么活儿都干，我爱人跟我一起去的，她还杀过猪，吃的也很差。我爱人28岁去的，一去就是3年。她是吉大化学系毕业的，本来正是做研究的好时候，结果从农村回来都30多岁了。我每次劳动回来，所里研究的方向就变了，我就只好换研究领域，所以关于电的、物理的甚至化学的很多学科我都研究过。

年轻人现在压力大，还需要自己尽快调整，因为你到一个单位，很多东西是固定的，不可能去改变它，只有适应它，你适应得越快，心态调整得越好，压力就随之越小。比如你觉得审查部门的工作不适合你，你就要尽快地调整，你可以去管理部门。你们都工作三五年了，其实工作5年左右，你的路基本就定下来了。首先你打了很好的基础，这5年的审查工作对你以后的工作都是有用的，可以说是基层工作经验。接下来要做什么，自己考虑清楚，自己还欠缺什么，哪里还需要进步，扬长避短，而不是每天埋头工作没有思考。

自己的工作和家庭的关系，也要处理好，因为一旦成家之后很多事情就会很实际。谁来做饭，谁来接送孩子，对工作肯定有影响，你要平衡好关系。当然现在有条件了，夫妻双方可以一方不工作来照顾家庭，在我们当时是不可能的，一个人一个月工资56块，还要照顾老人小孩，两个人工作都觉得不够用。

总之，一个优秀的专利工作者需要综合学习，把法律、技术、外语、中文学好，重要的是要学会做人，有自己的兴趣和爱好，还要把家庭处理好。

采访人： 谢谢您接受我们的采访，真是让我们受益匪浅！

（与采访人合影，左起依次为：李是珅、张祥龄、董涛）

扎根专利　升华人生

——专访化学发明审查部原部长卢素华

● 个人简历 ●

卢素华，1937年8月生，四川成都人，研究员，中共党员。1961年毕业于苏联敖德萨大学有机化学专业。毕业后先后在武汉大学、解放军炮兵技术研究所和中国专利局工作。曾任中国专利局化学审查部副部长、部长。1997年9月退休。

被访人: 卢素华

采访人: 张伟波　冯　璐　王　瑾　陈　蔚（化学部团支部）

采访时间: 2013 年 8 月

采访地点: 中国知识产权培训中心

编者语: 在中国知识产权培训中心,卢部长热情地接受了我们的采访。卢部长退休后仍奋战在知识产权战线上,负责专利代理人的相关培训,她却谦虚地表示,自己是受教育者。卢部长关注创新对国计民生的影响,在工作中将专利审查与社会经济发展紧密结合。从她身上,我们看到老一辈知识产权人对于知识产权事业的深深热爱。她坚定的话语中,洋溢着对事业发展的十足信心；亲切的话语里,满含对年轻审查员的殷切期望。

我是被教育者，我学了不少东西

采访人：卢部长，您好，打扰您了。我们两位分别是纺织化学处和有机化学处的。

卢素华：我最早也是有机化学处的。

采访人：卢部长，退休以后，您在培训中心做哪些工作？能给我们简单介绍一下吗？

卢素华：我 1997 年开始进入培训中心工作。当时我主要负责两个专业性比较强的领域的专利代理人培训。一个是电学，电学是不好学的，跟我们化学一样，有很多规定。还有一个就是医药。另外还有一般性的工作，如专利法普及、专利审查等。

2006 年，专利代理人资格考试由两年一考改为一年一考。原来专利代理实务部分分为化学、机械和电学三个专业分别进行考试，2006 年后合在一起了，对考生的要求比较高。2006 年，考试分三个部分，"相关法律知识""专利法律知识"和"专利代理实务"。培训中心承担了专利代理人资格考试培训这一任务，我一直就做这方面培训工作。

采访人：您在这方面真是做了很大的贡献。您在专利局培养我们审查员，您退休后又培养专利代理人。

卢素华：没有，我是被教育者，我学了不少东西。举例来说，我以前对初审部不了解，对于他们调回档案，我坚决反对，认为麻烦，后来通过学习了解到档案确实应该调回去，因为需要监视日期。现在电子档案好办多了。此外，我是学化学专业的，以前对实用新型和外观设计不了解，由于经常听他们的课，也懂了一些。这些工作和学习，扩大了我的知识面，让我慢慢学了不少东西。

等到能与发达国家全面竞争的时候，知识产权保护对我们的重要性会更加凸显

采访人：我国在1992年修改了《专利法》，1993年开始实施。新修改的《专利法》增加了对药品、用化学方法获得的物质、食品、饮料和调味品的产品的保护。卢部长，您当时参与讨论过这些方面的修改吗？能跟我们讲讲这次《专利法》修改的情况和修改的影响吗？

卢素华：我确实参与讨论过这些方面的修改。我们最初立法时，对于用化学方法获得的物质、药品、食品、饮料和调味品是不授予专利权的，目的是保护对我们国计民生有很大影响的工业。发达国家，如德国、日本等，在实施专利保护的初期也经历过这一过程。

这在当初是合适的，在不保护用化学方法获得的物质、药品、食品、饮料和调味品产品时，对其生产方法是保护的。其中特别值得一提的是"化学物质相似生产方法"：一个新化合物的生产方法可能都是使用常规的已知制造步骤，如原料混合、加热、蒸馏、纯化等来完成的，但它生产出来的物质如果是新的、有特定功能的、具有专利性的化合物，这种制备方法称为化学物质相似生产方法，是给予保护的。在西药组合物、中药、食品、饮料和调味品产品的制备方法审批中也采用此原则。比如对中药组合物本身不予保护，但它的制备方法虽然包含很多古老的方式，如磨粉、混合、加辅料等，却是受到保护的。但是当时有一条规定，方法保护不能延伸到这个方法生产的物质。

上述的审批原则是从德国专利商标局学来的，欧洲专利局也采取相同的做法。我记得大约在 1987 年，我们第一次到德国去学习化学物质相似生产方法的审批。我们一共学习了三次，通过学习我们基本上掌握了这种化学物质相似生产方法的审批。

除此以外，我们还学会了新医药用途的审批。即，用化学方法获得的物质和药品不予保护，但如果发现用化学方法获得的物质或药品有很重要的新医药用途，这种新医药用途是保护的。怎么保护呢？标准的写法在审查指南里是有的，写作"在治药中应用"或"在制备治疗某病的药物中的应用"，例如"化合物 X 作为制备治疗 Y 病药物的应用"；而不能写作"用于治病"的形式，因为疾病的诊断和治疗方法是不予保护的。很多人认为难以理解，但确确实实只能这么写。

1993 年实施了对用化学方法获得的物质、药品、食品、饮料及调味品的产品保护后，中国还制定药品行政保护措施，这项措施是由当时中国药监局制定并实施的。凡是中国批准的国外新化学物质制备方法专利，那么相应化合物可以在中国申请行政保护，凡符合药品行政保护条例规定可以给予行政保护的化合物，在条例规定的时间内，中国企业不得侵犯其权利。

对于药品和用化学方法获得的物质这个问题，当时由于美国拿 301 条款威胁我们，根据当时中美知识产权谈判的结果，我们在 1993 年实施了修改后的《专利法》，同时也实施了《药品行政保护条例》。

当时我们最担心的是对制药企业的影响，好多仿制药不能仿了，但后来的实践证明影响并不像我们所想的那么大。同时，这也促进了我国自主研发药物，增进了知识产权保护意识，有其好的一方面。

但是，和我们情况相同的印度就坚持自己的做法，仿制药一直很活跃。印度为仿制药争取到了一段时间，从中得到不少利益。

但从另一个角度看，这些年随着我国科技的发展，我们的保护意识也在加强。等到能与发达国家全面竞争的时候，知识产权保护对我们的重要性会更加凸显，会变成生产制造和商业活动不可缺少的重要组成部分。

审案子时须用心，认认真真地做案子，而不是赶任务。

采访人： 从入局到退休，一直到现在，您在知识产权事业上兢兢业业奋战了这么多年，以您工作经历，可以为我们展望一下知识产权的未来吗？

卢素华： 肯定是要发展的，应该说我们的知识产权保护力度现在还不够。但是现在也有一种呼声，国内外都有，觉得太垄断了，认为有了专利，就把别人都关在门外了，专利人得到的回报太高了。但我个人认为目前还是应该鼓励发展，有信心把自己打造成亚洲的知识产权中心。

采访人： 卢部长，从审查员到部长，您是如何走过这个历程呢？可以对我们年轻的专利人提出宝贵的建议吗？

卢素华： 告诉你们一段历史，最初在我们的发源地——八里庄的时候，整个实审是一个处。与现在不同，当时没有这么多年轻人，我们审查员大多都是从中国科学院、科研机构来的，40多岁的人很多。后来人多了，实审才分成机械部、化学部、电学部、物理部。各部成立了处，一个处仅有几个人，我当了有机化学处的处长。后来部越来越大了，就需要副部长了。之后，我就接替退休的刘部长，担任部长至 1997 年退休。我退休时，化学部还没有拆分，一共 140 多人。

根据我个人的经验，审查员经过培训后进入工作岗位，在审案子时必须用心，认认真真地做案子，而不是赶任务。完成任务不是唯一目标。应该对每个案子都认真思考，记录下审查中发现的可以作为案例的典型共性问题，这样的案例积累很有好处，可以根据积累写文章与大家分享，也可以在《审查指南》修改中提出意见，并且在今后的培训讲课中也会是很生动的案例。经过 5 年左右的努力，一个审查员才能相对成熟。当然目前的审查任务很重，由于没有足够的时间，要做到这些有一定难度。

对于审查员而言，要学的东西太多了，要好好学，还要扩展眼界，不要只看到审查部这一点东西。比如，一个审查员能做一些复审和无效的案件很重要，可以开阔思路，调整考虑问题的方法。

（与采访人合影，左起依次为：冯璐、卢素华、张伟波、王瑾）

我的审查生涯

——专访化学发明审查部原正部级审查研究员王珍仙

● **个人简历** ●

王珍仙，1945年7月出生，籍贯江苏，汉族。1967年参加工作，先后在吉林纤维厂、燕山石油化学总公司一厂工作。1984年进入中国专利局工作，历任高分子处处长、副部级审查研究员（处级）、正部级审查研究员（厅局级副职）。2005年11月退休。

被访人: 王珍仙

采访人: 张伟波　冯　璐　王　瑾　王　佶（化学部团支部）

采访时间: 2013年8月14日

采访地点: 王老师家中

编者语: 淡雅、从容是王珍仙老师给我们的第一印象。她有知识分子的严谨态度和对专利的敬重之心。从她对专利审查起步阶段的介绍中，感受到她对专利事业的热爱，对工作的尊重，也看到老一辈专利人的无私付出和踏实作风。她平和却有力的话语，饱含对专利事业的信心。谈到对青年审查员的希望时，她不仅提到了科学的工作方法，更多的是希望大家能够热爱本职工作，并从中不断充实自己。

投身事业，起步艰难

采访人： 局机关党委组织的这次采访活动，采访的对象都是20世纪80年代入局的老同志，您是我们化学发明审查部的元老。

王珍仙： 谈不上是元老，还有比我来得更早的。我是1984年12月入局的，因为中国《专利法》将于1985年4月1日开始实施，专利局将开始受理专利申请，所以急于招聘审查人员。

采访人： 您来专利局时的办公条件和生活条件怎么样？

王珍仙： 当时专利局在西八里庄办公，而我家还在燕山，因此只有周末才能回燕山。那时的交通不方便，困难是可想而知的。我只好把七十几岁的老母亲从无锡接到燕山，帮我照顾两个上学的孩子。

当时专利局的办公条件虽然差些，但大家都很理解。起步阶段总是有困难，万事开头难。在八里庄是大办公室，好多人在一起办公，很热闹。当时的主要任务是培训，邀请德国专利商标局和欧洲专利局的专家为我们讲课，包括分类法、专利法及相关典型案例等，为1985年4月1日受理、审查专利申请做准备。值得一提的是，当时需要进行手工检索，检索的资源包括分类文档纸件、德温特文摘和日本文摘等，有时候还要到外单位去检索。

采访人： 据说存放文档的纸盒子也很有特色？

王珍仙： 检索文档柜的纸盒按分类号排列，我们去检索时都要穿上蓝大褂工作服，待检索完毕手全是黑的，很脏。

采访人： 纸件一直使用到什么时候呢？

王珍仙： 一直到1998年左右。但即使使用机器检索后，有的审查员还会根据需要去检索纸件。

采访人： 您刚入局时，局里年轻人多吗？

王珍仙： 年轻人很多，大多是1983年、1984年的毕业生。还有来自科学院、研究单位和企业的一大批老同志，我是当时那批老同志当中比较年轻的一个。

采访人： 您这一批前辈是经验丰富的技术专家。

王珍仙： 几乎所有老同志都具有15年以上的工作经历，我来专利局之前已经工作了17年。

采访人： 现在的审查员大多都是大学毕业就入局了。

王珍仙： 对。现在招聘的新人几乎都是从校门到局门，实践经验略有欠缺。虽然在学校做了好多实验，但由于与实践有距离，一开始审查案子可能会有些困难。好在现在你们有很多机会出去实习或调研，以弥补实践经验之不足，而且，通过多年审查实践的积累，可以在工作中不断丰富自己的知识。

尊重创新，不断学习

采访人： 在专利局工作了这么长时间，您如何看待审查工作呢？

王珍仙： 我觉得要做好审查工作，认真负责的态度是非常重要的。专利申请是一线科研人员辛勤劳动的结晶，而且可认为代表当时科学技术的发展水平。专利申请授权与否以及授予的权利要求保护范围的大小，有时决定一个企业、科研单位或者申请人的命运。因此，我觉得每位审查员都必须认真对待。

在进行实质审查的时候，首先要认真阅读申请文件，理解发明内容，找准发明点，并了解必要的现有技术状况，在此基础上确定检索方案。我觉得理解发明内容是检索的基础，做好检索是审查的关键。发明点理解得正确，检索词选取和检索式组合恰当，检索的准确率就高。记得曾经有一段时间，两三个人在一个办公室工作，讨论问题比较方便。如果有时大家不太忙，我会让大家一起帮我检索同一个案子，看看各自能得到什么样的检索结果。有的时候，由于大家对技术方案的理解不尽相同，大家的思维方式也不同，对同一个申请案有时会得到不同的检索结果，出现未检出最相关对比文件的情况。这时大家就会一起讨论各自对申请的理解，关键字词选取和检索式组合的考虑，查找自己的不足，不断总结经验，共同提高检索水平。

采访人：现在局里面要求准确授权。举例来说，国外的案子就会和国外的审查结果进行比较，如检索报告的比较、授权范围的比较，这样可能就会发现问题。

王珍仙：对，我在工作中也遇到过这种情况。比如，日本的申请在欧洲、美国授权了，但被我局以不符合创造性驳回了。这是因为与欧美相比，我们在日语上具有优势，检索到了最接近的日本对比文件，而欧、美的专利局没有检索到最接近的对比文件，这是我们做得好的地方。当然也有中国本国的申请在国外授权后，却被本国专利局驳回的情况。印象最深刻的是我在借调专利复审委期间做的一个复审案件，至今记忆犹新。案件为一项涉及蓝光材料的发明专利申请，同时还申请了PCT，申请人是复旦大学。据说，当时复旦大学的蓝光材料处于世界领先地位。但是，中国专利局以说明书公开不充分为由驳回了该申请，申请人不服，于是请求复审。申请人在复审请求中强调，该申请的发明点在于选择制备蓝光材料的特定具体原料化合物及其配比，而采用溅射方法在一定条件下制备得到具有特定结构的络合物（作为蓝光材料）的方法是现有技术，是已知的。申请人情绪比较激动，认为该申请在美国已经授权，日本专利局的审查通知也未涉及公开不充分问题，只是对创造性提出疑问，在本国为什么驳回呢？当我拿到这个案子的时候，也觉得挺奇怪的，一向对中国申请审查非常严格的美国已经授权了，我们为什么驳回呢？难道以后需要实施时还去买美国专利权吗？于是，我首先与实审审查员沟通，请教三部有关领域的专家，并要求申请人提供现有技术材料供复审时参考，同时，还请文献部的同志帮我查找到了美国授权的专利说明书以及日本审查通知。结果发现美国是按照原始提交的权利要求书原封不动地授权的；日本的审查通知评述权利要求的创造性，但经查其引用的对比文件不足以损害权利要求的创造性。经反复研究，决定撤销该驳回决定。该案给我一个启示，关于技术方案充分公开的问题，涉及审查员掌握的现有技术知识，而达到专利法意义上的"普通技术人员"的水平是一件很不容易的事情，因为随着技术的发展和科技的进步，现有技术也在不断更新，我们必须与时俱进，不断学习新技术新知识，不断充电，才能适应审查工作的需要。

采访人：您现在还回局里吗？

王珍仙：我很少去，因为大家都挺忙的，我怕影响你们的工作。

采访人：我们欢迎您多回去看看。现在我们除了审案子，还有复审、PCT审查和课题研究等工作，对审查的要求也更严格了，更多地关注到底怎么能做得更好。现在要求建立审查业务指导工作，一是有老师问我们，二是我们有老师可问。另外加强了质量保障，万一审查员有疏漏，后面还会有人再把关，避免出现错误。

王珍仙： 我觉得这样做挺好的。我记得欧洲专利局以前在质检的时候，每年有一个着重点，比如，今年主要解决新颖性方面的问题，明年着重解决创造性问题等，从而不断提高审查质量。我们局大约是从 1995 年开始质检的，主要是处长负责，每个人三分之一的案子要送给处长质检；部里和局里则主要进行抽检。处长在质检中如果发现问题要与相关审查员一一讨论，直至把问题探讨清楚，目的主要是为了提高审查质量，并不做任何处罚。因此，质检案件加上自己的审查任务，处长的工作量很大，很辛苦。我每年大约做 100 件案子（以结案计算），质检虽然花费很多时间，但在其中只占很小的工作量。

用心审查，快乐审查

采访人： 您觉得我们青年审查员还有哪些方面需要提高呢？

王珍仙： 我已经退休这么多年了，对局里的情况不太了解。总体印象是觉得现在的审查员干得挺辛苦的，审查通知写得都很长，一般至少四五页，有时七八页，甚至更长，比我那个时候写的长得多。我的审查通知书一般比较短。我觉得一两页能写清楚的问题，不一定非要写成三四页的文章，把问题陈述清楚即可。但如果申请文件很长，权利要求非常多，甚至达上百个，"一通"中要把所有问题都说明白，仅用一两页恐怕就很难实现了，因此审查通知的长短应根据需要而定。

我觉得有一部分审查员的审查通知写得很好，有血有肉，有针对性，能灵活使用标准语段，对申请文件中存在的问题进行有理有据的分析，并能运用《专利法》及实施细则的相关规定充分说理，审查通知逻辑性较强，文字表达清楚、流畅，使申请人或专利代理人看完审查通知之后，能够理解审查员的意见，知道应当如何去修改申请文件才有利于授权。这样的审查通知深受大家的欢迎。

但也有不少审查员，审查通知书的篇幅虽然很长，但是缺少实质性内容，几乎通篇都是标准语段的累积。在提出否定意见时，只是笼统地引用标准语段给出简单的结论，缺少有针对性的具体分析，专利代理人或申请人认真阅读审查通知书后，仍不清楚到底存在什么问题，不知道该如何答复、怎么修改。如果审查员在通知中能明确指出申请文件不符合有关法条规定的事实和理由，给申请人提供一个明确的信息，使申请人能够准确理解审查员的意图，知道问题出在哪里，应当怎样修改申请文件和答复审查意见，这样就有利于减少发通知的次数，加快审查程序，提高审查效率，对申请人和审查员本人都有利。

采访人：做个好审查员很不容易。

王珍仙：对，是不太容易。既然我们选择了专利局，从事专利审查工作，就应当去培养自己对工作的兴趣，认真做好这份工作。在我身边，有的老审查员特别喜欢做审查，经常这样说："即使在同一技术领域，每个案子写得都不一样，技术方案不一样，可从每个申请案学到很多东西，因此，做每一个新案子都觉得很新鲜，很有乐趣。"如果每个审查员都有这样的境界，我想，如何做好审查工作是不言而喻的。

采访人：王老师，对于今后专利事业的发展和审查工作，您有什么样的设想和建议呢。

王珍仙：现在专利局发展得很快。这几年，在苏州、广州、武汉等地陆续建立了多个京外审查协作中心，据说苏州中心已经两千多人了，规模空前。专利局发展之迅速，规模之庞大，真可谓世界之最。与此同时，我局也培养了很多人才，涌现出许许多多出色的领导干部。一个世界上规模最大的专利局已经屹立在世界的东方，我相信今后专利局将发展得越来越好，越来越完善，我为此而感到非常欣慰。

（与采访人合影，左起依次为：张伟波、王珍仙、冯璐）

选择专利工作无悔　倾其半生心血无怨

——专访专利复审委员会原副主任李政

● **个人简历** ●

李政，1967年毕业于北京机械学院自动控制系，1984年调入中国专利局工作，1988年调入专利复审委员会，1994年担任专利复审委员会副主任，1996年担任中国专利局办公室主任，1998年任专利复审委员会副主任（正司级），1999～2005年任专利复审委员会常务副主任。曾任国家知识产权局学术委员会副主任、中国知识产权研究会理事、中华全国专利代理人协会知识产权诉讼专业委员会副主任、中国专利保护协会专家委员会委员、中国知识产权培训中心兼职教授等，是享受国务院政府特殊津贴的专家。

采访人：李　政

采访人：刘新蕾　陈　沛（复审委青年工作部）

采访时间：2013 年 9 月 3 日

采访地点：北京市北四环局小营宿舍老干部活动站

编者语：一个温暖和煦初秋的上午，我们来到局小营宿舍的老干部活动站采访专利复审委员会原副主任李政。李老和蔼可亲、爽朗健谈。在采访中，他跟我们详细介绍了他选择到中国专利局工作的缘由，分享了他在中国专利局和专利复审委员会工作期间的点点滴滴，以及对同事特别是年轻同事的关爱和期待，也饶有兴趣地谈他的兴趣爱好——交响乐、诗歌，让我们感受到了他对知识产权的热爱，对生活的热爱。

> 我亲身经历了局的创业阶段，见证了局从无到有，从小到大的历史，也是一件很荣幸的事

采访人：李老，您好！您开始工作就是在专利局吗？

李　政：我开始参加工作是在机械工业部直属的下属单位，1983年国家知识产权局的前身中国专利局公开在报纸上招聘专利审查员，我参加了考试，于1984年到中国专利局。开始是到电学审查部，就是现在电学和通信部的前身。1984年入局培训，1985年开始进行实审，1988年10月调到复审委的电学申诉处。

采访人：1984年的入局培训是怎样的，培训多久？与现在的新人入局培训有什么不同？

李　政：1983年决定公布《专利法》，要为此做准备，需要100名中级职称以上、外语水平比较好、覆盖各个不同专业的专利审查员。当时的培训没有现在的培训正规，采用的是多种方式，请国外的专家来讲课，请早期出国人员分享经验体会，发一些书自学，考核通过后才能正式上岗。现在的人才培养形成了体系和制度，比较规范。

采访人：当时是什么原因吸引您来局工作？这个工作是您理想的工作吗？与您的兴趣爱好是否相关？

李　政：当时招聘专利审查员的要求是中级职称以上，就是要求有一定的工作经历，主要针对审查专利申请的时候是否能看懂。所以当时考试时对外语要求比较高，除了要能看懂英文等外文文献，同时要求要懂技术。那个时期，要想换工作很难，吸引我到专利局的原因是喜欢这个职业。我原来搞研究设计工作，虽然也在接触前沿的新技术，接课题、

做实验、考核、进行专家鉴定、技术成果报告，这些工作在技术上是没有问题，但弱项是外语不会每天都在用，而外语是一种技能，要想保持外语水平需要额外投入大量精力，专利审查员是一种能够提高和保持外语水平的理想工作。而且工程技术人员中有法律背景的人员非常少，在工作中能有社会科学和法学的介入，专利审查员可以把技术、外语和法律都融合是这个工作的特点，所以吸引我去尝试。

采访人： 您当时在专利局和复审委的工作情况是怎样的？

李　政： 现在的工作环境非常好，随着计算机和网络技术的发展，检索和审查工作都已经自动化。我当时进行实质审查，检索文件都是放在大架子上，被称为"鞋盒"的盒子里，阅览室里有梯子，不是所有文档都每天动，长期没动的文档上面落满灰尘，局里给每人发了蓝色的大褂和指套。现在的文档都是电子保存，当时的文档都是纸件，复审委有的无效案件证据有几十公斤重，需要用平板车来推。通知书和决定的撰写，要用 20 格×20 格的 400 字的稿纸来写，有时写错了都要重新写，写好的稿纸交给打字员，用老式的四通公司的打字机打出来，然后我们校对，打字员不懂技术，需要我们反复地校对。现在的审查员利用计算机系统操作要便捷很多，效率也提高很多。审查员能更专注于自己的业务。我亲身经历了局的创业阶段，见证了局从无到有，从小到大的历史，也是一件很荣幸的事。

采访人： 您刚到复审委有多少人？案件量怎么样？

李　政： 当时有 20 多人，包括了综合管理和辅助人员，当时审查员很少，案件量也没有现在这么多，当时的审查员作决定很慎重。1994 年我协助委领导吴伯明同志、田力普同志，担任复审委副主任。当时所有的决定副主任都需要审批，遇到难决定、新的问题，需要委里讨论，学术氛围特别好。现在的案件量太多，各种人员已经达到几百人，用过去的方法解决现在的问题不合适。各个时期都有不同的问题存在，相信复审委会用创新的思维解决发展中的问题。

当审查员达到了一定水平，一定要让他发挥作用，做出自己的事业

采访人：2000年以后招的新人都是从学校直接毕业参加工作的，没有工作经验，这与以前有经验的人在工作中有什么不同吗？

李　政：从2001年开始，复审委行政诉讼处招人，当时还不是完全从学校直接招，有一部分人是从学校直接毕业的。现在越来越多的是从学校直接招人。现在的年轻人知识面更宽，他们接触新鲜知识的机会比过去多。现在的毕业生外语水平都比较好，像我在中学和大学时学的是俄语，后来英语是自学的，不像现在从小学开始就学英语。新同志思维比较活跃，现在社会要创新，就要思维活跃。有新意的思想是对后来人的启发，要鼓励年轻人提出新建议，提出新观点，这些是年轻人的优势。但是，现在一部分年轻人受大环境影响，有些浮躁。比如，现在很难静下心来听交响乐、读诗集等，现在大家更多的都是碎片式的阅读，从博客到微博再到微信，速度越来越快，但很难静下心来。电脑和手机会不断提醒着有很多事情没做，提供海量的信息，这是社会在进步。年轻人的基础非常好，一旦能在浮躁的大背景下静下心来研究问题，会有不可限量的发展。所以，我们的机构、组织要有计划地去培养人才，要重视不同层级的人才培养，但这也需要个人重视机会和自身的努力。一个人如果能静下心来，不贪大求全，针对一个问题进行仔细研究，不

断积累，可能一年、两年看不出大变化，经过 10 年的积累，一定能成为这个领域的专家，希望年轻人一定要把握住机会。

像现在复审委从审查部门进行人员借调，也是从我主持工作时开始的。1999 年我开始主持工作，案件太多，每年以 1000 件的速度增长，为了满足审查需求，从封闭的、人员相对固定的复审委改为开放的复审委，各审查部的优秀人才，可以借调、挂职、调入，同时，复审委的优秀人才也可以流动到其他部门。既解决了案件积压问题，也解决了人才培养问题。复审委的优秀人才流动到其他部门从暂时看，是复审委的一大损失，但为局里各个部门、各个审查协作中心，输送和培养了优秀人才，让他们可以走到更好的岗位，发挥更大的作用。每个人的特长不一样，像以前，委里发现他们的特长之后，甚至直接将委级的工作分派给他们去做，考察他们的专项工作情况，锻炼他们的协调能力，也能使其他处室的人都认识和认可他们，看他们能否胜任。要从细微处观察他们，例如，开研讨会，他们是只是去听还是会积极发言，发言的观点如何，写的文章怎么样，有没有新意，等等，从很多事情就能慢慢发现一个人的能力。当审查员达到了一定水平，一定要让他发挥作用，做出自己的事业。2004 年复审委成为独立的法人单位，任命干部和设立处室都与专利局区分开来，这也是一种尊重人才的人本主义。

这些都是我所经历的不断发生的变化，所有的工作都要适应这些变化

采访人：您在复审委时案件比现在少很多，当时对现在这种情况有预计吗？

李 政：当时有预计，每年都做测算。但是受编制制约，人员不

可能大幅增长。现在的兼职复审人员多起来，力量壮大了，但也带来了人员管理的难题。案件的增加同时导致了新的法律问题的出现，这些都是我所经历的不断发生的变化，所有的工作都要适应这些变化。要真正做到在案件增长的同时，逐渐消除积压，并能够及时、较好地结案，一定要通过制度的保障来做好这些相关工作。

采访人：您对复审委未来的发展有什么建议或指导意见？

李　政：我一生中从中年到退休，大部分是在复审委度过的，感情比较深厚，所以退休以后也一直在关注复审委的变化。我个人有两个建议：一个是现在计算机和网络发展迅速，复审委能否建立一个入口，专门为复审员和兼职复审员解决审查以及司法程序中遇到的疑难问题和典型案例的问题等，把这些问题都能够及时反馈，以便他人的经验能够共享。另外一个是，复审委能否每年都举办征文活动，将获奖的文章全委进行修改和点评，然后帮助向权威杂志、报纸或媒体推出，从而在行业内推介我们的审查员、我们的专家，委里是否可以考虑为大家提供这方面的机会和资源。

采访人：非常感谢李老接受我们的采访，祝您身体健康！

李　政：谢谢！

（采访时照片，左起依次为：李政、刘新蕾）

几度披挂上阵　承载专利发展

——专访中国专利技术开发公司原总经理熊志诚

● 个人简历 ●

熊志诚，祖籍四川，1939年6月2日出生。1963年毕业于重庆大学，毕业后在北京市机电局研究所参加工作，1984年进入中国专利局工作，曾任中国专利局二部审查员、实用新型室主任、中国专利技术开发公司总经理，1999年正式退休。

被采访人： 熊志诚

采访人： 金　焱　韩子丹（开发公司团总支）

采访时间： 2015 年 10 月 30 日

采访地点： 熊老家中

编者语： 熊老是一位很谦虚的老人。他家的茶几上放着好几份当天的报纸，可以看出虽然老人家年近八旬，但对于时事依旧十分关注。从老人的言谈中，我们也感受到了这一点，对于"双创"（大众创业、万众创新）、"创投"之类的名词，老人不仅说得出，而且有很深的见解。说到在开发公司的工作时，熊老思路清晰，可以觉察到老人心中存有没能实现自己在调任开发公司之初夙愿的遗憾，但也可以看出他对于专利运营事业的成功依旧有着坚定的信念，同时也给后来者送出了诚恳的希望！

服从调动,哪儿需要你,就调哪儿去

采访人: 熊老,您好!感谢您接受我们的采访。您在我们局许多部门工作过,也作出了许多贡献。您是哪年退休的呢?

熊志诚: 1999 年,已经退休 16 年了,也普普通通,因为我在我们那些老同志里面是算去得比较晚的,我是 1984 年入局的。

采访人: 对于我们而言,您作为建局第一批人才,已经很早了。您刚入局时是在哪个部门?

熊志诚: 二部。我原来在北京市仪表局下属的一家工厂工作,是 1984 年 5 月作为审查员调来专利局的。也比较晚,有些老同志建局就去了。

采访人: 那您是什么学校毕业的?

熊志诚: 我 1963 年毕业于重庆大学机械系压力加工专业,分配到北京市机电局所属的北京市机械研究所粉末冶金室工作。粉末冶金当时在我国尚属一个较新的专业,缺少专业人才,因而需要我们转行从事该专业。为了发展粉末冶金事业,一年之后,北京市以该粉末冶金室为基础,建立了北京市粉末冶金研究所,我便转入该所工作 8 年(后来,北京市机电局一分为二成立了机械局和仪表局,北京市粉末冶金研究所隶属仪表局)。在北京市仪表局下属工厂向粉末冶金研究所要技术干部支援的情况下,我被调到工厂工作。在工厂工作期间,从事了一些如技术科长、副厂长、总工程师等技术管理工作。后来到中国专利局应聘粉末冶金领域审查员,通过了考试,调入局审查二部,任粉末冶金领域审查员。

采访人： 那您是咱们二部的首批审查员？

熊志诚： 是的。当时来了以后就培训，我算来得晚的，机电的培训已经过了。粉末冶金研究又跟冶金、化学都有关系，所以粉末冶金这个专业不仅要参加机电的培训，还要参加化学的培训。当时四部，就是化学部正在培训，所以，我就参加了。我是1984年5月份来的，培训了几个月，培训老师是德国的。然后就开始做审查的准备，到1985年1月份就开始审查工作了。我参加了第一批案子的审查，是牙科用的粉末冶金的材料，是一种填充材料，那个项目的审查也经历了一年多吧。

采访人： 那个时候审查的程序比较简单，就没那么多检索的吧？

熊志诚： 是的。成立专利局文献部以后，按世界知识产权组织规定的最低检索标准来进行检索准备，当时我们根据美国、日本和欧洲专利局的专利文摘检索，当然那时的资料不完整。当时相关专业的都在一个室，参加第一批项目的审查时，把德国老师教的都用上了，并且一块商量进行，摸索着来。我在审查二部待了大致一年多。

采访人： 后来您去哪儿了？

熊志诚： 后来局里面就把我调到审查一部实用新型室当主任。

采访人： 就是1985年吗？

熊志诚： 是1986年。就是第一个审查项目基本完成后。当时实用新型没有成立部，还是一个室，归审查一部（流程部）。因为我原来在一个厂里是总工程师，有些管理经验，当时局里也挺缺干部的，就把我调过去当这个室的主任。

组织上信任你,调你干这份事业,你就必须要弄好

采访人: 你所到的实用新型室,当时是个什么样的情况呢?

熊志诚: 1986年局里面把我调到实用新型室当主任时,实用新型室人很多,有四五十个人,审查量挺大,所以担子也挺重。发明有一个18个月公开期,然后才进入实质审查阶段,由于有这个公开期缓冲,实质审查员实际审查的发明量就较少,所以局里就决定把实用新型的案子分给实审审查员,让他们帮着审。因为实用新型是形式审查,比发明审查要简单。所以我当时不仅负责室里面四五十个人的组织管理工作,还要负责管理分给实审审查员的案件以及组织审查的最后检查工作。当时全世界范围内,搞实用新型的国家也很少,除了中国主要有日本和西德,而咱们的专利工作也刚刚起步,所以我们的审查基准也不是很完善。所以我到实用新型室后另外一个重要任务是完善实用新型审查基准,这在当时是亟待完成的。

采访人: 您身上的担子很重啊。

熊志诚: 是的。那段时间工作挺累的,工作量很大,每月一大堆申请文件压在那儿。大概是1986年8月,局里决定我和我们一个电学组的组长再加上一个翻译就到西德进行考察,考察他们的实用新型的审查流程、审查经验、审查基准,考察持续了一个月。回来后又研究了日本的审查基准,消化吸收,取其精华,我们就在原有草稿的基础上,把实用新型审查基准进一步完善了。那些工作都是比较紧迫的,很多时候下班都回不了家,那没办法,任务压在那儿,组织上信

任你，调你干这份事业，你就必须要弄好。就这样完成了任务，我的高血压也就在那个时候患上的。

采访人： 那时候压力大，但那时候做的工作把根基打得很好。

熊志诚： 后来要成立六部，我又得了高血压，就给局里面打了辞职报告，还是回二部当审查员，回二部待了一年多吧。当时局里把信息中心的计算机这块收到局里面去了，成立了自动化部，剩下的这块进行重组。后来局里面找我，让我到信息中心去当主任。当时一个主要任务是给世界知识产权组织提交英文文摘，是对外服务，另外还搞杂志，还有一个是为社会服务，当时信息中心将近 100 人。

重新披挂上阵

采访人： 您老又披挂上阵了。

熊志诚： 到信息中心当主任，当时去了以后面临一个问题是信息中心和开发公司的业务竞争。初期做得都不好，在这种情况下，我经过调查给高局长写了一个报告，建议把下属机构的业务进行规整，希望不要在局内互相竞争。

采访人： 就是希望两家部门的业务整合一下是吗？

熊志诚： 对，整合一下。主要是这么竞争太乱，大家都互相制约，对外影响也不好。我建议经过审核，进行适当的归并，最后我毛遂自荐，愿意去开发公司主持工作，调整相关业务。局里面基本上采纳了我的意见，做了些调整，这样就把我调到开发公司去了。

采访人： 这是哪一年的事情呢？

熊志诚： 大概是 1992 年。由于专利局成立不久，其影响还比较大，开发公司毕竟是专利局的，影响也比较大。开发公司做中介服务、搞展览会，那个时候社会还是比较认可的，工作也还容易点儿。到了后期，工作开展就比较困难，我们就想搞专利技术开发，想法挺好，但是真正去干了几年以后觉得挺困难，我们就搞了几个大的展览会，并寻求合作，拓展业务。你们现在也可以进行适当的业务拓展。

采访人：对，现在我们进行许多专利运营。

熊志诚：对。有技术了，可以吸引资金，可以搞窗口，就像我们当初想的那样，去选项目。但当时我们没有资金、人才、项目，缺乏经验，哪一个都不沾，项目能否成功不是很确定，所以那时我们的工作开展得越来越困难。

专利开发的事儿是有可干的，可是要干好是不容易的

采访人：现在开发公司就开发方面也是没有推广起来。那您觉得在现在的市场环境下，可以搞像您当年所设想的那些工作吗？

熊志诚：现在国家提"双创"，大众创业、万众创新，按理说现在大环境应该是很好的。专利技术和专利制度本身就是保护创新，专利技术开发应该说很多东西是能开发的，要不申请专利干吗，但咱们得有会选项目的人！一旦开发成功，它的经济效益、社会效益肯定都是毫无疑问的，但运作起来确实不容易。对开发公司来说，专利开发的事儿是有可干的，可是要干好是不容易的。

采访人：企业也是有高风险的，需要一个循序渐进的发展过程。

熊志诚：作为我们这代人来讲，领导交给什么工作就努力把它做

好，当然也想实现自己的价值，想把工作做得更好。我在开发公司工作时就是这个想法，可以说问心无愧，自己尽了最大的努力了。

采访人：我们就应该学习您这种努力将自己每一份看似平凡的工作争取做到更好的精神。现在咱们公司年轻人还是很多的，您对于公司的发展以及对我们年轻人有什么希望吗？或是给年轻人一些鼓励吧。

熊志诚：真正在开发公司搞专利开发的人，应该说大有作为的。因为你守着专利局，信息来源本身就很多，并且很方便，在选择项目上，有利条件要比别人多，这个毫无疑问。而且毕竟是专利局的单位，相比一般的创投公司，社会也更认可，应该说条件还是很好的，但是要认真干。在别的工作有了一定的积累之后，加上我们有不同专业的人才，他们可以做专业的信息专家，在这个基础上与其他的结合，选择有前途的项目进行风险投资、创业投资，真正把技术开发工作做起来也是可以的。我们有一批年轻人真正想在这方面做点儿事，不是不能，是有可能成功的，而且只要有一个项目成功了，他在这个方面可能就真成专家了，这个是完全有可能的。条件就是肯积累，公司有规划，把公司的规划和组织与同志们的努力结合起来，再加上现在有了家底儿，这是完全可能成功的。

采访人：行，那我们就为之而努力吧。快中午了，也不打扰您了。我们给您拍一个照片，然后咱们再拍一个采访的合影行吗？

熊志诚：行行行……

采访人：谢谢熊老！

（与采访人合影，左起依次为：熊志诚、金焱）

身在外　心在内　专注干部进修

——专访原中国专利局烟台专利干部进修学院常务副院长王丰岚

● 个人简历 ●

王丰岚，1936年9月6日出生，祖籍山东文登。1958年考入山东师范大学，1962年7月参加工作，1985年12月调入中国专利局工作，担任中国专利局烟台专利干部进修学院常务副院长，主持工作，1996年正式退休。

被访人：王丰岚
采访人：张晴霞　冯成军（烟台市知识产权局）
采访时间：2015 年 11 月 18 日
采访地点：王丰岚家中

编者语：王丰岚是一位很谦虚的老人。他的茶几上放着好几份当天的报纸，可以看出虽然老人家年近八旬，但对于时事依旧十分关注。说到在中国专利局烟台专利干部进修学院的工作时，王丰岚思路清晰，可以看出他对于发展知识产权事业抱有坚定的信念，同时也给后来者送出了诚恳的希望！

既然组织上选择了我，我一定要干好

采访人： 您当时是基于什么样的机缘来到中国专利局的？

王丰岚： 我 1978 年由烟台师专调入烟台市科委工作。1985 年，根据培训工作需要，中国专利局拟在烟台市筹建"中国专利局烟台专利干部进修学院"。当时，专利工作由国家科委管理的。中国专利局和烟台市委组织部考察选拔后，决定由我去筹建，并担任中国专利局烟台专利干部进修学院常务副院长主持工作。

根据组织安排和要求，我积极筹建中国专利局烟台专利干部进修学院。自己感到既然组织上选择了我，我一定要干好，一定要把专利培训这项基础性工作做好，做出成绩来。

采访人： 当时的主要工作内容是什么？当时工作的主要困难是什么？

王丰岚： 主要从事中国专利局烟台专利干部进修学院的人才教育培训工作。全国 80% 省市专利局的局长都来烟台参加过培训。在筹建初期主要面临资金不足、师资不足、物资不足等许多困难，压力也很大。在困难面前，我们发扬艰苦奋斗的精神，在中国专利局大力支持下，很好地推动了培训工作的开展。

在中国专利局烟台专利干部进修学院工作期间，最难忘的事情，就是在面临培训工作师资不足的情况下，积极探讨研究，1986 年与烟台大学的专家合作编写了《知识产权法概论》一书，推动培训工作深入开展。

年轻人一定要加强学习

采访人： 现在局里的年轻人比较多，您对现在的年轻人的成长有何建议？

王丰岚： 年轻人一定要加强学习，要深入钻研理论和业务知识，并且要注重理论和实践相结合，只有这样才能解决实际问题。

采访人： 您对未来知识产权或者专利的发展有何认识或建议？

王丰岚： 当前，知识产权事业发展面临的一个重要问题就是知识产权人才不足，建议一定要加大知识产权人才培养力度，培养出更多符合我们要求的专家型人才，从而推动我们事业快速发展。

（与采访人合影，左起依次为：张晴霞、王丰岚）

后　记

　　2013年下半年以来，根据国家知识产权局直属机关党委统一部署，直属机关团委开始了对国家知识产权局部分离退休干部的采访工作。这项工作旨在为国家知识产权局局史整理和撰写工作积累素材，并通过组织青年参与采访，使青年进一步学习了解局史，并近距离感受老一辈知识产权人对工作的热爱、担当和奉献。

　　为此，直属机关团委根据老干部离退休时所在部门单位或离退休前的主要工作部门单位，广泛动员了相关的局属基层团青组织共同参与到工作中。直属机关团委对采访工作提出总体要求，并邀请有关专家开展讲解和培训。各基层团青组织根据要求专门成立了3~5人的采访小组，并由团青组织负责人担任组长，具体的采访提纲和内容则根据受访人的特点进行拟定。最终，经过大家历时7个月的共同努力，完成了对38位离退休干部的采访。本次工作规模较大、周期较长、参与人数众多。据不完全统计，共有百余名青年同志先后参与其中。

　　本次采访和出版工作，得到了局领导、直属机关党委领导、离退休干部部领导和各部门单位领导的大力支持和精心指导，在此向他们表示最衷心的感谢！参与采访、录音稿整理、文稿编辑的青年克服了各种困难，付出了大量心血，在此向他们表示深深的谢意！知识产权出版社的领导和编辑对本书也给予了大力支持，在此也一并表示感谢！最后，最诚挚地感谢各位离退休干部对采访工作的指导、配合和支持！

本书编辑出版过程中，在尊重史实的基础上，力求完整再现受访者的回忆内容。由于水平有限，书中难免有不当之处，敬请广大读者斧正。